将军的夏天

甘耀明

著

贵州出版集团
贵州人民出版社

图书在版编目（ＣＩＰ）数据

冬将军来的夏天 / 甘耀明著 . — 贵阳 : 贵州人民
出版社 , 2019.6
　　ISBN 978-7-221-15064-6

　　Ⅰ . ①冬… Ⅱ . ①甘… Ⅲ . ①长篇小说—中国—当代
Ⅳ . ① I247.5

中国版本图书馆 CIP 数据核字（2019）第 021501 号

本书由宝瓶文化事业有限公司授权出版
著作权合同登记号　图字：22-2019-25

书　　　名	冬将军来的夏天
	dong jiang jun lai de xia tian
著　　　者	甘耀明
责任编辑	郭予恒
封面设计	山川制本 workshop
出版发行	贵州出版集团　贵州人民出版社
社　　　址	贵州省贵阳市观山湖区中天会展城会展东路 SOHO 办公区
	贵州出版集团大楼（邮编：550081）
印　　　刷	河北鹏润印刷有限公司
开　　　本	880×1230mm　32 开
印　　　张	9.5
字　　　数	187 千字
版　　　次	2019 年 6 月第 1 版
印　　　次	2019 年 6 月第 1 次印刷
书　　　号	ISBN 978-7-221-15064-6
定　　　价	45.00 元

如发现图书质量问题，可联系调换。质量投诉电话：010-82069336

如此文笔可惊天!

——莫言（作家、诺贝尔文学奖得主）

被遗忘的和被损害的人结伴进行了一场末日狂欢般的旅途，而女性情感的共振像魔法一样改变着现实的轨道。这是对恶事物最坚定的反抗，那么好笑那么天真那么奇妙又那么伤心。

——周嘉宁（作家、英语文学翻译）

这个故事发生在夏天，拥有立于冬日的坚韧，它是幼儿园里的暗黑寓言，也是老年版的末路狂花。轻松而有力的"小魔"不仅仅关乎技巧，也关乎人对生活所发出的勇气，用来反击所有向"他"者低头的软弱时刻。

——王占黑（青年作家、首届宝珀理想国文学奖得主）

故事并不一定就在远方，它可能也在我们生活内部，在我们精神内部。在我们的生活内部和精神内部，有无数被我们遗忘的远方还没有被挖掘。甘耀明正是这样一位孜孜不倦的挖掘者。甘耀明的作品更多的关乎想象和象征，他所关注的是关于人的存在的问题。

在某种意义上，其作品中魔幻与现实相混合的形式，构成一个独特的象征世界，它是审美的，也是现实的。

——梁鸿（作家、中国人民大学教授）

目录

第一章

有阴影的夏天来了

✳

　　我被强暴的前三天，死去的祖母回来找我。

　　这天听起来是鬼魅的日子，阳光却好到不行，我的人生走在某种算是小幸福的路上，好像心中再也找不到阴暗的角落。要是有什么不对劲，是我忽然想起了三天后的幼儿园聚餐，该穿蕾丝边裙还是蓝色淑女裤，我打开衣橱翻找，决定穿褐色短裙赴宴。我应该穿紧身牛仔裤才是，这样强暴就不会发生了。

　　翻弄衣橱时，来自警卫室的对讲机响了。警卫说，有个搬家公司来送货，请我下楼帮忙搬。母亲被吵醒了，她平日晚起的习惯被中断，懒乎乎地从床边走到厨房泡咖啡，丢下五颗方糖，让咖啡溢出了杯子。她不是用咖啡醒脑，而是用糖，这能避开像是单纯喝糖水的孩子。母亲催我下楼处理，因为警卫又来电催促，那比溅到桌子上的咖啡渍还烦人。她边喝黑糖水边打扮，为某个约在麦当劳或星巴克的保险业务动身。

　　我下楼，看见五个该退休的老女人站成一排，阳光照下来，她们散发着二十世纪五十年代婴儿潮的古董气质，还有一只拉布

拉多老狗。

五个老女人与老狗，这是搬家公司？组合非常古怪。

她们年近七十，头发稀疏，脸颊下垂，奋力从生锈的福斯 T3 的后车厢搬出货物。停车技术不及格，车离人行道有一米，增加搬货困难。她们的每个动作都很危险，似踩在红线上，像冬眠的鼹鼠无法伸展大动作的慵病，要么被台灯的电线绊倒而致髋关节断裂，要么弹性差的腿筋被拉伤，要么被衣服上的灰尘惹出喷嚏而漏尿，最后心肌梗死倒下。她们仅剩的力气可能用来跟死神握手，这也是警卫找我来帮忙的原因。

我意识到什么，说："这些是谁给我的……？"

"这是你阿婆给你的。"回答我的是个有酒窝的女人，约六十五岁。我相信她曾是个美人坯子，笑容优雅，性格娴静，具有亲和力。

"她早就死了。"

现场气氛冷下来，酒窝女人说："确实，这是好几年前的东西，她的朋友请我们搬家公司送来的。"

"这些东西我都用不上。"我说。确实用不上，笨重的五斗柜、铁铸的日光灯台灯、布满刻痕的铁杉桌、桧木老旅行箱，等等。等等，那个崭新的 TOSHIBA 笔记本电脑要是属于遗物，未免太唐突，那正是我所爱的。

"都是你的了。"酒窝女人说。

"我只要电脑就好了，其他的退回去？"我说。

"我们不受理退货。"

"拿去丢掉也行，我可以付你们钱。"

这让几位老搬运工愣住了。"我们帮你搬到楼上。"酒窝女人指挥她们展开危险又劳碌的工作。她们先抬着书桌到电梯间，手脚功夫不怎么样，嗓门的功夫却很好，不断喊"你那边放低一点""不要走太快啦"，不然就"哎哎呀呀"地乱叫，仿佛几只老树懒的呼救。

在进入电梯间时，有个穿护腰的老人累得蹲下，连额头的汗水都没有力气抹去。尾随的拉布拉多犬看到了，着急地吠。其他的老女人只能回头看，她们手上还有大桌子耽搁，像老树懒们被下诅咒般，努力发抖。

我的注意力不在老人，是在老狗。依我的判断，那只狗约十六岁，换算成人类的年纪约八十岁，缺少幼犬的活泼，也没有成年狗的敏锐，活脱脱是那些老人的翻版。老狗尾随老人后头，动作迟缓，眼神却没有离开她们，被说成幽灵也行。它唯一的警戒声，是"护腰老人"蹲下时，不断地吠叫。

"邓丽君呀！妈妈没有问题，没有生病倒下，你可以不用叫了。"护腰老人说。

遇见一只名叫"邓丽君"的老狗，这真是令人费解，我只能说："这只邓丽君太可爱了。"

老狗抬头看着我，目光潺潺，眉间却皱着。那是种不怒而威的表情，令我抽颤了一下。老狗像读懂我的揶揄或敌意似的，我想。不过，这想法瞬间中断。老人搬家公司继续工作，挤在升起的电梯内，有两个人脸色苍白，一个是护腰老人，另一个是始终不说话的假发老人。假发老人因为搬家具而使固定发夹松脱，在电梯升起的刹那，她身体摇晃，假发移位，挂在有发夹固定的一边，样子滑稽。我差点笑出来，可是她悠闲地扶回了假发。

搬完第一趟，从电梯下来，每个人像是从天堂前往地狱的表情，假发老人无意把假发调整到妥当，这模样不好看，或许是人到了这年纪已不在乎在同辈之间出洋相。

电梯忽然停在三楼，门开启，出现一位小朋友，他戴着《星际大战》里的帝国风暴兵白头盔，拿着塑料电子枪，紧张地说："你们……是……谁？"

大家没有回应，站着不动，也没有任何表情，任由汗水从额角流下。酒窝女人勉强挤出笑容，护腰老人喘着，假发老人披头散发。她们带着疲惫的表情呆立着，没有话语，连我也像被感染了似的不说话。

电梯门关上了，帝国风暴小兵按下按钮，门再度打开。这位六岁小朋友的把戏是经常按电梯钮，对过客勒索同样的问题，比如："什么东西有五个头，但是不会很奇怪？""什么东西越生气越大？"等到对方快受不了了，他才大笑地说出答案是"手脚"和"脾气"。

"阿姆斯特朗……用右脚踏上……月球后，他……又做了什么事？"帝国风暴小兵这次拦下电梯问。

"左脚踏上去。"我说，赶紧结束这老问题。

"你们这些老人不死的方式是……什么？"帝国风暴小兵不

放人。

"不要停止呼吸。"

"不是，那是昨天的答案，今天换过了。"

"今天的答案是虎姑婆吃掉小孩就永远不死，我现在好饿呀！"假发老人低下头，用假发覆盖脸庞，往前一步，低沉地说，"我真的好饿，可以吃下整个又肥又嫩的小孩。"

这样子挺吓人，帝国风暴小兵往后跳，拿塑料枪示警。

电梯门关上，我们下楼把又重又旧的老行李箱搬上来。这是所有家具中最沉重的，她们很小心，搬运过程慢得令人不耐烦。我建议把箱里的东西拿出来，好减轻重量。酒窝女人回答，她们很想这样，但是几年前行李箱运来时没有附上钥匙，所以打不开。

"你会很有兴致研究如何打开这箱子的。"酒窝女人说，"但不要用火烧，太像火葬棺材。"

然后几个老人发出今日最具丹田力的笑声。

"你们是哪里来的食人族？"报仇时刻到了，帝国风暴小兵从楼梯爬上来，突然打开防火门，拿着塑料枪大声质问几个老人。

护腰老人吓得没有抓稳箱子。箱子倾斜，滑出另外三个人的手，轰隆摔在地上。老人们愣坏了。那一刻，老狗对着箱子吠了起来。我没有听错，那口木箱子像有生命般发出痛苦的叫声，回荡在家门口。老人们露出惭愧的神色，竟然安慰起箱子，又是抚摩又是怜惜地说着道歉的话。

假发老人回头看着大家，严肃地说："要不要叫救护车送去检查？要是摔坏就完了。"

几个老人纷纷点头。

"这只是箱子，干吗叫救护车？"我很讶异。

"摔坏就完了，这箱子很珍贵。"酒窝女人把情况说得很危急，俯身将脸贴在木箱上，聆听里头的动静。

"快帮我……叫救护车。"护腰女人大叫，她起身时觉得脊椎不行了，被拆了似的无法使上力，跌坐在地上。

救护车来了。整栋社区的人探出头来看，帝国风暴小兵躲得好远，以为自己的塑料电子枪击伤护腰老人而害怕。消防员拉着担架与急救器材上楼，将护腰老人固定在担架上，送往医院。警卫很热心地把这件事向经过大厅的居民说明，他说景气差，但是老人二次就业，不要做搬运工和警卫。

酒窝女人帮忙把木箱搬进我家里，问我说："你能告诉我，你阿婆是怎么死的吗？"

"摔死的。"我听母亲说她是跳楼摔死的。

"有可能。"酒窝女人笑着，"祝你有个梦到她的美好夜晚。"

★

我在贵族幼儿园担任导师。

幼儿园的规模很大，有沙坑、小操场、游戏区和两楼层的教室区，幼儿人数有两百多人，比面临废校的小学的人多。幼儿园最惹人厌的风景，是贵妇每日开名车接送小朋友，她们驾奥迪、奔驰、

BMW，八点左右像是攻击性强的鳄鱼群赖在车道上，一手提着铂金包乱挥，一手牵着衣着靓丽的小孩当炫财工具，想把受尽有钱丈夫的怒气在这里排毒，不理教师请她们离开。开平价车的妈妈们多半停在远处，散步带孩子走过两条街到校，这风景宜人多了。

有一次，在校门前车道上，有位技术生疏的妈妈将四百万[1]的座驾 BMW X6 擦撞了 NISSAN，以为赔个几千块了事，不料这款 NISSAN 是素有"东瀛战神"之称的 GT-R，价值六百万。那些价格与车型是我后来在 Line 教师群得知的。这两台总价值千万的车子只是小擦撞，竟爆出二十万修理费的火花，我六个月的薪资哪！所以我每次骑摩托车经过名车时，都注意不要碰撞。

我是幼儿园大班的导师，班上十位学员中，总有几位男孩对稀有版本的乐高积木与名车很有研究。他们有天赋分辨二十款 BMW 的细微差异，或乐高积木是哪年份的新产品。这就像厨房阿姨说她也有超能力，可分辨十二种菜虫与四种蚯蚓，这种能力来自贫富差距。

其中最特别的学生叫王学景，绰号小车。他家很富有。小车自豪能在客厅骑脚踏车，浴缸可以游泳，车库有三台车，冰箱有四台，阳台可以搭五个帐篷，而他们家是五层独栋的电梯豪宅。他知道鱼狗与翠鸟是不同称呼的同种水鸟，曾用大炮镜头拍过，

1　本书中所指货币皆为新台币，一元人民币约等于五元新台币。下文不作另注。

照到它俯冲时以尖喙戳破河面的水爆瞬间。他能分辨非洲的小鹿瞪羚与大角驴羚的差异，这两种动物的颈颅是挂在他们家墙上的猎物饰品；而旁边挂着的美洲棕熊头颅，看顾前方宋朝桌几上摆的清末宣化大瓷瓶，就算被一个地震毁了也不太后悔。

小车说，他爸爸除了搜集动物头颅，也搜集了三个老婆，一个住家里，一个藏在台中北屯的某间房子。还有一个也在家里，那是住在五楼的美丽印尼阿姨，爸爸趴在她屁股上时，被他发现。他相信爸爸的解释，这是印尼仪式，很神秘，不准跟另外两个妈妈讲。小车却跟我说了，因为我不是他妈妈。他什么都跟我说，包括有百万存款，并且把银行存折拿给我检验。他说得没错，但是没发现存折后头显示还有八十万定存。

我这么提起他，是他有几次告诉我，将来要娶我。

"等你长大后娶我，我已经老了。"我说。

"嗯！老没有关系。"小车说，"我阿嬷也很老了，我还是很喜欢她。"

"所以你娶过你阿嬷。"

"没有，因为我爸爸说他五岁的时候，就先娶阿嬷了。我太慢了，所以我以后要快一点才能娶你。"

"你知道结婚是什么意思吗？"我问他。

"可以在厨房偷偷玩印尼仪式。"

我笑了，这六岁孩子对我是真诚的，但结婚不是他想的那样。他似乎想早点儿钻入复杂的大人世界，一路气喘吁吁，我反而希望他停下来回头看，无论鱼狗还是翠鸟都值得驻足。

"那你要面对很多敌人。"我说。

"敌人？"

"比如玩具，你会更喜欢名车这样的大玩具……"

"我会打跑'大黄蜂'的。"小车捏着拳头说，"我会叫所有的大班同学打跑他的，我不怕。"

"大黄蜂"是开黄色马自达跑车的人，是幼儿园园长的独子，叫廖景绍。廖景绍靠多金的母亲资助，三十岁开咖啡店，店面用现金买。他每两天在 Facebook 秀出举哑铃的照片，每三天做脸部保养，半个月内去发雕造型沙龙，常让人搞不清楚他是在海内享受还是在海外旅行；他对新版的跑车有兴趣，钟爱十年以上的红酒，幼儿园的女教师都在猜他对几岁的女人有兴趣。

而廖景绍就是强暴我的人，没想到事情竟这样发生了。

事情发生在五月底聚餐的那天。一群幼儿园老师打扮靓丽，发丝染成棕色，衣着像公主，提着仿名牌的皮包，连平常穿紧身牛仔裤当作皮肤的马盈盈也穿起了裙子。这群穷老师，平日骑摩托车代步，这时哪有可能打扮得美美的，骑车与强风搏斗后，还能强颜欢笑地走进餐厅。于是大家聚在幼儿园办公室，等着廖景绍开车来接。

廖景绍开着大黄蜂进来，引擎声轰隆隆响，大门警卫开门欢迎，原本各自聊天的女老师看过去。廖景绍摇下车窗对大家招手，脸上露出笑容。他不帅，像瘦版的谐星白云，剥掉他身上包裹的昂贵跑车、潮衣与黄金身份，永远像在便利商店遇到的熬夜打完网络游戏的鲁蛇 [1]。

有男老师形容廖景绍是"用来憎恨上帝的移动招牌"，因为他靠家产过活，没才华，不用赚钱，工作是每天开跑车出门去花钱。我记得那台黄跑车，永远流淌着轻爵士音乐，我有五次被他载去洽谈幼儿园教材印刷和制服合作，回程时他用手往我大腿内侧摸，我下意识地缩回。我确定那是爱抚与挑逗，并怀疑他的右手不是放在排挡，就是放在副驾驶座的任何女人身上。他贱贱的、痞痞的，很会装，是王子病的潜伏症状者，一点都不保固耐用，不是我的菜。他对女人先求有、再求好，风流韵事多到数不清，换女人像是朝水沟倒掉美国鹿跃红酒般潇洒，再逍遥地开一瓶智利蒙帝斯红酒。我不想成为一罐红酒。

"嗨！美丽的老师们，我的车子只能载一位。"廖景绍从车里挥挥手，满脸歉容，"谁是幸运的那位？"

大家喊着载我，巧笑倩兮，走向刚打完蜡而发出飞垒青苹果口香糖味道的车子。马盈盈说："不如公平点，你一趟一趟载，把大家轮流载完。"

"我只想一次载完大家。将车子变大吧！上帝。"廖景绍说完把跑车开进车库，换成黄底红条纹的三菱娃娃车，大喊，"上车了，小朋友们。"

1　鲁蛇，意指失败者、笨蛋。发源于台湾 PTT 网站，是英语"Loser"的谐音。

　　八位幼教老师见状，欢呼一声，挤进平日载幼儿上下学的八人座厢型车，座位对大人来说嫌小了，女老师拼命挤，一定要穿进那双由王子从舞会带来的玻璃鞋似的，以免暴露自己的身材。

　　聚餐是在网络上有名的特色餐厅，清水模建筑，是廖景绍介绍的。整间二十几人座位的餐厅被我们包下，大家手拿酒杯四处走动聊天。墙边有个小专柜，贩卖几种酱料佐料，价格不菲。墙壁挂了夏卡尔的复制画《生日》，一对男女在空中飞吻，似乎强调这家餐厅的美食享用后令人灵魂起飞。但是，另一边挂了幅美得令人费解的裱框照片，里头挤满了粉紫、鹅黄、茄蓝色的星状糖粒，形成超现实景象。大家边喝酒，边猜这是什么。

　　"那是藜麦的花。藜麦是南美安第斯山的作物，营养价值高，是航天员的高纤食物。"廖景绍摇着红酒杯，"不过，你们不用到南美就能吃到，这照片的种植地是台东海端乡的下马部落，是第五代繁殖。"

　　"你是专家。"店老板是四十岁的轻熟型男，围着围裙，上菜了。前菜是发芽的藜麦佐熏肉青酱。

　　"我帮了你大忙，帮忙把前菜解说了。"廖景绍说。

　　"感谢，送你们一人一罐啤酒，请喝。"店老板拿出两打啤酒，赞许这是台湾的土产酒，获得亚洲啤酒杯的首奖。

　　那场欧式餐点，却被红酒与啤酒攻占。事后想想，那些食物并没有多好吃，是被型男主厨说的"一口好菜"下蛊了。是这样下蛊的：每道食材都有履历故事，花莲石梯坪捕获的烤虎斑乌贼、台东外海捕捉的翻车鱼皮凉拌、澎湖望安某颗老渔夫潜获的马粪海胆、彰化某农民养殖的无毒安心猪肉、新竹尖石山区摘来的马告胡椒。每道食物都被权威和名号包装，赋予其一个头衔，一个血统，一个精确到用知识刻度衡量的食材，要是吃不出味道，不是主厨问题，是顾客没有脑袋。我就这样失去自己的脑袋，被酒精占领。食物不多，美酒无限，我喝醉了。这是始料未及的，我酒量不好，却像被那天的气氛灌迷汤似的猛喝。

之后，所有女老师像得宠的灰姑娘，又是醉言，又是唱歌，由黄色娃娃车送回家。绕过整座城市，送完女老师，车内剩下我和廖景绍。他扶我上楼，从我的皮包中拿出感应扣和钥匙，打开八楼铁门。

家里没有人，隐约中他把我放在客厅沙发。我感到裙子被掀起，内裤被脱掉了，但那也可能是我的梦境而已。我觉得有不妥的事情发生，某种异物弄痛我的下体，我好像有说不要，也挣扎了几下，接着就醉得像噩梦般不清楚了，到底有没有挣扎也说不上来。

这就是强暴，它就这样来了，赖着一辈子走不了的阴影。

对了，我看过强暴画面，令人不舒服。

那是大学时交往的男友给我看的 A 片。我的第一次给了他，这没有什么好说的，过程僵硬与紧张，像半夜跑了好远去偷吃西红柿沙拉蛋糕这种不存在的创意料理，很新鲜，没有高潮。男友把 A 片藏在计算机桌面名为“LoL 密技”底下第五个文件夹里，他迅速找到影音档，表示他常通过这些秘道。他播放了一部日本强暴片给我看。那是演的，四男抓住一女的手脚往外掰。第五个男的进入她的身体，性器结合的画面是一堆马赛克在跳动。女演员摇头叫不要、不要，脸上很痛苦，还能帮几个浮世绘文身的男演员口交。最后，男演员们同时将精液砸在女演员脸上，像是生日宴会上很嗨的砸蛋糕，再全部跑掉。

女演员哭了，哭了好久，泪水才能从满脸的精液里钻出来。她说，这不是她想象的，她的世界毁了。

我的遭遇不是这样，也没那么惨，总之它发生了，我的世界也毁了。

我与祖母的相处时光，约在十岁的时候结束。

在那之前，我对她的记忆是她身上有冬瓜糖的甜味。祖母喜欢在过年的摆盘里放冬瓜糖，也喜欢将宴桌上无人想吃的冬瓜糖打包。那种条状糖很独特，咬下去像是咬到香肠或早期的五仁月饼里的猪油块，牙齿带点沙沙的感觉。这种食物记忆，成了我惦记人事的方法。

说到甜得要命的冬瓜糖，不表示我祖母的身材胖，反而是又瘦又扁，适合跟我玩捉迷藏。祖母在魔术团担任兼职演员，躲在小竹笼，被十几支剑插竹笼都没受伤，更不用说她被砍被挤的这类魔术都能胜任了。后来老板卷款跑掉，她失去工作，与我们一起住在柳川畔的两层楼房里，负责教育我。

我的祖母是客家人，有非主流的口音，我也学了那种腔调，直到上小学一年级时才被老师纠正。尤其是小四的英语课，出了大笑话。那是第一次上英语，老师知道我们有英语底子，在黑板上写下"A"，随便问人怎么念，结果点到我。

"阿婆。"我大声念。

全班安静无声，瞪大眼看我。

"你再念一遍？"

"阿婆。"我念第二回，小声又害羞。

"那这怎么念？"老师在黑板上写下"B"，再给我一次机会。

"热吧！"

"这个呢？"老师写下"C"。

"菩萨。"我把裤管揪得很紧。

"菩萨？你是火星来的吗？念的完全不是英语。"老师敲着黑板说，"这是'A'，不是'阿婆'。这是'B'，不是'热吧'。这个'C'怎么跟菩萨有关？"

全班笑得东倒西歪，而我脸红得像苹果。

我现在还记得，祖母将 A 念成"阿婆"的原因。当时教育机构宣布新政策，初中英语课，将提前到小四上。她得知后，带我去黄昏菜市场，在便宜的五金行买了一张类似垫板的二十六英文字母表。A 的对应字是"苹果"，B 是"蜜蜂"，C 是"猫"，而 Z 是"动物园"。我们只看得懂图案，不会念。

祖母带我走过八条街，来到一个畸零地的小公园。那里有溜滑梯、简易健身器材和溜冰场。那天阳光好，羊蹄甲树下，几个外籍看护将家中动不了的老人带到溜冰场晒太阳。坐轮椅的老人围成一圈，有插鼻管的、中风的、阿尔茨海默的……沉默地面对面展示疾病，后头站的外籍看护则聊不停。祖母拿英文字母表去问看护女孩，"苹果"怎么念。

女孩们大叫："apel。"

祖母很惊讶，再问怎么念，答案仍是"apel"。

那时候我们的知识还不足以应付世界，祖母以为除了中文与日文，其他国家都讲英文。那戴头巾的女孩，来自以信仰伊斯兰教为主的印尼。那天我们学到的"苹果"是印尼文。

"Apel"与客家语发音的"阿婆（a-pol）"类似。回家路上，祖母告诉我，A是"苹果"，念法是"阿婆"。为什么会这样子念，她说，也许在海外种苹果的都是老阿婆，也许光顾苹果摊的都是老阿婆。她还跟我分享，年幼时看到黑白电视里的苹果是灰色，看到真正的苹果时吓着了，红得像毒菇，不敢摸。而第一次吃苹果是来自她父亲生病的营养品，昂贵的水果放到失去原味才吃。

隔天我们回到公园，学到B的"蜜蜂（bee）"的印尼话是"lebah"，类似"热吧"。我们无从理解字母表的"bee"，与印尼话有差异。

"热吧，热吧，蜜蜂工作很勤劳，老是说热吧！"祖母教我。

"热吧！"我复诵，心想英文与中文原来有关系，"原来英文的发明是这样来的呀！"

"真不简单。"祖母转而看着C，带着我一起猜它的意思。

我们看了很久，一下子眯眼，一下子斜眼，脸上憋满了发明英文词汇之前该有的挫折，然后祖母受不了而跳起来，拦下一位骑脚踏车经过的菲律宾籍工人，问到 cat 念法是 pusa，类似"菩萨"。祖母这才像想透道理似的说："原来是这样，猫懒懒的，都不太动，像庙里的菩萨。"答案无懈可击，她可以拿下年度推理奖了。从此我看到猫都觉得它们是菩萨的化身，安静温懒，你做坏事时看见它在墙角冷冷地看过来，你走在小巷害怕时会看见它蹲在墙头上保护你。从此我们从字母表学到的不是英文，是印尼文、菲律宾文、缅甸文、越南文，甚至德文或法文，是万国语言。

那天，搬家人员将老家具搬来之后，我不是闻到蟑螂屎或樟脑丸的味道，而是淡淡的甜味，我想起这是冬瓜糖的味道。我把家具的柜子抽屉打开，每个收纳空间都是空的，唯有那个沉重无比的木箱打不开，钥匙孔被木片塞死。我试了几次终于放弃。

"你从哪个垃圾堆捡来的。"晚上母亲回来了，被屋内的老家具吓着，以为来到了摆古董的特色餐厅。

"阿婆的。"

"谁？你是说那个老女人？"母亲惊讶地大喊。

我错了，不该告诉她家具的主人是谁。多年来她们的关系没有化解，父亲死后，婆媳关系也毁了，我的生命也像在柳川河堤下那只被屠杀的狗一样充满挣扎与痛苦。母亲带我离开柳川旁的房子，从此她能尽情骂祖母。母亲说祖母在意金钱，偷翻她的银行存折是否提更多钱、暗示每月寄来的银行刷卡单金额太高、置装费太奢侈、鞋子太多，然后祖母写成表单，说明每年买了没用的化妆品、古怪帽子与各式好看不好用的文具。母亲形容祖母是讨债鬼，控制欲像"背后灵"。

母亲坐在客厅沙发上，身体没有动，眼也没有眨，久久才说："她来了，她来找我们了。"

"为什么？"

"还有为什么？我跟她生活了七年。"

"她不是死了？"我认真地看着她，"你摆脱她了。"

"我不记得我说过她死了。"

"有。"

"什么时候？我从来不记得说过。"

"每次喝醉。"

母亲摇摇头："这你都敢相信，你大概不懂喝酒是要发泄，那是说说而已。好吧！我想知道我说过她是怎么死的？"

"跳楼自杀。"

"那不可能。"母亲认为祖母不可能自杀，最可能过马路时被醉鬼撞死、住在淹水区溺死，或躺在椅子上看荒谬的乡土剧心肌梗死。但不会跳楼，她胆子小，怕高也怕死。母亲说，她知道"那个女人"认为地狱比癌症、没钱、坐牢或饥饿还要可怕，任何苦难都不会太久，入地狱却是"无数的一辈子"被困锁在里头。

对此我很认同，记得有次经过寺庙，祖母指着彩绘砖上的地狱图，要我看清楚人下地狱的悲惨样子。有的被牛头马面拿着大锯子从胯下往上锯，有的掉在尖锥子林而被贯穿身体，有的活活被扒掉皮肤，有的掉进油锅热炸。祖母跟我说，自杀的人即使没有伤害他人，也会下地狱。这么说来，祖母跳楼自杀是不可能的，她会担心自己因此堕入地狱受苦。

"这么多年过去了，她死掉也好。"母亲说，"我不是彻底讨厌她，只是不喜欢跟她一起生活，她就像她送来的老桌子，死死板板的遗产。"

"那要怎样处理？"我也苦恼了。

"丢掉。"

台中市有个公家环保单位，可回收废家具。我循着网页上的电话打过去，一位先生跑着过来接话，喘着气，表示只能白日取件。我白日上班，要是等到三天后的周末才来清空，母亲会被老家具的粉尘与婆媳之间的记忆折磨得难眠，我便跟环保员约在隔天下午，趁幼儿园才艺活动时，请假回家处理。

我听到祖母的灵魂从桌子里飘出来，在家里移动。她趁我与母亲睡觉时，坐在客厅无声地看第四台电视，她没有因剧情而笑，也没有哭，安静得很。她在黑夜里生活，会去上厕所，传来冲水声后又传来脚步声。可是我走出房门却什么都没有看到，而我傍晚回家时，发现食物短少，垃圾比平常多，可是，家里看不出有人。

打完回收家具电话的那天夜里，我醒来，看见房门底下渗进来电视屏幕的光影，一种时光交叠的梦似的。我起身打开门瞧，客厅电视没有开，从窗外透进来广告霓虹灯的闪烁，这时传来神秘的声响。

真的，客厅有声响，却没有人。我以为听错了，但确实存在。木桌发出清晰缓慢的"唧啊唧啊"声，类似锉刀或粗糙器物相互摩擦的刺耳声音，仿佛有人伏案写字，而且是一笔一画用力写。我被吓到了，大约在原地站了十秒，全身感受到的是剧烈心跳。当我多走几步，探究那写字声时，没有了，一点儿都没有。

我把母亲叫起来壮胆，两人坐在沙发上，楼下的霓虹灯投进客厅天花板形成炫光，非常催眠，在我们打盹儿前，那桌子声再度发作。母亲的睡意没了，被诡异而且愤怒似的声响吓着，她直起上半身，想出可能的解释："你阿婆的伯父死在这张桌子上。"

"他的灵魂在写字。"

"可能吗？听说那个人是杀猪的，衣服有漂白水弄不掉的腥味，指甲缝沾有血味。你阿婆家小时候是大家庭，家境还可以，常吃到她伯父带回来的猪肺和猪眼，那是最不值钱的，她吃到怕了。"

我想到海绵布似的猪肺脏，感到反胃："杀猪的用书桌，这很玄。"

"用来消业障。你阿婆的伯母说，杀猪有业障，要抄佛经，买桌子抄经。杀猪的男人不肯，说杀猪不会有业障，杀猪是帮那些猪超度这辈子的苦厄，吃猪肉的才会造业。"

我知道后头的发展，母亲曾说过这个家族传说。祖母的伯母没读过书，把佛经抄坏了，每个字像恶魔般对付她，从此由祖母负责抄经。祖母不愿意，抄一次佛经得牺牲九十几分钟。后来，杀猪的男人看到祖母抄得这么痛苦，便自己来写，大字不懂几个的他，竟然安静地抄写着，某天抄着抄着竟然伏在桌上死去。祖母的伯母很难过，亲友安慰说这样没病痛的死掉是福报，才宽心。可是我能想起的记忆，是祖母教我在这桌上练习英文单词。桌子上有我和她的记忆。

"现在几点钟？"母亲没戴隐形眼镜。

"两点。"

"好吧！去睡吧！"母亲说，"这不是鬼魂写字，是蛀虫。"然后她把一本杂志丢向那张桌子，魔鬼声停了。

"蛀虫，你怎么知道？"

"你住过木头老房子就会懂的。总之，赶快把老家具丢掉。"

隔天我回家，等公家单位来收家具。他们迟迟不来，我在客厅等待。老桌子临窗，阳光照在木纹上，发出迷人色泽，那些光泽似乎是用清洁液将桌子的阴霾都擦干净了，而桌脚的蛀虫发出像是摇晃安乐椅的声响。我曾在这张桌上练习错误的英文字母，我记得祖母为了训练我的胆量，要我出门去问外国人。我胆子小，不敢问 K 怎么念，乱掰发音。K 是 king（国王），配图是皇冠，我凭着皇冠顶端的尖状，联想到"刺猬"而把这个读音的平仄消除了即可。祖母赞美，摸着我垂下来的头。

此刻，阳光直照在桌面，强烈的光斑折射，像是一条记忆之河里的金沙闪闪发亮。这记忆包括有一次祖母在桌边跟我聊了好久，她不要我做功课，专注跟她聊，数次流泪看我、摸我脸颊，令我想挣脱她紧握的手。现在想想，那是我们分离前的最后谈话，她急切地想跟我多谈，我却很烦。

家具回收部门没有来，我打电话去问。

仍是那个跑过来、气喘吁吁的中年男人，说："我们做事很负责，绝对有派人收呀！"

"没有，我等了很久。"

"不可能，你给我你的住址，我确定一下。"他拿出资料核对我的讯息，然后说，"是你打电话来取消的。"

"我在家里等你们来，不可能先取消。"我有点怒。

"我们这边的记录是，你今天早上十点来电取消，打来的电话号码与住址跟先前的一样。"

"不可能。"我挂上电话后又说了三次。

我确定取消电话的不是我，也不是母亲。我们只有在家讨论丢掉家具，也就是说，除了我与母亲，家里还有第三个人，是"那个人"打电话取消的。我想到此浑身冒鸡皮疙瘩，是谁在这房子里，她在哪儿？目的是什么？正当我想破头时，蛀虫的声响再次回荡，我小心地靠近书桌，判定虫声从哪里发出来。我贴近每根木头，寻找可能位置，最后我下判断，这声音是从放在桌子下的老箱子里冒出来的，比较像是一个老女人在里头尽情的磨牙打呼声。

竟然是这个声音帮助了我。

当廖景绍脱去我的内裤，在客厅趁我酒醉强暴我时，这种类似女人磨牙的声音响起，越来越大声。廖景绍吓着，乱敲打桌子或箱子阻止，然后老家具震动起来，几乎着魔似的摇晃。

廖景绍吓坏，仓皇地离开了。

我受到侵犯后，不知道昏沉了多久，醒来时人躺在客厅沙发上，太阳穴有点醉痛，身体很诚实地告诉我刚刚发生了什么事情，那些感觉从四肢慢慢地爬进大脑。我感到下体有些痛，手脚沉重，而大脑只想着一件比痛更痛的问题：我怎么会这样子？今夜真糟。

过了约几分钟，我看见有人坐在不远处的沙发上，在窗外透进来的霓虹光中亮着轮廓。我想不是廖景绍，不是母亲，而是祖母。我强烈感觉那就是她，脑海中被时光冲淡的影子蓦然出现，使我喊出声："阿婆。"

"是我。"对方用客家语回答。

"你哪时来的？"

"有一段时间了。"

我抬起头，看见她背有点驼，脸在黑暗里难辨，她跟我记忆中的模样变化颇大，或者说我从来没有好好记得她。我问："是不是家具搬来那天？"

"没错。"

"我没有发现你。"

"你不是没发现，只是不敢确定。"

"你一直在家里。"我深吸一口气。

"对。"她也深吸一口气，"我不是鬼，还活着，你可以摸摸我的手，感觉我的存在，不过我想你现在很累，我可以走到你那边吗？"

"好。"

祖母走过来，她撞到桌边或箱子盖之类的，发出声响。她坐在我身边，抓住我的手紧握着。她的皮肤看起来像干豆腐皮，触摸起来却平滑。豆腐皮是热豆浆表面凝固的薄膜，晒干后食用，那是祖母喜爱的食物，她将之烫熟后蘸上便宜的山葵酱，两人挨着小板凳，坐在有阳光的窗下吃，那是我第一次吃到山葵，眼泪直流。这时我摸祖母的手，有股委屈从喉咙冲到了眼眶，眼泪直流。

"那是你男朋友？"祖母问。

"不是。"

"认识吗？"

"我想应该是幼儿园园长的儿子，他开车载大家回家。"

"所以他不是你的男朋友。"祖母再次强调这句话，看见我摇头后，问，"你会觉得不舒服吗？"

"有一些。"

"你想要怎么做？"

"不知道。"我脑袋混沌，陷在宿醉与情绪的缠乱中，不知道下一步该怎么做。猝然与祖母相遇，虽让我稍稍安稳，但对事件也没有太明确的想法。"我真的不知道。"我重复说。

"要不要先睡一下？"

"你要离开吗？"我真怕祖母走了，我现在需要人。

"不会。"

我起身找手机，说："我要打给妈妈。"这几年来我们吵吵闹闹，但大部分的事会彼此商量。她会给我意见。我按下手机电源键，从光亮的屏幕上找到母亲的电话，拨了一分钟才接通。

"现在几点？"母亲说。

"两点。"

"你不会是滑手机游戏时，误碰到回拨电话吧？"

"妈，我被欺负了。"

"发生什么事了？"

"强暴。"我把来龙去脉说了一遍，除了祖母忽然现身客厅这段。我感到电话那头的母亲很无措，甚至捂着手机回应床边的男友发生了什么事。多年来，每个周末她都会到男友家过夜。他们维持工作与情侣的关系。母亲也很少谈论她的私人感情。

"你跟廖景绍不是男女朋友？"母亲凝重地说，"我看到你Facebook上曾放过几张两人的合照，那是晒恩爱吧！"

"不是，那是一群人的照片，你没注意到。"

"或许我觉得你们很登对，才会只注意到你们两人而已，说不定你们现在可以成为男女朋友。"

"怎么可能？都这样了。"

"听我说，那可能是男生表示'我想跟你成为男女朋友'的方式。"

"妈，你有没有站在我的立场想？"我提高音量说。

母亲停顿一会儿："抱歉，电话里不好谈，我现在就回家，我们当面谈一谈比较好。"

我挂断电话，在母亲回来前的半小时，我的视线回到祖母身上，好奇她这几天藏身在家中哪里。祖母说她藏在那个随搬家公司搬进来的木箱里，这样说起来很奇怪，一个身体能折叠进与身体比例不符的空间，但这就是她的本事。这几天来木箱是她的房子与床铺，她待得够久了，听着家中的一举一动，时间够的话，她会多待一段时间。

我想这几天家中短少的食物，应当是祖母的杰作。祖母说她不是鬼，可以不吃不喝，但是寄人篱下，得像鬼一样偷偷摸摸生活。她趁白天大家外出时，出来活动，煮饭菜吃，打开收音机听，洗个澡；衣服洗好后用脱水机脱干，晾在通风处快干。

祖母翻阅我书柜上的书（她对她的偷窥感到抱歉），注意到我对日本旅游和侦探小说比较着迷，但事实上却想成为贵金属金工设计师，这来自书柜上的几本相关书籍被翻皱了，做足了重点画线。祖母也打扫家里，把比较脏的地方清理干净，在沙发缝找到我几个月前遗失的项链，我以为它掉在某个婚礼场合。祖母的打扫不表示她有洁癖，而是多活动可以在大家回家前将自己折进木箱，早点入睡。她可以睡很久，像动物整晚缩在洞穴里睡觉。

"你一定翻了我的抽屉。"我读侦探小说，却不会对日常的细微变化，而疑神疑鬼到有外星人入侵。但这时我合理怀疑祖母动过抽屉。

"没错。"她很诚实，"让你讨厌我了。"

"有些。"

"有些而已？"

"我没有什么天大的八卦，但不喜欢被偷看。"

"我实在手贱，忍不住看了。"

"你为什么回来找我？"我想知道，在今夜看似什么都搞砸，所有错误都来得荒谬的时刻，离开十几年的祖母为何回来了。

"我要死了。"

"死了？"

"我是个一脚踏进棺材的人了。我得了肺癌，晚期。"

"所以回来找我。"

"就是这样，我曾经有过很快乐的日子，就是与你生活的那段日子。我觉得死之前有责任回来看看你，这样比较安心。"

我们热泪盈眶，彼此相视。那些曾有的情感联结，使我察觉未来的日子更重要了。忽然，祖母起身打开木箱盖，一只脚踏入，另一只脚接着缩进去，我看见她的身体像泄气似的瘪进那狭小的空间，没有留白，身子塞满小木箱，展现猫儿天赋的藏身功夫。我以为祖母因为不习惯无言而泪流满面的尴尬才回木箱，事实上是母亲回来了。她开门进来。

我的眼泪是为祖母而继续流，吓得母亲赶紧为我流泪。她把提包扔在地上，走来抱我："宝贝，对不起，我今天应该在家的，不然你不会受伤。"她泪水流了一阵子才说，"我很抱歉在电话里那样说，我是关心你才直接说的。"

"我了解。"

"你看看，我们跟廖景绍熟，他妈妈是幼儿园园长与最大的股东，我们家只不过是小股东。可是，这不代表她儿子就能这样欺负你。他们母子确实令人不喜欢。"

"你不是很讨厌她吗？"

"我没讨厌，只是不欣赏他们财大气粗的模样而已。"

"这不是一样的意思？"

"不一样，听我说。"妈妈沉思了一下，"你确定被廖景绍欺负了，我闻到你身上都是酒气，你确定了？我这样说不是要误解，只是想确定你不是醉酒的状况下想象的，而是真的发生了。"

"是真的，我醉了，可是身体还是我的。我感到有人压着我。等我比较有意识时，他已经走了。我的内裤没有穿着……"

母亲又沉思了一会儿："要不要打电话给廖景绍？"

"为什么？"

"我想知道他的想法。"

"他有什么想法？"

"听我说，廖景绍有没有来我们家，调阅社区的监控就行了。当然，我想知道这件事他要怎样负责。这件事不好处理，廖家跟我们有些关系，不是不能撕破脸，而是廖家很刁钻。"妈妈沉思了一会儿，说，"可以用手机上的录音侧录我们的对话，不是吗？"

我看着母亲，有种奇异想法，她的焦点仍是如何与廖家周旋，她在这节骨眼仍想着要在人事纠纷中夺得优势。母亲是幼儿园的原始股东，曾经担任三年的财务，后来被以"挪用财务"的名义拔除，她的亲信也陆续在几年内被各种方式砍掉。母亲说，这是超级贱人邱秀琴——廖景绍的妈妈搞鬼，把不同派系的人换掉，将幼儿园搞成一个人指挥、众乐器乱打的交响乐团。母亲被撤掉职务，是当时被检举在幼儿园以他人名义分散营业税的方式逃税，不是挪用财务。但是这种事除了"内鬼"外，谁会知道，况且检举函在她离职后就没了。此事对母亲来说是阴影。在这样的状况下，她仍想借机复仇。我心火烧起来，冷冷地看着母亲，可是她没有看到我的怒气。

母亲拿走我的手机，翻廖景绍的电话，她拍着我示意别担心，拨出电话。手机开启扩音系统，几乎就要转入语音留言系统时——接通了。

"莉桦，我想我可以解释的。"廖景绍抢先在那头说，"有些事情其实没有那么复杂，你知道的。"

"你说呢？"母亲代替我回答，而廖景绍没发现。

"我说？我能说什么？哈、哈、哈……"他发出诡异的笑声。

"？"

"听我说，你不用担心什么。哈、哈、哈、哈……"他继续笑。

我知道廖景绍紧张时，常会发出这种诡笑。

"你说呢？"母亲问。

"哈、哈、哈、哈……你有不舒服吗？"

"没错。"

"哈、哈、哈……我——爱——你……"廖景绍很紧张，"听我说，我其实喜欢你很久了，你不是也喜欢我？"

母亲看了我一眼，拿起手机说："廖景绍，我是阿姨。莉桦刚刚已经告诉我了，你这样做是错的。"

那个紧张得哈哈大笑的廖景绍，转而生气地说："根本没有，你们不要诬赖我。"然后挂断。

客厅不安静，有什么不安在各种家具的缝隙间流出来，有种尖锐的声响就格外清楚了，那是桌子的蛀虫声，像是没有颜色的歌曲要躲进我的心房。窗外的招牌灯关了，手机屏幕暗下去，客厅完全拧干了光亮。我感到寒冷，一种鸡皮疙瘩从灰烬里冒出来的无奈，火也烧不掉。

事情发生后，次日早晨我没去上班。

幼儿园的请假系统很难腾出多余人力支援，请假被同事形容为"从一堆柠檬皮中挤出一杯辛酸果汁"，可想而知，我得使出浑身解数才行。我成功了，直接跟园长解释，我早上在浴室昏倒，送医急诊。园长"哦"地答应了。十分钟后，我的手机 Line 群组涌入二十五笔的战略性慰问，提示音像爆米花似的响个不停。我也贴病照回应，不用美颜神器就是一副重病脸了。

我的病照是真的，背景是教学医院的倡导广告牌与候诊区椅子。我是来进行性侵验伤的。我很紧张，腋下有汗液的黏稠感。

我知道紧张会存在，无论下一步该怎样走下去，都被妈妈以"验伤备而不用"的理由给说服来医院了。

"我看见那个女人了。"母亲突然说，但是视线没离开手机屏幕。

"什么？"

"她像个鬼魂一样在客厅走。"

我的紧张心情被转移到这个话题，说："你是说阿婆吧！"

"昨天晚上发生'那件事情'后，我们不是又睡了？天亮前我又起来，看见那个女人就坐在客厅的椅子上，端端正正地靠着木桌写字。我吓一跳，再怎么眼花也不可能看错有个人在那里的事实。而且她不理我，靠着木桌写字，我瞬间觉得这个人是真的，她非常喜欢写字，那几年我们住在一起时，她常常靠着桌子写钢笔字，一笔一笔地写。我看见的模样就像当年，一点儿都没变，只是背影比较苍老。"

"真的吗？你真的看见了？"我惊讶的不是母亲看见祖母，而是祖母现身的意义在哪儿。

"是真的看见。"母亲说祖母的轮廓很清楚，拇指与食指的独特握笔法，笔杆与虎口的距离，笔尖在白纸上的刮滑声都令人想起什么。母亲又说"那个女人"爱用钢笔抄《心经》之类，一抄就像吸毒一样没完没了，所以确定眼前的"那个女人"是谁。母亲说，她在"那个女人"后头故意咳嗽，"那个女人"都没有停笔回望。她心想，这家伙说不定真的是女鬼，便大胆往前走了几步，想瞧瞧女鬼写什么，那是无法理解的画面，笔尖滑过的白纸竟没有字迹，女鬼写无字天书。母亲再仔细看，确定女鬼不是抄经，是写心情，隐约看出她在写"以前的你偶尔开心，现在的你应该天天开心"。母亲强调，这句子分明不是指导她未来的金句，而是指责自己过去的生活不够快活。

"然后，我退了几步。"母亲说。

"你吓跑了？"

"不是吓跑，而是被激起愤怒，转身到房间拿手机冲回客厅，要把女鬼照下来，发到 Facebook 上让大家评评理，那女鬼凭什么教训我。"

"照片呢？"连我都好奇。

"你看。"母亲秀出 Facebook 主页，一则被修改成"以前那老女人偶尔感恩，现在那老女人应该天天感恩"的帖文，获得八十几人点赞，是母亲多年来经营网络人脉中的可观收获，胜过那些吃吃喝喝的餐点照。

可是照片上空无一人，我瞪大眼看，贴图的客厅照一派空荡，只有淡薄的光影浮动，看不出有人临案写字。

"所以见鬼了。"母亲点开贴图，放大，空无一物，她笑着说，"手机真是照妖镜，连女鬼都怕，发到网上她就更怕了，跑了。"

这不是一场缓和气氛的俏皮话，也不是母亲乱掰的撞鬼见闻。然而，祖母为何突然从木箱跑出来写字，且又被母亲遇见呢？这太诡异了，一切被形容成客厅怪谈。

　　进入诊间，我心中不再想解开这疑惑，取而代之的是紧绷。年轻女医师得知我要性侵验伤之后，沉默了几秒，轻轻点头，表示及早告知可以优先处理，可以免除候诊。但接下来令我彷徨无措，她说，按规定，进行性侵验伤后得通报警政与社工系统。这意味着要走入官司。我没想到要走这一步，看着母亲，希望依赖她而获得什么决定。

　　"那就验伤吧！"母亲说。

　　"这好吗？"这不是我想要的答案，但是无论她怎么说，我都觉得不妥，又想依附她的决定，显然我尚未准备好面对下个挑战。

　　"我会陪你走过这关。"母亲眼神笃定。

　　这眼神无法化解我的犹豫，而且僵持了有一分钟。这一分钟的诊间陷入各自找事做的忙乱，护士假装整理物件，看到实习生开门送病历时，主动冲过去帮忙从推车上拿来成堆的病历。而年轻女医生用夹杂英文的言辞，拿电话筒说话，似乎是打发尴尬的时刻。

　　"这次听我的。"母亲用命令的口气说。

　　"那我怎么办？"

　　"女儿，我们不能被廖家白白欺负，这件事不能就此结束。"

　　愤怒有两种，一种是滋生力量对抗外来的挫折，另一种是逆来顺受而没有任何挣扎。我目前所处的是后者，原因是遭到侵犯的仿佛不是我，而是母亲。因为母亲向女医生陈述当晚发生的事，委屈得掉泪，以便让医生了解我的身体哪里可能受到伤害。母亲代言了我在半醉半睡间都搞不清楚的噩梦。她说出来的，来自我跟她说过的，而我沦为点头——我想搞清楚自己为什么不敢反抗，甚至变成了傀儡。

女医生检查了我颈部、下颌，这些容易遭施暴者以手肘抵压，我的手腕可能被施暴者扼紧受伤，而大腿内侧可能因强力顶开而留下瘀青。这三处之外，又仔细检查了胸部、背部与发丛下的头皮，都没有可疑的瘀伤。母亲甚感意外，她动手在我的左臂下方发现一处红斑痕，要求女医生摄影取证，并且对女医生在验伤单上记录的斑痕大小讨价还价。

接着，我躺在诊床上，女医生分别拿三根棉花棒在我的肛门、外阴部取证。令我再度紧张的是子宫颈采证的内诊。女医生一边解释不会痛，一边用消毒布覆盖在我张开的"M"形的大腿间，之后我感到冷物钻进来，俗称"鸭嘴"的窥阴器在钻进下体三分之二后转为水平，慢慢撑开，棉花棒很快伸到我的子宫颈取证。我双腿颤了一下，这种五十岁以后的女人都不想体验的类似子宫颈癌抹片检查，我感受到了。真的不会痛，只有细微的软物碰触身体深处的哀叹感。不过当"鸭嘴"取出时，合上的塑胶嘴夹伤了阴道壁，像握着刀时被人拉开刀柄那样痛。我发出了叫声，双腿紧缩，身体剧烈地往上拱。

"你太不专业了！"母亲指责女医生。

"抱歉，这是我第一次处理验伤，有些紧张。"女医生愣在那儿，眼眶微微有些湿润。

"算了，太差劲了。当初想这种事情要找女医生较妥当，不然我们去找隔壁诊间那个老男医生不是更好？"

护士过来缓缓说："我们下次会注意。"

"见鬼了，这种事哪有下次！"

那年夏天，祖母从客厅木箱爬出来，正式出现在家里。

从医院验伤回来后，我告诉母亲，我要多个人陪伴，好度过官司的关卡，这个人是祖母。我跟母亲说："你之所以能见到客厅的'那个女人'的幻影，并不是偶然的，是有心念才能再见。"

"拜托，那是杂念。"母亲反驳说，"我的口头禅是'见鬼了'，但不表示要见鬼，我不想见到'那个女人'。"

"我很想念阿婆，真的。"我说。

"我们十几年没见面了。"母亲沉默了一会儿，说，"好吧！见鬼了，除非她有什么通天的本领，说来就来。"

我起身走向木箱，打开没有从里头上锁的箱盖，秀出里头折叠得好好的祖母。母亲吓了一跳，眼睛像还未适应梦幻般空空荡荡的无神，她抓头发，深深叹气，把胸中任何一丝不满的情绪都呼出来，大叫："这下够我受了！"

当然是匪夷所思，祖母也是。

箱里的祖母安静无语，她的身子整齐地折叠着，双脚跨过肩膀贴在耳际，双手绕过屁股，全身像挤进瓶子的梅干菜般欠缺空隙。她的眼睛还算灵活，睁着，在挤压的脸庞上流露出无限的意外。木箱霍然打开，在没有任何的预期下，曾是婆媳的关系在如今重逢后完全是病态的不适应。

祖母把身子解开，头探出木箱，首先发难："我都听到了，你讲我什么都听到了。"

"我也看到你了。然后呢？"母亲抽起烟，以往她会躲在阳台抽烟，现在她紧张得顾不得是在阳台还是客厅了。

"我没有漏听一个字、一句话。"

"听起来非常糟。"

祖母说："你没有讲过我一句好话，你要是在那箱子里待得够久，自然就会听到多少的坏话。"

"我讲过你什么坏话？"

"我没有忘，只是想听你再说，不过，你放心，我现在修炼好多了。或许你再说一次，能让自己好过点。你可以从我以前有多么吝啬说起。我承认自己曾经是那样子的，这很真实。"

"那些事非常小，没什么好说的。"母亲抽口烟，两颊因猛力抽烟而瘪了，露出不安。

"说吧！说出来你心里好受点，讲讲以前的旧账吧！"

母亲多抽了口烟，现出一副何必畏畏缩缩的模样，火力全开。她说，她坐月子时，祖母把朋友送来的礼物拆开，能用的都拿走了。比如谁拿的日本水蜜桃礼盒被以孕妇忌冷之由拿走，谁送的毯子又被以婴儿不适用之由拿走，又嫌谁送的施巴、贝恩、丽婴房的婴儿沐浴保养礼盒不是整套。然后，娘家送的金项链等黄金饰品不知道被祖母拿到哪里去了，说是保管，结果变成私吞。

"这是真的，还有呢？"

"还有呀！"母亲乘胜追击，说祖母规定三天洗一次衣服，衣服都快孵出霉菌了，害得过敏的她跟空气奋斗了很久。她又说，冰箱一天规定只能开五次，冷气机只有夏天全身冒大汗时才开，晚上十一点前关灯睡觉，每天花费控制在五百块之内，存折常常被检查提款量……

"还有电话规定只能讲两分钟，看电视还要算时间，开灯只能开几盏，还有吗？"

"当然还有啰！"母亲忽然心生警惕，转而说，"都讲完了。"

"说完，你心里会好过点。"

"没这回事。"

"有个故事是这样的。"祖母朝我瞥来，"这世界上有种婴儿，他们出生时仍带着前世的灵魂，直到八九个月学会说话时，才失去这灵魂。这传说就是学会说话前的小婴儿具有'聆听树'的灵魂。"

母亲原先的冷漠表情忽而转暖，划过一道浅浅微笑，但这微笑稍纵即逝，要不是我的视线落在她的脸庞，不会发现那笑意如此薄，瞬间翻过，又恢复应有的冷漠。

"聆听树？"我示意说下去。

"当我们有生活上的打击而无法宣泄时，会往树林去，找到一棵有树洞的大树，把自己的不满往洞里说，直到心情变好，自己快乐起来，然后用泥土填满树洞。"

我听过聆听树。这故事广为流传，到底从哪儿来，已无从考证，总之是励志书常出现的桥段，我可以在图书馆找到十本以上的相关书籍。这则故事的意义，与其说是树收纳了人类痛苦的秘密，不如说是人在寻找这株树的路途上被森林的能量治疗了。

祖母说："聆听树总有病死的一天。这种树助人无数，功德圆满，菩萨让树转世成人。树木转世成为小宝宝，其实还保有聆听树的特性，学会了说话才断绝树魂。于是，那些还不会说话的小宝宝，成了大人们吐露心事的对象。"

"然后呢？"我说。

"你就是聆听树。"祖母说，"你绝对想不起来那些还很小的事了，但是我们还记得，那时你妈妈常对你讲话，你爸爸也是，你是他们的聆听树。"

我的脸上掠过微笑。母亲没有说过此事，如果祖母今天没说出来，势必烟散了。这则往事给我一些想法，即便我过了频频缠问"秋天为什么落叶""大象的鼻子为什么这么长"的幼儿期，度过吃健素糖[1]或葡萄干会大骂"去死吧"的初中少女期，或每天戴耳机拒绝聆听世界的高中时期，都无法抹灭我可以找回聆听的能力。我太常急着开口要别人听我说。

"我现在修养较好，有了聆听树的功夫了。"祖母点头说，"我觉得我越活越像小婴儿了。"

1　健素糖是台湾糖业公司以酵母粉为主要原料制造的营养保健类糖果。二十世纪八十年代台湾小学生都会被免费供应健素糖。

"那我呢？"母亲提高音量，"我什么都不是，没有修养面对一棵树，甚至看出你这棵树的修养。"

"看来我没有能力展现更高明的修行，但是我有聆听的能力，至少目前能听完而不生气。"祖母说。

"好吧！你有树的修行，不代表我也要有。我很确定，我们不能活在同一个屋檐下，这太危险了。你不会疯，但是我会的。"

母亲下了结论，无论祖母练了天大本事的缩骨功或聆听树，未来仍无法改变两人的关系。这源自她们过去的纷争，人生无须为此迁就，拔出土的萝卜再怎么贴心地塞回那个坑，仍无法成长下去，反而可能会死亡。母亲愿意退让，暂且搬到男友那边住，让祖母与我同住。

"但主要的原因是，"母亲离开家门前，说，"你一直认为我害死了你儿子。我在你眼里永远是凶手，是吧！"

我在警局，等待帮我做笔录的女警回来。

祖母在我身旁拨弄佛珠。她念一遍佛号，右手拇指便掐一粒木质佛珠。我注意捻动的念珠，日光灯将掌中的暗影衬出一滴活光，时光一秒一秒地死去，又一秒一秒地复活，往复之间，不是荒芜，也没有更多期待。

我看着佛珠拨弄，紧紧地抠自己的指甲，一次又一次，反复不断。这几天我又恢复抠指甲的烂习惯，用拇指抠食指，把指甲边缘的肉抠烂，指甲也被撕成齿状，也会用牙齿去啃，伤口碰到水就痛，得用透气胶带缠住。但是没有解决问题，只要时间静下来，我会被非常低沉的声音呼唤，产生撕指甲的冲动。

祖母跟我说，有些事情就像冬天的干燥皮肤，越抓越痒，最后把皮肤抓破也不能止住痒。转移心念，会是好方法，她将手中佛珠送给我。

我婉拒了，没有宗教信托，也无须借助其他的精神绳索。

"我信基督，也信佛。这跟信什么宗教没有关系，跟信仰有关。信仰是心中干干净净的，没有太多烦恼，而且还相信人的价值。"

"你很会说话。"

"这不是会说话，是体悟。要是说我变得会讲话，是几年前我去社区大学旁听，遇到一群头发又灰又白的人，他们脑袋能发光，无论讨论什么议题，每个人都能讲出一畚箕的哲理。"祖母捉住我的手，捻着念珠放在我掌中，"你握握看，空说什么信仰价值都是看不到的，手中有东西填满，脑中的价值也就踏实了。"

我握着佛珠，没有感到盈实，也没有觉得信仰重要。于是祖母说，人世间的事物就像餐桌上的食物，你得吃下去才能活，但是不晓得哪些是有营养而让人成长的，哪些是无用的。信仰是餐桌礼仪上的筷子，用筷子夹起一片灾难，用筷子夹起一片伤害，用筷子夹起一道快乐，然后再夹起一盘悲伤。使用筷子是让自己面对人生时更优雅。这不是要吃相好，人生不是表演给别人看的，而是让自己更从容。

"就留下吧！"祖母说。

佛珠是台湾肖楠[1]制，色偏暗沉，有缭绕云雾的刹那静止纹路。木纹裹着光泽，显示主人戴了很久，时时摩挲。我将佛珠戴在手腕上，没有从容，但心中多了一股滋润的情感。

这时候，巡逻完的年轻女警回到派出所，以泄气口吻说"终于下班了"。她值班与加班约十二小时，脸上哀感，仿佛从河流爬上岸后怎样抖身子都无法甩干的老狗。她将配枪缴库，回座摁下桌上计算机的电源钮，趁开机时间，冲去厕所把憋了好久的尿意解决，然后回来上网查询在手背抄写的摩托车车号，大喊："果然是赃车呀！可恶。"

"又遇到鸟事了？"一位男警走过来问。

"学长，我巡逻时，看到前头有个人骑摩托车晃来晃去，很可疑。我跟了一段路，越看越可疑，在红灯前停下来时很犹豫要不要按警笛、闯红灯去抓，但心中想第一次抓人真的很怕，那是我这辈子等过最久的红绿灯，原来自己还是这么差劲，不适合当警察。"

"请你的主线帮忙呀！"

"我看到那家伙，跟踪了一下，跟一起巡逻的主线分开了。而且M-Police（手持式计算机）在主线身上，所以不能查出赃车。"

"女天兵呀！"男警说，"算了，人没抓到没事，如果你没确定他骑赃车前就追他，要是他出车祸，责任算你头上。冒险跟

1　一种台湾特有树木。

保险，差一字，搞错，你要花一辈子的学费。"

　　这时，那位在警察分局门口值班台轮值的警员走进派出所，打断了男女警员的对话，说："学妹，人家来做笔录的，是性侵案件。"

　　"性侵"字眼，害我的隐私在外人前曝光，我心头一抽。从进入警局开始，我知道踏入警察体系里，得像进入教堂的告解一样全盘托出。我和陪同我的祖母低头找妇幼队，在传统的印象中，这单位像医院的妇产科收治所有的妇科病。妇幼队警员以业务转移为由，要我们去侦查队。模样看起来像黑道来卧底的侦查员，用八卦的口气问："是阿嬷你还是年轻的被人强（奸）了？"问完才说照最新指示，由派出所接管业务了。派出所男警察说，性侵笔录由女警负责，而女警还在线上巡逻。我们在警察分局上楼下楼，抱怨应该像医院在走廊贴上色条指示线，从哪儿走到哪儿都很清楚。然而，到了派出所才发现女警还在路上，我在椅子上等到恍神，听到"性侵"才又回神。

　　女警把目光往我这看，两手合十祈祷，突然用淡淡的鼻音说："我已经七小时没吃饭了，以为执完勤可以休息。所以，我可以吃碗泡面再做笔录吗？泡面是我的宗教、我的神。"

　　"拜托，学妹你帮帮忙，人家等了一段时间。"男警不悦。

　　"你先吃个泡面吧！"祖母说，"等你有了体力，才有能力帮我们。"

　　"我们也可以来碗泡面吗？"我问。从进警察分局到现在，我跟祖母已经等了很久，需要补充能量。

"这是我的庙，众神都在。开庙门啰！"女警起身，打开后方不远处的内务柜铁门，秀出里头分层摆放的泡面，从各地特色，到面条口感：辣味、海鲜、牛肉、鸡汁等各家品牌都摆放整齐。我选了豚骨拉面，祖母挑来拣去，最后选了跟我一样的。女警强调冲泡业务由她来做，撕掉收缩膜，撕开酱料包，一边走一边哼摇滚乐团"草东没有派对"那种带有机油味的跳跃重音节，用不锈钢壶从饮水机接来沸水注入，一股咸辣的气味席卷开来，我的味蕾朵朵绽开，在警局久候的不耐与荒凉也松懈了。

"发明泡面的人，应该得诺贝尔和平奖。"女警说。

"嗯！"我回应。

"这种东西三分钟就可以吃，又快又方便，所以时间要掐得很准，太早吃的话面条硬，太晚吃，泡得又肥又软，欠口感。"

"嗯！"

"如果这世界上的任何战争、街头斗殴、抢劫杀人、家暴或自杀，要是大家先停下来，给自己三分钟中场休息时间，坐下来，看着注入热水的泡面慢慢膨胀，像果实在阳光下长大，像小孩慢慢成长。然后决定怎样拼下半场，说不定，事情都改观了，什么都不会发生。要是这样，发明泡面的人会得到诺贝尔和平奖。泡面就会被选为全世界的教宗，叫作纽斗（Noodle）教宗好了。"

"啊？"

"其实，我小时候的愿望是当'圣诞婆婆'，每年平安夜驾着麋鹿雪橇，发给全世界的小朋友泡面。泡面是全世界最简单的料理，只需注入热水。全世界的小朋友一起在平安夜吃泡面，大喊纽斗万岁，开动。"

"嗯！"

"三分钟，人生最棒的等待是三分钟，专注呼吸，凝视泡面，静下来，所有的烦恼都可以抛却。"

"谢谢。"我听懂女警的言外之意了。

开动，我们安静地吃泡面，偶尔发出窸窸窣窣的声响。泡面的高油高盐让饥饿瞬间暂停，灵魂与思绪回来了，我们顺利进入笔录程序。一问一答的过程，女警不时翻阅笔记本，以歉然的口吻说："我是第一次做这种笔录，有点小紧张，要看小抄。"或许是那碗泡面开始在身体发酵，人生难关来时，三分钟的中场休息系统启动了。缓慢地、清晰地，将人生的不堪在没有太多情绪时说出来。

"在事情发生时，你有没有反抗他？"女警问。

在那场似梦非梦的伤害中，任何光景都无法历历在目地呈现，即便尘埃般的小拼图都掉落在酒精的迷糊中。

"我不确定。"我迟疑回答。

女警停下手中敲击的键盘，将眼神从计算机屏幕上转过来，她关掉录音笔，提醒地问："那你有说出'很棒''很好''很舒服'吗？要是有，代表这是合意性交，表示你同意这件事。"

"我认为没有。"我坚决表示。

"有，你有说。"祖母突然插话，现在大家的目光焦点放在她斑白发丝掩盖下的脸庞上。

"那恐怕告不成。"

"不是的，我是说，她有说'不要'。她说了好几次，而且从头到尾没有说过'很好''很棒'。"

"阿嬷，你怎么确定？"

"没错，你有讲话反抗，只是你忘了。"祖母笃定地看着我。

"那好，我知道了，我们再从头录音与记录。"女警打开录音笔，敲动键盘，计算机的屏幕浮现一字一句的缮打记录。

阿勃勒盛开之际，我离开了幼教工作。

阿勃勒栽在白沙坑旁，初夏的黄花串串，垂挂枝头，微风不断迎送，又落下斑斑的黄金雨瓣，点缀在白沙坑特别美。这种树却被小朋友称为"猪大肠"，因为果荚是长条状，漆黑色。他们会跟在某些人的后头，喊"你掉东西啦"，然后高举果荚，对回头的人说"你的猪大肠从屁股掉出来啦"。连宾客与园长也遇上过这种把戏。

这把戏与说法，都是由小车发明的。这小家伙还因此闹出了意外，把成熟的果荚剖开，用黑膏状的果肉煮了锅"巫婆汤"，邀了几位小朋友喝，传说可以练成皮卡丘发电的"十万伏特"功夫。但要是谁泄露了口风，保证会像美人鱼变成化粪池里的泡沫一样。

阿勃勒的果肉味甜，吃了会轻微腹泻，但是无毒。放学后，十几个连蒙古斑都还在的小屁股在自家厕所啪啦啦地喷个不停，却不敢提"巫婆汤"，生怕自己变成马桶里拉出来的黄泡沫。家长认为是肠病毒送医。医生说，肠病毒跟拉肚子较无关，研判是食物中毒。

家长在 Line 上怪罪幼儿园的食物处理不慎。园长开了家长说明会，写了两次道歉信，仍找不出病源，把厨娘借故革职以平息众怒。肚泻的小孩对那次的"巫婆汤"药效与自我保密功夫都很满意，鬼扯到"布丁与泡面同时吃会拉肚子"的传说。但是，小车对我吐实了，他从来没有对我保留秘密。

七月的某个周一，阿勃勒花缀在枝头，也坠在白沙坑。小朋友在树下玩沙坑寻宝游戏，看谁先挖出深藏在里头的"小小兵"。带队老师说，挖到地球另一端的美国也要找到"小小兵"，不然不能休息。童稚的欢乐声不歇，他们最喜欢沙坑寻宝了。

小车把铲子一扔，大喊肚子痛，往厕所冲去。

我瞥见他把找到的"小小兵"私藏在口袋里，显见上厕所是诡计。我跟上前去观察。

小车跑过厕所，往仓库而去，不费劲地打开那道用三个阿拉伯数字组合的密码锁。锁头只是消极性阻挡，密码就刻在大人高度的门框上。三年前，几位小朋友把仓库内的白板墨水涂满自己与学校后，才添加的锁。

我从窗玻璃往内瞧，只见小车忙着在灰尘浮跃的仓库东翻西找，也许在找神秘空间好藏死口袋的小小兵，制造它被沙坑吞噬的传说。

"需要帮忙吗？"我走进仓库。

小车看见是我，卸下防御，继续找："猪大肠在哪儿？"

每年春季，我们会先采撷成熟的阿勃勒果荚，储藏在仓库，可供小朋友用于美术剪贴簿的立体拼图，或装饰布告栏的边框，或用平行的两条粗线缠绕成铁轨模样，总之用途很多。

"布告栏上的那几根装饰品，是被你拿走了吗？"我问。

"对啊！"

"你已经拿到好几根了，还要更多？"

"对呀！"

"用途呢？"

"我要做一锅新鲜的巫婆汤，很大的一锅。"

"巫婆汤，这要干什么？"我想起往事，提高警惕。

"秘密，不能说。"

"你不是什么事都跟我说？"

"人类偶尔有秘密也很好。我爸爸常常骂我妈妈："'你乱看我手机，你不尊重我的隐私。'"小车皱着眉头说，"隐私就是秘密，爸爸有秘密，我也有。有秘密的人会长大，没有秘密的只能当小孩子。"

"唉！小车，你长大了。"我看着他，心想不久他将从幼儿园毕业，进入小学。这之间的变化对幼儿来说并无太大落差，但小车有明显变化，他少了许多笑容，转变成了自我防备。

"这样好了。"他抬头对我说，"我们玩交换秘密的游戏，我们交换一个心里的想法，很公平的。"

这是小游戏，我能应付自如，答应了。

"什么叫强暴？"他问。

我心头揪紧，这问题很难回答，而且冲着我的成分居多："你从哪里知道这个词的？"

"我妈妈说的。"

"她怎么说？"

"不是她跟我说的，是她跟别的妈妈聊天时被我听到。她说学校的'蛇窝'发生了强暴案，真是太可怕了。"小车说。他所说的"蛇窝"是教师办公室，学生们对它的解释是"老师像毒蛇一样聚集的地方"。

我又迟疑了几秒钟，思考该不该回答。

"什么是强暴？"他又问。

我深吸一口气，说："每个人都会穿内裤，遮住尿尿的地方，那是人的隐私，也是人要保守秘密的位置，不能被别人摸，也不能掀开来被别人看见。"

"所以，乱摸别人、乱看别人的鸡鸡，就是强暴。"

"意思不一样，但很接近了。"

"那我们小男生尿尿时，都会看到别人的鸡鸡，也会去摸别人的鸡鸡，能叫作强暴？"

"不是这样的，你们是在玩耍。除了你们小男孩不懂事在玩闹，除了爸妈洗澡时碰到你尿尿的地方，其他人是不能乱摸那里的。乱摸不能算是强暴，乱摸是猥亵。"

　　"乱摸是危险？"小车把"猥亵"理解成音近的"危险"，弄得我不知是该笑还是该纠正之际，他说出更惊人的内幕，"我被危险了，好危险呀！"

　　"怎么说？"

　　"大黄蜂危险了我。"

　　"发生了什么事？"我吓一跳，廖景绍怎么会猥亵小车？

　　小车说，廖景绍有几次在他们上游泳课时，偷偷用橡皮筋射他们的鸡鸡，幸好距离远，橡皮筋失去劲头。然后又趁他们换衣服时，廖景绍没穿泳裤，跑来叫他们快一点，不快点穿上内裤，鸡鸡会飞走。小车反问，你也没穿呢！廖景绍却说它长大了，不会飞走，自夸这是"顺便让小鸡鸡们看看大雕的入门仪式"。另一次，小车换衣服太慢，没穿内裤的廖景绍走过来催，转身走时，用大雕打到他的脸。

　　"他不是故意碰到的吧？"我小心询问。

　　"他也跟我说不是故意的，可是一边说对不起，一边笑，哼！看起来就是故意的。"小车想起此事，生气地擦着右脸颊，仿佛有污秽擦不掉。

　　我对小车所言没有疑虑。廖景绍是游泳教练，对小车的行为已失格了。这件事小车老早可以跟幼儿园反映，可以向父母反映，可以跟其他老师反映，可是他没有，显然这件事在他最本能的想法就是廖景绍与他的游戏。然而，近日的什么事使他对这件事改观了——我肯定是跟我有关。

"我被危险了，也被强暴了。"小车说。

"怎么了？"我担心地问。

"大黄蜂用他的鸡鸡打到我，原来是强暴。"小车继续用手猛擦脸，把那儿搓得红通通的，"我上网查过了什么叫强暴，我还偷偷拿妈妈的手机看 Line 了。"

"你知道了？"

"我知道了，你——被——强——暴了。"小车咬着嘴唇，用一种比自己受辱还悲伤的眼神说，"大黄蜂太可恶了。"

"所以你找出猪大肠是要帮我复仇。"

"我要把蛇王、大黄蜂赶出幼儿园，让他们肚子拉爆掉。"小车说着，哭泣起来，泪珠滑过青嫩脸庞，"我查过网络。在古代，有个女生差点被强暴，结果只是被摸到手，她就嫌自己的手很脏砍掉。在印度那些国家，被强暴的人会被坏男人杀死。在这里，被强暴的人会离开大家，躲到别的地方。"

"不会都这样的。"

"没错，网络上都这样写，你会离开这个幼儿园，觉得自己很笨，会躲到很远的地方，每天一直哭一直哭。然后，我就看不到你了。"

"不会都这样的。"我也哭了。

"把大黄蜂和蛇王赶出去，你就能留下来了。"

我的泪水泛滥，完全无法凝视小男孩。这世界上到目前为止值得喝彩的，是随着伤害而来的浪潮中仍有温暖的心意，不时落在我的手上。这让我知道，路再远都可以走下去。

如果要体验地狱，捷径是进入地检署。

半个月来，我为了法律程序奔波了好久，上医院验伤、派出所做笔录，接着到地检署的侦查庭把原委再说一遍。吴检负责我的案子，年纪大我约一轮，看起来像是中午路上提着塑料袋买便当的普通男人。他问话很快，不像女警做笔录时抬头看人，要我跟上脚步。

吴检对过程细节以放大镜的方式检查，比如问"廖景绍先脱我的裙子，还是衣服"，我有没有"帮他口交，或他帮我口交"，或"有没有用助性的按摩棒插入我的阴道""中途有没有换姿势""交合过程几分钟"。我回答，那时已经喝醉了，没有太清楚的记忆，但是就如笔录与自述状描述的，我有肢体反抗和嘴巴说"不要"，这种反抗也无法阻挡事情发生。总之，侦查庭询问了一个小时，我又加深那次的负面经验，尤以吴检的刀锋询问，像是吹响的警笛，令人脊背抽紧，在冷气很足的房间，腋下与额头也不免冒汗。

事后每每想起这件事，凡是听到救护车或警车鸣笛而过，都仿佛吴检传讯，不由得坐下来深呼吸。

犹记，在侦查庭结束之前，平板脸的吴检突然眉毛一翘，补问："你那时是处女吗？之前有性经验吗？"

我愣了，不知如何回答。

这时，始终低头用键盘记录庭上对话的书记官，停下手边工作。

　　书记官使用快速记录的"追音输入法"，键盘类似传统的功能手机系统，一个按钮有多个注音符号，一次可以按三个钮，比如"我"的注音"ㄨㄛ"可以同时以三键输入。庭上的对话笔录，立即透过我前方的计算机屏幕呈现。这时，屏幕记录停下来，停在输入状态的放大字体框：处女吗？

　　这问题是吴检为自己还是为案情询问？即便是后者，意义在哪儿？在等待时刻，一旁的法警瞪我，似乎勒索我的答案。吴检终于不耐烦了，敲了敲席桌，催促我回应。

　　"检察官先生，这问题很难回答。"我说，并回头看着陪同的社工员。社工员耸耸肩。

　　"叫检座就好。"法警看着我，眼神锐利。

　　我反问："这问题跟案情有关？"

　　"我叫你回答就回答，你是处女吗？"吴检拉了两下黑底镶紫边的衣袍。那是像征尊贵正义，要嫌疑犯悔罪的颜色。

　　我一时语塞："这很难回答……"

　　"好吧，别说我逼你说。"吴检拿着医院验伤单说，"这上头说你的处女膜，有八点钟的撕裂伤，却没有说是陈旧伤口还是外力造成的新伤口。不然，你回去医院再验。"

　　想到验伤过程，我不愿回去，马上说："不是。"

　　"做过几次？"

　　"什么？"

　　"不要每次要我来解释问话的用意，好吗？你就直接说。"

"约一百次。"

"同一个人？"吴检瞪着我。

"不是。"我低头。

"几个？"

"三个。"

"有一夜情？"

"没有。"

"我会传唤廖景绍。"吴检退庭前说，"传票很快会送到他家。"

那是末日审判的经验，审问的不是上帝，是撒旦，用死神镰刀抵在你脖子上勒索答案。如果有选择，我不会皈依任何宗教，不希望死后还得被什么单位审查罪责，即使被神以目光"无言审问"而看穿都令人不舒服。

当我离开检察署，神经仍很紧绷，步伐僵硬，腋下湿了。阳光下，蓊郁明媚的乌桕行道树好美丽，它们静立，它们嫩绿，它们无言却又说尽了夏日情意。看到这些树，我内心才稍稍平复，眼泪终于放心地流下。如果没有温热的眼泪提醒我，我还以为尚未脱离冰冷的地狱。

吴检会传唤廖景绍。廖景绍是闷茶壶，连他妈妈都不知道提柄在哪儿。他接到传票后，情绪才加温，坐着时心不在焉、吃饭时失魂落魄、开车时闯红灯，然后烦躁地望着传票上的开庭日期，却还在人前装成阔小开。如果了解连内裤等私人物都是由他妈妈买妥，就知道廖景绍是标准"妈宝"，等到事情无法收拾才由园长妈妈接手。这火焰会很快烧遍幼儿园，而园长是灭火器性格，开了得把整罐的情绪气泡喷尽。但是到底是救火，还是助长火焰，无人知晓。

就在小车发誓帮我报仇的隔周，火焰终于烧到幼儿园，弥漫着低气压气氛。风暴核心来自休假三天的园长，她十点左右来到，怒气冲冲，先是训了一顿大门警卫不是睁眼看报纸就是闭眼偷睡觉，年底干脆跟保安公司解约。然后，她发现一楼大厅的新蜘蛛网不是去年万圣节的装饰品、展览墙上那张她略微翻白眼的成果照片没撤下来、办公桌上的招财万年青快枯死了，最气的是她上礼拜割掉的眼袋没有人称赞，怒想：幼儿园的教师都是饭桶脓包吗？

于是，园长趁十点半的下课休息时间，拿起广播麦克风，召集全园区的教职员集合，亲自示范如何用丢扫把的方式打蜘蛛丝，又如何把万年青折断，再如何把翻白眼的照片撕碎成一百片，最后指着自己的眼袋，说："你们呀，该认真观察这世界上的美好，包括在我身上的一点一滴变化，而不是将这里的美好破坏，将这里的美好拆毁。"

园长边气边说，眼线被泪水泡花了，唯独眼袋更浮出了。大家很清楚她花了五万割掉眼袋的新闻，这种事在 Line 上传得很快，哪家医院、哪个医生、哪个价码都有，还有人先见到了术后的样子而给了负评。

大家安静无语，低头看着彼此的鞋款，好像是鞋类选美赛。有几个人还挺真诚地巴结，来劲地悲伤，鼻孔抽动，尤其泪水够配合，蹦蹦跳跳地掉了下来。大家都捏着自己的手，装悲伤。

"你哭啥洨（什么）？你是哭爸呀！"园长用闽南语大骂。

那位哭的女教师听到被指责，说："我只是想到这美好的环境被破坏，好可惜。"

"这不值得你哭爸哭母。"园长提高音量，"这里能哭枵[1]的只有我。这里毁了，我会埋尸在这儿，而你们会留下来吗？会吗？你们只会落跑。"

"园长，我们会陪你的。"讲话的是最资深的教师。

"算了，你们回去工作。"

"我们留下来陪你。"几位女教师附和，但仍然搞不清楚这女强人的脾气怎么在今天崩溃了。

"你们不走，那好，我走就是了。"园长不回头地回了办公室，留下一脸错愕的教职员。

园长把自己关在办公室，中午不出来吃饭，偶尔传来玻璃杯重摔地面的破裂声，偶尔爆开尖锐的哭泣声。小朋友谣传"蛇王"正在修炼像电影《蝙蝠侠》中的小丑变身功夫，泡在化学药剂里折磨自己。然而，我隐约感受到园长的怒意是针对我的，她只是在众人前面憋着鼻息行事，等时机一到，刀剑出鞘砍烂我。果不其然，到了下午三点，我的手机传来信息，园长要我到办公室。终于到了针锋相对的时刻了。

1　因肚子饿而无理取闹，骂人话，音近"靠妖"，khàu-iau，闽南语。

园长梳过头发、化过妆，遮掉疲倦的容貌，更显得用五万割掉的眼袋是亮点。她深深陷入牛皮沙发，与平日坐三十厘米、挺直腰的高贵坐姿不同，显得她的身体很疲惫。

"我说年轻人呀！玩来玩去，滚来滚去，怎么玩都可以，但是怎么可以诬赖别人，是吧！"园长指着椅子，要我坐下。

"我没有诬赖谁。"我提高警觉。

"我哪说过你诬赖，别对号入座。但是，我想你误会了，景绍这个孩子，他是好人，没做过坏事。我记得，他读初中时，我载他上学。他半路看到一条病恹恹的狗，怎么说都要救它，跑下车，脱下外套抱起狗，催我去动物医院。这孩子好仁慈，天气这么冷，他宁可自己受冻，也不要狗受冻。这样的人将来即使成不了才，也不至于去害人，对吧！"

"嗯！"我认同，心里却想着，母子之间最大的距离是谎言。廖景绍跟我提及抱狗的事，却充满权谋。他说，那天学校考试，想躲也躲不掉，恰巧看见路边有只病狗，总算找到挡箭牌可以不用上学了。廖景绍又说，他青春期，不，是整个人生，都在跟"某个女人"玩诚实与谎言的躲猫猫游戏。如今"某个女人"就在我眼前。

"我希望，你能拉这孩子一把。"

"我没有能力。"

"可以的，只要你伸出手，向检察官撤告，一切都可以从头开始。在这关节点，或许你年纪太小还不能了解，听不下去，这怎么说呢？好吧，我换个方式说好了，我诚实跟你说，我真的喜欢你，一直希望你跟景绍之间，是情人关系。情人床头吵床尾和，不是吗？"

"我们不适合，现在是，以后也是。"

"好吧！缘分没了也不用撕破脸。上星期五，这孩子突然要我陪他去地检署，他一路紧张兮兮，最后才跟我说，他跟你有非常大的误会。"

"我没有误会他。"

"有！"园长大吼，吓坏了我，气氛瞬间凝重。沉默几秒后，她的大吼取得了说话权，眼泪再度滑过眼袋，说："听我说完。"

事情是这样的，园长在往地检署的路上听廖景绍说完，紧张死了，紧急联络一位律师朋友。律师维护廖景绍的清白，认定是误会，吩咐他在侦查庭上面对检察官讯问时，无论如何，一律说"保持缄默"。律师随后会赶来。结果，检察官单独审讯廖景绍，以"犯行确定"的严厉口吻审讯。在外头等候的园长隔着厚重的门，能感受到里头的不安，还听到检察官大声咆哮："你讲了十八次保持缄默，当我是什么！我陪你玩到底，你再保持缄默，我羁押你。"吓得廖景绍说："……你……要保持缄默。"结果被法警上铐带走。检察官花了两个小时写状子羁押，刻意耗到星期五傍晚，把人与侦查卷宗送到法院。这让廖景绍被关到星期六早上才由轮值法官开羁押庭，无逃亡之虞，当庭释放。

我现在懂得园长的焦急与不安了。廖景绍被羁押一夜获释，对园长是莫大打击，急着寻求和解。这也令我对吴检刮目相看，先前的无理冒犯，现在稍稍宽释了。

"我刚刚跟你妈妈通过电话了。"园长说，"我们沟通了很久。她觉得，这一切应该是误会，没有想象中的复杂，但是仍要问问你的想法，要尊重你的意思，是吧！"

"误会？"我懂了。

"当然是误会，景绍没有恶意，而且你别无选择。"她希望用修正带把发生的事涂掉。

我懂了，进办公室前便转换成静音系统的手机，总有来电振动的声响。我现在滑开屏幕，显示有五通来自母亲的未接来电。

园长抢话："我跟你妈妈的想法一样，希望你跟检座说这之间有误会，赶快撤案。真的，不信你可以回拨给你妈妈。"

"条件呢？"

"什么？"

"你们谈了什么？要是你没给她条件，我妈妈不会退让。"

园长从深陷的沙发里爬起来，走过来，用"不愧是贼女儿才懂得老妈诡计"的眼神看着我，微笑着说："你妈妈非常能干，很优秀，我希望她回来帮忙，财务长这工作很适合她，对吧！"

"还有呢？我妈很优秀，很能干，不止谈这条件吧！"

"当然。"

"说说看，我想知道。"

"三十万元的和解金。"园长比出三根指头，说，"我可以装在爱马仕的'凯莉包'里给你。"

"我妈妈真的只有这样说？"我很明白，在母亲的观念中，我在这场官司中是进可攻、退可守的好筹码。

"不信，你可以打电话给她。"园长再次指导我，"你们不能再拗蛮，尤其是你，我讲难听点，醉茫茫给人干也不会痛，是吧！"

我的脑袋轰隆地响起，简直是被阳岱钢[1]猛力轰出全垒打的棒子击中。那醉茫茫的身体被侵犯，或许没有很痛，甚至没有意识到什么，但真正的痛是有人踩上你的身体凌驾睥睨，操纵你、解构你、要你别无选择地承受一切，还命令你要是不能接受这些条件就滚开这圈子。那个人就是园长，站在我面前，用冷冷的眼神看着我。

这眼神让我想起柳川河堤外的杀狗事件。柳川是水泥河川，有个特殊的"沟中沟"结构，在平坦的水泥河道中制造宽约一米的水沟。平常水流小时，这水沟负担疏导流水，雨季来临时，由水泥化的柳川排洪。这条水泥河道，很少有人会下去走，但有个人常常在那儿遛狗，河道上充满了他们的垃圾——狗屎和烟蒂。这个主人不太搭理那只黑色的混种狗，有时候把未熄的烟蒂弹向狗。杀狗事件大约是在我九岁时，我独自穿过柳川桥，听到桥下传来沉闷的打击声，有点像在打冬日晒着的棉被，我探头看，看见主人用球棒打狗。黑狗没有惨叫，是主人用绳子紧紧套住它的脖子，脚踩住狗脖子附近的绳索，黑狗在地上不断扭动身躯被打。那支棍子最后往狗头上挥，非常用力，我听到骨头碎裂的声音，

1　职业棒球手。

黑狗便安静地躺在水泥河道上，血溅开来，很浓的血。我猛地紧张，肩膀拱起来，抠着指甲，看着死狗的眼睛往桥上的我看来，那么透彻的眼可以装下蓝天，现在只装下死亡和眼泪。主人拿出一根烟抽，把烟吐出来，往上瞧。我在那缕往上飘的浓烟中，看到他冷冷的眼睛瞪来。我再度吓到，连跑走的力量都没有，看着他把死狗踢进柳川，看着他从河岸阶梯走上来，看着他沿河畔人行道走来。在这个过程中，他都用那双冷冷的眼睛盯着我，直到这双眼跟我距离不到半米。我不知道为什么，连逃跑的勇气都没有，像浴缸被拔掉栓子一样，全身力量被恐怖旋涡抽走，还发出尖锐的叽叽声。那双冷冷的眼睛是两个旋涡，瞪着我，他用手拉开我的上衣，伸手用力捏了一下我的乳头，说："这么小，比狗的还小。"然后离开。我在桥上站了很久，脑袋里充满了恐惧。

现在，这种恐惧再度弥漫我的体内，而且变成强大的愤怒，出现低血糖的颤抖与无力，我狠狠瞪着园长，双手掐着指甲，用失去理智的声音跟她说："我希望你也被强暴。"

现在瞬间失去声音，掉入安静。

"我希望我没听错。"园长说着，用眼睛冷冷地看着我。

"我正在体验那种痛苦，希望你也有。"

更安静了，只剩彼此的眼神逼视，然后园长说："强暴，不就是每个女人要走过的路？"

"……"

"哪个女人的做爱，每次都能得到自己的同意？"

"……"

"你阿嬷、你妈妈、你自己，连我家族的那些女人，都会经历被自己男人硬干的时候。"

"……"

"不要以为我没被强奸过，而且不是老公之类的人，是烂人，你的愿望我已经完成了。"园长冷冷地说，"我忍过去就好了，不像你拿来逼人。"

这时园长的手机传来歌声，不断重复"啊！我是白痴是呆子，是个只会嚷嚷的胆小鬼"这几句歌词。这首来电铃声是专属于母亲的。园长的冷刀目光仍插在我脸上，我的脸是她的砧板。她没有回头地后退，拿起桌上的手机，通话："我正在跟你女儿谈，她同意了，这件事敲定，来，你跟她确认。"

我接下递来的 iPhone 手机，瞄到屏幕上的母亲代称是"贱人一号"，我问："你谈妥了？"

母亲在那头说："这不是逼你，是不想让你受苦，接下来要到法院奔波。我想事情能早点结束，让你早点回到正常生活。"

"妈，我也想回到正轨。"

"是呀！女儿，大事化小，小事化了。"

"但是，你谈的条件不好，那是因为你不够贱，只能够当个对人家嚷嚷的胆小鬼。"我的愤怒没退去，反而越来越高亢，还听到母亲惊讶地回应，也瞥见园长冷冷的眼神化成怒焰，并且听到我以下的对话后，脸色涨红爆炸。我说："妈，你应该更贱，因为你在这个电话里的代号是'贱人一号',要不愧对这个代号,你得要求三百万和解金,然后回来当园长,不是吗?这是你最想做的大事业。"

"什么?你开什么玩笑!"

"我是来真的。"我关掉手机,递还给园长,"我妈妈的想法很简单,要她回来当园长,不然免谈,而你自——动——离——职。"

园长随着我强调的"自动离职",怒火喷发,把那个价值我一个月薪资的手机重重地摔在地上,斡旋也摔碎了。在碎片迸裂之后,窗外传来各种纷扰喧嚣,孩童的哭闹声占据着幼儿园,值班教师冲进来说"全部的小朋友都拉肚子了",才结束这次冷得找不到终点的谈话。这幼儿园是对立的地盘,有人得离开,那是我,离开这个快被八卦、耳语和无奈溺死的低氧环境。

我离开园长办公室,回座打包物品回家,离开这间弥漫着稚嫩哭号和不安的幼儿园。小朋友乱跑,厕所挤满了人,每个厕间排了五六个人,一个水桶可以五个人轮流用,大家巴不得把屁股亮出来。小车与高年级的幼儿跑到沙坑挖洞,嘻嘻哈哈地蹲在那儿狂拉,笑说沙坑终于变成猫砂盆了,老早就想这样。

我端着物品,走过中庭那锅午后的仙草蜜点心,黑甜汤汁里肯定掺有其他特别的东西。

小车的复仇完成了,而我的失败来了,唯有离开此地。

这世界的黑暗已经成形了。

第二章

七个女人与一条狗

✳

　　那年夏天，像所有的夏日一样溽热，不同的是我离职了，陷入前所未有的困境，而且我与母亲的关系生变。那通"贱人一号"的斡旋电话撕破母女关系，母亲要我和祖母快快搬走，她想从男友那边回到家，一个人独处冷静，好好思考，她的人生接下来应该要怎么办。

　　"我的人生该怎么办？"这句话更纠缠在我内心，此时我不论做什么事都乱了章法，往往找不到方向，生活失去节奏：我睡惯的床要躺三个小时才能入睡，天未亮便起床看着楼下的早餐店忙碌。我放在烘碗机的法国马克杯不见了，找了很久竟在烘碗机角落找到。我失神地用护手膏刷牙，用牙膏洗脸，对着镜子发呆的时间很长。重看美剧《花边教主》，深深厌恶贵族学校的烂八卦和贱爱情。进电梯关上门却忘了按下楼层按钮，直到它启动后停在六楼，拿枪冲进来的帝国风暴小兵出现，问我怎么哭了，然后把所有的战利品送给我。

　　我又坐电梯回到屋内，从口袋掏出三颗掌叶苹婆的种子、一把钥匙环、五张名片、两个文具小铁夹与无数琐碎之物。有个约两厘米大的爱心木片是一年前被帝国风暴小兵勒索去的，是我从幼儿园园游会买来的，当时的我脸上都是快乐、阳光和微笑，往越来越幸福的道路前进，相信有能力搬走每颗绊脚石，乐意在电梯里被帝国风暴小兵勒索。现在的我，失去某种自己说不上来的幸福，害怕寂静，而且无法忍受自己。

"走吧！现在是出发的时间了。"祖母说。

"去哪儿？"

"反正就是离开这儿就行了，我会安排。"她打了通电话给搬家公司，接着回头对我下通牒，"半小时后出发，出发是新的开始。"

"只有半小时？"这么短的时间，我无论如何也整理不出行李，给我半个月也无法达成。况且母亲要我离开是气话，这些年来我能体会她每句话底下的冰山意涵，她绝对不是要我搬离，或至少是在暗示祖母快滚蛋。

"你应该这样想，自己现在总算有半小时，好好整理自己想带走的东西，不是能带走的东西。"

"我每样都想。"

"那些东西都有排序吧！十样东西，你就拿十样最想要的物品，不用太花时间。"

"好吧！"我转身回房整理。

"也可以再少一点。"

"不可能了，我出门上班都要带一堆离离落落的东西。"

"很多都是安慰用的，大部分都没用上，对吧！"祖母说，"这样吧！拿八样东西，搬家公司快到了。"

门铃响了，祖母开门迎接，然后回头对我大喊："人家已经到了，拿三样就好。"

门口站了五个老妇人和一只老狗，是那群上次将祖母遗产搬进来的银发族。她们走进客厅像回到自己家，两人坐在沙发上，打开电视，为着要看乡土肥皂剧还是胡瓜的综艺节目吵嘴；有个老妇打开冰箱门，检查水果种类，然后自顾自蹲下来吃芭乐[1]，一边嫌水果硬，一边对吠着的老狗说她只是蹲下来没事；还有个老妇终于找到厕所，却找不到出来的门似的在里头和痔疮奋斗；那位有酒窝的妇人则和祖母在阳台聊天，不说话时，只顾看天，时光安静地流过两人身畔，凝视蓝天就堪安慰了。

光劝这群人别弄坏遥控器、冰箱门和马桶，我就不能专心打包行李了。最后在祖母的催促下，我将平板计算机、一组万用化妆品、三本存折和四十八套衣服打包妥当，那些老人劝我说仙女也不用带四十八张人皮。她们评头论足地拿出我爱的四十套衣服，我微笑报答时，她们却把这些塞回衣橱了。

祖母回到客厅，下令："死道友，休息够了，把东西搬走吧！"

从进门开始，我看得出她们和祖母的关系非同小可，互称"死

---

1 番石榴的别称。

道友"这种古怪称谓，互开玩笑又带点龃龉。我也意识到，祖母是她们的领头羊，少说话、少动怒、少欢笑，但众人几乎听从。所以祖母下令离开这里之后，马桶冲水声响起、未啃完的芭乐放口袋、唯有电视节目在胡瓜的笑哏拖延两分钟后才关掉。大家起身干活。

"这台电视机多少钱？"有位阿姨问。

国际牌三十二寸液晶电视，附机顶盒，画质清晰，值我一个半月的薪资。"四万多元。"我说。

"确定是你买的，不是你妈的？"

"没错。"

"我们两人帮你搬走。"阿姨要求跟她争节目的老人帮忙。

我犹豫不决，至少这台电视不在我的行李中，更不想带这庞大体积的东西上路。

"带走。"祖母果敢地下令。

在激烈的掌声中，那台液晶电视的线路被拆了，由两位老妇夹着走，未收妥的电线拖在地上。我大喊不能搬，却担心要是有人踩到电线，那台电视绝对会在地上展示它复杂的破片，只好上前帮忙整理。

"我要马桶。"另一位阿姨说。

"拆。"祖母说。

拆马桶的阿姨走进厕所，不顾我的反对要拆免治马桶的温热便座，因误触按钮，冲水棒随着马达声伸出来，喷出水，将她整张脸弄得狼狈，却没弄脏她的笑容与蹩脚的技术。我又动手帮忙了。

"冰箱呢？我也要。"某位阿姨敲着冰箱门。

"我们搬不动。"祖母阻止。

我松了口气。那位阿姨却被灵感击中脑门似的，大喊："冰箱有菜有水果，什么都有……"

"搬走果菜就好。"

这次离家，家中又被搬走一组法国瓷盘、两台立式电扇、四个抱枕，与一堆吊环之类的小饰品。祖母询问和她在阳台赏景的酒窝阿姨，有没有缺什么。幸好未获回应。我想，这下我得在 Line 上好好跟母亲解释，家中不是遭窃，而是我暂时拿走了——这理由既牵强又荒谬。

把大门关上时，我松了口气，终于让这群老蝗虫走出来了，却发现刚刚不舍离家的心情没那么浓了。

关门前，祖母问那位酒窝阿姨："怎么了？"

"我要客厅墙上的那幅挂画。"

那是粉红色小熊，挂了二十几年，是我三岁画的。当时我有一只非常喜爱的粉红色泰迪熊，也以为自己有一天会变成小熊，可是我没有变成熊，变成了悲伤的小孩。

所以那只熊，它离家出走了。

祖母年轻时，身材苗条、脸蛋微圆、手指属于弹琴的细长型、有双眼皮和梨涡。我遗传她的这些特征。尤其是双眼皮，右眼明显外双，使得右眼的眼幅较左眼大。在一张我五月大的照片上，她一手托过我的背，一手替我洗发，用脸盆帮我洗客家传统的大风草¹药浴，能驱风邪避寒。我五岁时，祖母秀出这张照片，指出我的笑容堪比我正在吃的冰激凌，那是我首次吃到便宜的小美冰激凌，对这种滋味与譬喻熟记在心上。

我长大后，遍寻这张照片而无获，它像冰激凌般融化蒸发了，只留下一些甜蜜蜜的糖渍在我心中。我知道这张照片没有消失，它藏在世界上的某个角落，由祖母珍藏。那张相片中，祖母看镜头的表情，跟目前我的容貌相似，有迷人的双眼与梨涡。我与祖母相视，从时间河流的概念来说，我临水照见年老的我。

我是在目前这间大房屋找到这张照片的。如果在一间三十坪²大的住屋，或许花几天就可以找到，但是以这间大房屋来说，另当别论，别说运气，连碰到运气的机会都没有，因为这间大房子有一千多坪，大得恐怖，在夜晚找不到厕所尿尿。说明白点，这是废弃游泳池，而我在这间废弃泳池的一隅，找到了那张照片。

游泳池位于市中心边缘，外头看似大型的铁皮屋，坐落在四周是铁皮工厂与大片农地之间。十几年前，休闲文化兴盛时，有人集资盖了游泳池，经过两年荣景之后，卡在交通不便，加上附近的地下工厂排放难闻的废气，泳客骤减，而压垮泳池营运的最后一根稻草是：有个少年溺死之后才被救生员发现，迫使老板在

1　菊科植物，学名艾纳香，较常用于妇女坐月子的沐浴药草，是极富客家民俗色彩的药用植物。

2　坪：1坪约合33.3平方米。

官司与赔款压力下，关门了。

载我来的那辆 T3 直接开进废弃游泳池，穿过被拆掉的闸口，来到挑高十八米的室内棚。麻雀叫声回荡，阳光从窗口大片洒入，观众看台上的晒衣架晾着老女人的衣物。这场景太过魔幻了，但摆在眼前，她们住在无水的泳池底，以简单的隔离板，区分出个人生活空间，像 IKEA 那种开放的展示房。这间废弃泳池还有项违规商业行为——地主凿井，偷抽取地下二十米的水，以比水公司便宜一半的价格供应附近的地下工厂，所以泳池有许多超大型的不锈钢水桶。我看着池底的隔间，以及反光的大水桶，像噩梦般的环境。

她们把从我家搬来的战利品放进泳池。接上电源的电视机从节目中发出胡瓜的大笑声。免治马桶坐垫安装在十八间泳池厕所中的一间，某位阿姨马上脱裤子独享。抢回来的青菜由某位阿姨很快煮好，放在法国瓷盘里，然后她拿着锅铲敲击塑胶桶，喊"开动"。厕所走出来的阿姨，脸上得意，顺着直径一米的管状滑水道滑下去，伴随小小惊呼，落入一张柔软的海绵床垫。是的，今日太梦幻，希望往后没有太多惊喜了。

晚饭后，睡觉前，我将住在这里的阿姨们，简单介绍：

护腰阿姨：在我家翻冰箱的那位，脊椎曾长骨刺，开刀后复发，需要长年穿戴护腰，动作慢，在团体负责煮饭、开车与杂务。传说她年轻时，当过小虎队的伴唱女郎，素有"卡拉 OK 女皇"之称。

黄金阿姨：那天在厕所蹲很久、后来拆走免治马桶坐垫的人，着重外表，常在脸上涂上厚重的白色粉底，据说她母亲是日本人。大家知道她常被痔疮所苦，她从来不承认。至于我为何叫她"黄金阿姨"，先卖个关子，留待后头解说。

假发阿姨：第一天来我家送东西时，她整片假发歪了，故称之。她在饭店工作，负责房务整理，偶尔带回餐厅食物给大家打打牙祭。

回收阿姨：那天，她和假发阿姨在我家争着看电视，喜欢讲冷笑话，喜欢做资源回收，常把瓶瓶罐罐带回家，等待好价钱再卖。大家不喜欢她的冷笑话和瓶瓶罐罐，以及偶尔很浓的香水味。

酒窝阿姨：那天在我家阳台和祖母看天空的人。她在社区担任派遣的清洁工，对每个角落的脏污有强烈的敏感，嗅觉异常灵敏，常打喷嚏。她喜欢观察这老女人团，把灵感编入她的戏剧表演里。

还有一条老狗，眉毛和体毛掺杂了白毛，身上包着绷带。有时会叫，声音低沉，是护腰阿姨养的。狗的名字叫邓丽君，但别妄想叫它唱歌。

从护腰阿姨谈起吧！我是被她开瓦斯钮的声响吵醒的。

说此之前，我苦难地熬过半夜，这也得要细说呢。我有认床习惯，躺在新环境，往上是几乎看不到屋顶的超大空间，觉得像躺在钉床上，还有人拿铁锤往你胸口上敲打似的。孤独一人最难熬，我的胸口郁积沉闷，觉得自己到哪儿都是多余的，活得很累，又睡不着。我想我到底是怎么回事，精神备受折磨，失去自己的工作，又得离开家里。我在床上被自己的翻动快烦死了，轻轻翻身，怕床被压得叽叽叫，隔间的祖母来敲门关心。

　　我不知道躺了多久，起身爬出游泳池家，沿着池边不断走，企图消耗内在的沮丧。我真想喝得烂醉，酒害了我，也唯有它能再把我毁了，然后用含糊的哭腔抱怨，想讲什么就讲，不用考虑宗教上的造口业。但是我极度清醒地领受折磨，不知道要骂谁，自责是最好的惩罚，胸腔的愤怒快溢出，我敢说自责产生的怨气使我像是饱满的人形气球了。我持续沿泳池边走，胸口汗湿，有点小喘，但就是没有睡意。

　　我坐在泳池的观众台阶，空荡荡无人，"死道友"们陆续起床，走到角落用夜壶尿尿。到厕所很花脚程，这是最好的方式。她们的尿声在夜里显得大声，可以听到各种夜壶材质的撞击声。我在看台上坐了好久，回到床上，看着屋顶，脑海闪过一些没有意义的画面，不知怎么就想到了那个柳川的杀狗事件。那只被踹进河里的死黑狗顺着汹涌的溪水往下流。我顺着阶梯走下河道，跟着狗尸往下走，我不知道为何这样做，可能目击狗被打死又不出声，自责愧歉。我没有捞尸埋葬，只是内疚地想陪黑狗一段路。可是我发现我流血了，左胸有片血渍，渗出 T 恤。那是狗血，是杀狗的男人走过来，用脏手朝我的衣服内摸乳头。我突然感到污秽，胸口被火烫到似的，蹲下身来用柳川的水洗掉血渍。柳川之水很脏，像一条巨大的湿抹布，把都市的悲伤、苦难和污秽擦掉后，拧出来的脏水，我用这样的水洗胸口上的血渍，要洗干净是不可能的事。我感到此身洁净是缘木求鱼，便把 T 恤脱下来，擦干血渍与脏水，将衣服丢到水里。它在静水池打转，与黑狗尸体一起朝下游流去。我一个人裸着上身站在河道上，车流声与水流声突然喧哗，傍晚的蝙蝠乱飞，那年我九岁，有些什么一去不复返了。

我大约幻想黑狗尸体又顺水流了五公里才入睡，然后被打开瓦斯钮的声响吵醒，"嗒嗒嗒！砰！"点火声吓得我睁开眼，惊慌得以为自己是一具顺着脏水而去的狗尸，想挣扎起来却没有生命了。天好亮，湛湛蓝天，阳光好到不行，屋顶横梁有麻雀啾啾鸣叫，这是个不美好的日子，把生命角落的阴暗都逼出来了。

我躺在床上，又辗转了十分钟才下床，却找不到手机，平日我把它当作起床闹钟，放在伸手可及的范围；今日它出奇安静，竟是失踪了，不知道在哪儿。现代文明最大的焦虑是起床后找不到安慰的奶嘴——手机。

我从卧房走到厨房，这之间没有曲折通道，绕过几道高约一米半的简易隔墙就行了。厨房位于泳池的边墙。护腰阿姨说，她们平日的早餐是馒头夹蛋，有人会配半碗维生素丸和治抑郁的药"百忧解"，有人喝葡萄糖胺饮料，有人喝自己的尿。今日为了迎宾，她愿意开火做一份杂菜瘦肉粥。

"我比较喜欢百忧解。"我懒懒回应，忽而睁大眼，"谁会喝尿？"

"尿疗法，小心搞破铜烂铁回收的那位，她有这个癖好。"护腰阿姨耸耸肩说，"对了，你的东西在快锅里，一直哗哗叫，应该熟了。"

我奋力扭开扣紧的快锅柄，传来熟悉的起床铃声。手机躺在快锅里。我看了手机时间，它响了一小时。

"它快吵死大家了，却吵不醒你，我也不懂怎样关掉它，只好把它关在快锅里。"

我满是歉意，滑开手机看，除了洗版面的长辈图，没有其他重要的 Line 讯息。那个我同事六年的幼儿园教师，因我的官司风暴，退出群组另组了 Line，独留我。身为现代人最大的不安，是取回手机后发现自己被隔离在众人之外，没人愿意跟你讲话。倒是我在 Facebook 上加入的"月亮杯"不公开讨论社群，不少人询问价格和用法，今后我有更多时间回应了。我是月亮杯的爱用者，它是高级医疗级硅胶的杯状物，能放入阴道，盛装经血，取代卫生棉条。这种东西简直是女性福音。

"手机真不是东西，没看到时找得要死，找到后又看得憨神。"护腰阿姨站起身，走到冰箱拿食材，然后对那只老狗说："哀哉！手机不是查埔人（男人），不用整天黏牢牢，是吧！连邓丽君也一辈子没结婚吧！"

"狗会结婚？"

"我说的邓丽君是歌星，各阶层都爱听，她一辈子都没有结婚。你们这些年轻人应该很少听邓丽君的歌了吧！算了，早餐好了，吃吧！"护腰阿姨把早餐送过来，低头说，"你很喜欢马桶通便器呀！"

我抬起头，秀出手机里的照片说："这是月亮杯，不是通便器。"

"那就是酒杯哦！很漂亮。"

"也对，有人第一次用时，会拿来把里头装的血喝下去。"这是实话，但我很难再跟护腰阿姨多聊月亮杯了，这叫代沟。这就像护腰阿姨能唱邓丽君所有的歌，而我只懂得这名字。

我不说了，不久她换个话题缠着我，问我什么时候回家。我说，在这里认床难寝，确实有点想念家中那张床。她立即拍胸脯，要是我回去把睡惯的枕头拿来，塞点晒干的茶叶渣，保证睡神会保佑，一觉到天明。然后，她看着我不说话，脸上堆满笑容、皱纹和期待。这时她身后的冰箱压缩机响了，传来嗡嗡声，我的思路也嗡嗡嗡地转通了。护腰阿姨之所以期待回去，是想搬我家的双开门冰箱，取代眼前的立式商用冰箱。商用冰箱是小吃店常用，冷藏小菜、啤酒和可乐，无法分层冷藏食材。于是我用依顺的表情说："我家电冰箱每到夜里都会嗡嗡响，比你这台还要吵，你知道为什么吗？"

"不可能，你家那台是静音的冰箱呀！"

"那是二手货。"我继续说，"两年前我从旧货市场买来的。每天夜里会响很大声。我请懂机械的朋友都弄不好，又请了懂塔罗牌的朋友卜卦，她说前个主人把家里的病死猫放在冷冻库，不肯下葬。这电冰箱会响是猫在搞怪。"

"这种歹物（凶物），我都不怕。"

"真的？"

"我都不怕这种的，好啦！我跟你讲，这个游泳池会废掉是有原因的，有个小孩淹死在这儿。每日暗时，他会在这里走来走去，不讲话。只有我能看到，我昨天晚上就看到他坐在看台上，乱抓头发，眼睛白白的。"

我浑身打哆嗦，比手机的振动模式更呛，原来昨晚狼狈的我被看成鬼了。护腰阿姨觉得没什么好怕的啦，她认为世界上令人害怕的是鬼、老女人和没钱，要是常常与这三样共处就习惯了！而且，有邓丽君保护她，根本不用操烦有鬼还是没钱。然后，她把邓丽君叫过来，用手温柔地摸老狗的脖子，直到爱意传递饱满之后才收手。

"它怎么了？"我注意到老狗的腹部绑着绷带，像护腰阿姨的束腰，难不成老狗也有骨刺或脊椎方面的毛病？

"它破病了，唉！医生讲没效了。"

"什么病这么严重？"

"癌症。"护腰阿姨揭开老狗的绷带，露出难堪画面，一团粉红色的突出肿瘤从老狗的肚子里露出来，比较像是熟透的爱文杧果，因为肿瘤不断流出脓血与透明液体，才不得不用纱布包裹。我这才懂老狗的早餐盘为何比大家丰盛了，花椰菜汁、水煮蛋和鸡腿肉，配上褐藻锭。病狗也有好狗命，我重重叹了口气。

护腰阿姨误以为我是怜惜狗，重重感谢我之余，差点流泪。她说她爱死这宝贝了！偏偏神明不爱，让老狗的胸腔内长出肿瘤，巨大肿瘤挤到肚子，害它无法好好呼吸，一走路就喘，睡觉只能侧边躺。

老狗的颈部、大腿等处，都有凸起的转移小肿瘤。这种胸腔肿瘤是大型狗晚年常罹患的，而且狗龄年迈，胸腔手术是大刀，锯开狗肋骨可能会引起心律不整、呼吸困难等，所以护腰阿姨也怕狗死在开刀房，对我说："狗太老了，怕开刀就没了。"

"接下来呢？怎么办？"

"怎么办？"她突然眼睛一亮，说，"你会开车吗？"

"会。"

"是手排车哦，就是外头那辆。"她指着那辆福斯 T3。

"不会。"

"不要紧，阿姨保证教到你会。"她带我来到泳池的 T3 停车处，骄阳将它烤得像刚出炉的面包，仿佛是掺了木屑的德国黑面包，又热又硬，要费一番劲才能打开门。

有一张厚纸板搁在方向盘上。我知道有人会用来遮阳，免得方向盘烫手，但是纸板上用马克笔写着"禁止吴春香私下单独开车出门"，笔迹是我祖母的，带着她略微阳刚的钢笔字。看到警语令我尴尬。

我昵称为护腰阿姨的吴春香抓着车顶把手，艰难地爬进驾驶座，小心保护脊椎不会像洒下热水的意大利面那样散开，却把厚纸板猛往后座扔，说："现在，我们一起开车啦！载邓丽君去迢迢[1]，它心情会很好。"

"对吧！宝贝。"她又对邓丽君撒娇了。

1　迢迢：闽南语，同汉语"玩"的意思，读作"thit-tho"。

到了下午四点左右，护腰阿姨开车前往市区，要把其他的阿姨载回交通不便的游泳池。她在违章建筑林立的工业区小巷钻，驶上十米道路，一路望着后视镜或两旁动静的时间超过了直视前方的时间，而直视前方时，眼睛又没有拴紧在眶里，总是乱瞄。

"你……找……什么吗？我好紧张。"我担心发生车祸。

"唉，你也发现了？"

"什么？"我也乱转头瞄，像被她传染了"头部过动症"似的。

护腰阿姨四顾，要我注意某辆红色三菱跑车是否在跟踪，或某台奔驰的隔热窗后头是否有人凝视，不然就是哪一个三叶摩托车骑士会不会拿出球棒来砸窗。如果我说没有，她说我没有观察；如果我说有，她叫我再注意。然后我眼睁睁看着被怀疑的车辆离开了视野，啥事都没有。护腰阿姨有些神经质，要是不发作就生活寂寞了，这种人的最大乐子是开车，但方向盘多转一撇就是意外，难怪阿姨们禁止她私下外出。她瞥到我的异样眼光，于是推托说："有一群人会对邓丽君黑白来 [1]，怕它给人绑票。"

"为什么要绑架一条狗？"

"不是绑架一条狗，是绑架邓丽君。"护腰阿姨强调，并解释，"也不是绑票啦！是我担心别的车子撞我们，害邓丽君受伤，对不对，宝贝？"

后座的狗摇尾巴，叫了两声回应，接着又多叫了几声。后面

1　黑白来：闽南语，同汉语"乱来"的意思。

的几次吠声较低沉，像嘴里嚼着话，这令护腰阿姨迟疑了一下，车速减慢，转头对狗说："你是看到'伊'了吗？"

"'伊'是谁？"我问。

"就是……哎呀，这台车是事故车，撞死过人。"

"那你敢买？"我吓到。

"出厂新车买不起，二手车还是贵参参，买不落去¹，还是撞死人的车比较便宜。"

"真的？"听到这种事，在大热天仍令人直冒鸡皮疙瘩，"那有发生什么灵异事件吗？"

"时间不对时，雨刷乱动，后车盖掀起来，大灯闪来闪去，还有，你要往右边，车偏偏往左；要往左边，车老是往右。更奇怪的是它常常发不动，要念'阿弥陀佛'才行。"

我的心再度凉一截："现在不会出事吧？"

"这台车撞死的是一位阿嬷，这是结缘，我们叫这位阿嬷是'伊'。她住在这台车上，保佑我们，让你免惊。我们买车之后，怪事很多，请道士来洒净，但是净一净会让'伊'没地方住了，就叫道士不用净了。这台车是'伊'的家，住车上随我们四处趖来趖去。到了晚上，有贼仔来偷车，'伊'就会按喇叭吓走贼仔哦！"

我冷静呼吸。身在此鬼车，比搭错车更惊险，我心中念几声

1　贵参参，买不落去：此为闽南语，'贵参参'读作 kuì-som-som，又作 kuì-sam-sam，昂贵之意。此句意为"很昂贵，买不起"。

佛号，期盼"阿嬷鬼"别临时起意，大搞创意，我可是胆子小。幸好护腰阿姨转移话题，回到疑神疑鬼地觉得有人跟踪上，我们在小街转了几圈，搞得我头晕，仿佛被"阿嬷"掐住脖子。我要护腰阿姨开慢点，她说来不及去接大家了。可是，等我说邓丽君也晕车了，她又怪我不早点说，然后放慢车速，转弯时还提醒老狗。

　　车子停在小公园旁，还未停妥，在饭店负责清洁的假发阿姨冲出来，自行开门上车，抱怨今天慢了十六分半，得记护腰阿姨的点扣钱。她翻出记事本，在某页把累积至今的旧账数落一遍，就在她拿起笔要记录今日缺失之际，被护腰阿姨故意开上十分颠簸的人孔盖恶整。车子打喷嚏似的高跳，假发阿姨的账本喷出窗外，所有小仇恨都成了马路垃圾。

　　"车子我在开，可是马路不是我开的，一路红灯又堵车，对不对，我的女儿邓丽君？"护腰阿姨辩解，并获得老狗吠两次回应。

　　"你也开慢点呀！我的东西飞走了。"假发阿姨抱怨。

　　"坐在车上的人要开慢点，可是，每个等车的人却嫌车子开得太慢。我不是三太子，两只脚踏风火轮，一路风神走。"

　　"你要早点出发呀！"

　　"我很早就出发了，要注意一路有人跟踪！"

　　"那……有人跟踪吗？"假发阿姨紧张地说。

　　"有，有人跟踪，对不对，邓丽君？"护腰阿姨提高音量，照样获得应声虫老狗的两声回应，"好佳哉！我开车像蛇钻，把他们'拜托'了。"

"啥叫'拜托'他们了。"

"摆脱。"我插话解释。而护腰阿姨不断自豪地夸自己如何神勇地闪过车阵，用大转弯，配合轮胎摩擦的青烟，把尾随的黑色车辆狠狠"拜托"了。我听了，忍着不笑，护腰阿姨的鬼扯功夫见鬼了，一个挂护腰、膝关节退化、在时速五十公里中以老花眼看路标要花三秒，而看后视镜超过二秒就晕的七旬老妇，怎么可能表演好莱坞电影的绝活儿，而这样也竟然能把另一位老妇骗得一愣一愣。邓丽君多吠了几声，听起来不是附和主人，是取笑假发阿姨好骗。

车子往下个地点开，搭载在社区担任清洁工的祖母和酒窝阿姨。然而，我心中的疑惑没有前进到下一个点，反而在原地打转：这六个老妇共屋生活，绝对不只是排遣寂寞、互相扶持，还有个更需厘清的目的，那是什么？她们比较像是个秘密组织，进行某项神秘活动，得防着谁追踪，或者说逃脱谁的掌控。这之间的曲折让我摸不着头绪。

我遇到了怎样的老妇组织？我困惑。自从搬来和这群阿姨住，她们从未跟我多谈她们的过往，我仅知，这群老妇原是独居，缘分到了而同住屋檐下，护腰阿姨负责居家伙食、开车接送上下班，由其他五位"死道友"补贴她金钱。无怪假发阿姨以老板的姿态数落护腰阿姨，要检讨这、检讨那，好克扣钱，进而加深了两人的不满龃龉。

搭载到祖母了，她与酒窝阿姨上车，马上说："今天我们找到一个'玲琅鼓'了。"

"真的？"

拨浪鼓是什么，我想这绝非字面的意思，因为一群老妇不会对六岁儿童的玩具有兴趣。我转头询问祖母，却被她打断。她的眼神告诉我，现在不是插话的好时机。

酒窝阿姨说："我跟'玲琅鼓'遇到好几次，很确定，他快熟了。"

"差不多还有多久可活？"

"六个月。"

"六个月啊！刚好……"

"那我们还要做一票吗？"护腰阿姨问。

"莫。"假发阿姨首先反对，表示太危险了，目前已被盯上，要是被捉到就完蛋了。

"要。"护腰阿姨赞成。

唉！两人又争执起来，老女人的吵架看似温温吞吞，但都是针灸扎死穴，酸到心坎。护腰阿姨说人不能嘴上说不爱钱，手又伸得很长，拿到钱又留给儿子。假发阿姨反驳，总比养条母狗好。等两人吵够了、发泄够了，祖母才喊停，说几条命在开车人的手上，她不想没因为癌症而死，先死在了路上。"这件事，留到晚上大家在一起时再研究。"祖母说。

"干，你祖嬷现在要去哪里？"护腰阿姨被吵架分心，没注意路况。

我们是要去荣总医院把看糖尿病的黄金阿姨载回来，却开上了高速公路联络道，得绕一大圈路了。

"害了。"护腰阿姨大喊，说，"'伊'来了。"

"又是'伊'。"阿姨们大喊。

只有我在状况外地大喊："谁？"随即想起她是附身在车子上的"阿嬷鬼"。现在鬼魂出现在车内了，我看不到她在哪儿。

"'伊'来了，大家坐好。"护腰阿姨说罢，手中的方向盘不听使唤地抖着，全车陷入不安与惊恐中。下一秒，大叫，方向盘往右转，车子冲过高速公路联络道的塑胶防撞杆。折弯的塑胶杆刮过车底盘，传来恐怖声。全车发出苍老的尖叫，闭眼领死，然后车子竟然从北上联络道硬切入相邻的出口匝道，我们又回到了平面道路。

护腰阿姨大笑，邓丽君吠了两声叫好。

关于演戏，我想到的是幼儿园的剧场游戏，带着小朋友边跳动、边游戏。更多时候，我想到的是"蛇窝"里非常懂得人际攻防战的教职工们，这更像演戏，人人都有机会拿到金马奖最佳导演奖、男女主角奖或终身成就奖。但是真的要我站在舞台上演戏，算了，这很难。

这群阿姨蛮能演的，我指的是舞台上的演戏。她们每晚会花一小时排戏，为的是半个月后的巡回演出。我曾在游泳池的边墙上看过两年前的演出海报，以版画呈现一张大嘴里含着炉灶、炉火和炉具，鼻孔冒柴烟，线条很有艺术感，戏码叫《厨房》。护腰阿姨常把那次演出挂在嘴上，自豪演活自己。其余的人认为护腰阿姨演什么都像自己，干脆每回都有厨师角色，台词连年一样，只要谐星开口都能引起台下笑声。"而且在她口袋里放大内裤，当手帕。"假发阿姨笑着说，惹得护腰阿姨生气大骂。

　　今年的主角是黄金阿姨，她话不多，化妆倒是花了不少时间。她缺少演戏细胞，讲话像呆头鹅，一字一句像鹅叫，非常硬邦邦。担任导演的酒窝阿姨在今天排练时，八次阻止黄金阿姨靠近排练场旁的小木柜，用吼的、用拍手叫她离开那个恶魔箱。于是，接下来的二十分钟，大部分的人失去耐性，连脾气最好的回收阿姨都耐不住性子地杂杂念，她们都在抱怨黄金阿姨越演越像木头人。

　　"去吧！拿出撒旦。"酒窝阿姨终于失去耐性。

　　黄金阿姨打开小木柜，拿出从便利商店买的威士忌、可口可乐和可尔必思[1]，倒入马克杯，当作调酒。调酒比例看似随兴，实则像护腰阿姨拿勺子舀色拉油、酱油、盐巴下锅那样职业性准确。黄金阿姨小酌两口，完全像换了个人，声音收放自如，走场顺利，演到哭就落泪，演到笑是阳光的沙文主义分子。护腰阿姨认为演戏不该作弊，抱怨归抱怨，她仍好奇地偷喝了调酒，淡淡酸味，像喝糖醋鱼的酱汁汤，又抱怨起这样都能喝那她以后拿馊水煮汤就行了。

　　排演结束，大家没给掌声，却猛点头肯定。黄金阿姨尚未退

1　可尔必思：一种日本品牌的饮料。

戏，坐在舞台上的椅子上，说着说着，又哭又骂，诉苦自己多悲惨，仅剩的存款被女儿偷领，母亲留给她价值三十万的田地，又遭儿子变卖。她说，连家人都会背叛，总有一天轮到自己背叛自己就是世界末日了，这世界太秋条（猖狂），还好她是保险柜，肚子里的黄金没人能偷走。

祖母拎着剩下的半瓶酒，给黄金阿姨灌上一口。黄金阿姨报以微笑，倒在舞台上睡去，被几位阿姨抬走。

酒窝阿姨大喊："这一幕很好，加进戏里。"

"是抬人还是人倒在舞台上？"

酒窝阿姨轻咬嘴唇，说："抬人这段戏可以长点，大家抓手抓脚抬，让人看起来软趴趴；不过拉好点，不要把人抬伤了。"她想不出来这段戏有什么深刻意涵，但是张力十足。

"我的人生没什么意涵啦！"黄金阿姨睁开醉眯的眼，发表看法。

"这句话很适合当台词。"酒窝阿姨记录下来。

"你过来帮忙。"黄金阿姨用手招呼，问，"帮我嗅一下，我这块老肉是熟了吗？最近我心头紧紧，腰骨亲像¹要散去，感觉要见佛祖了。"

1　亲像：在闽南语中是个常用的固定搭配复字词，常表示"像""就像""相似""近似""有如"等意。

酒窝阿姨把鼻子优雅地靠近，发挥好鼻师[1]功能，久久才抬起头："我看你活跳跳，能活到一百二十岁。"

酒窝阿姨低头闻的动作，加深了我的印象。她的嗅觉异常敏锐，我来游泳池的第二天，她数次问了我："你还好吗？"我后来才惊觉这句话的背后意思，这女人能闻出我月经的味道，却发现我没有更换卫生棉。酒窝阿姨的嗅觉灵敏到能鉴别死亡的味道，这是老女人团的传说。我不想在这里多解释，这谜我留待后头解释。

"惨了，人生最惨的是，活那么久，口袋没钱。"黄金阿姨说。

"有啦！你肚子有钱。"

"那是死钱。"黄金阿姨所谓的死钱是指藏在身边不愿利用的钱，说完她挥挥手，走到厕所。厕所对黄金阿姨来说，比酒精更能安慰自己，因为她是只"金母鸡"，能生出黄金珠。为此我私下叫她黄金阿姨。

据说，黄金阿姨的娘家经济能力不错，她不顾反对，嫁给三流的男歌星。男歌星婚后努力地跑红包场[2]，赚了一笔钱，在嘉义买了透天厝[3]。黄金阿姨也生了两男两女。男歌星后来跟女舞者拍拖，把房子偷卖掉，和女舞者到台北同居，留下妻子与四个儿女

1　好鼻师：《好鼻师》是流传在民间的传说故事，主人公拥有一个十分灵敏的好鼻子。

2　红包场：是一种中国台湾的歌厅形式。

3　透天厝：在中国台湾常指由一户人家居住，占地面积很小，看上去顶天立地的建筑。

在没有壳的家乡。黄金阿姨心有不甘地追到台北，带了四个小孩来动之以情，把每个红包场都翻遍了，最后在万华找到人。两个女人为男人大打出手，陷入街头斗殴，四个小孩在骑楼下哭出这辈子最无奈的泪水，心理的伤害已影响往后的婚姻观。黄金阿姨最后输了，她的乡下平底鞋，败于对方台北女人的高跟鞋武器。黄金阿姨哭着怪女舞者拐走丈夫，女舞者也哭着怪黄金阿姨不会拴住老公，也怪自己绑不住男人。男人到台北后又跟别人跑了。

　　黄金阿姨大感悲愤，觉得人生没希望，果真"爱到卡惨死[1]"，跑到某间便宜得没窗子的旅社自杀，她是守财奴脾气，死也要把财产留在身上，把身上的金戒指与金项链吞下肚子自杀。自古相传的要是想死就"吞金"的方式没有搞死她，反而让她心灵无比宁静，原来黄金在体内流动很疗愈，大叫起毛好（感觉棒），直到清晨的一幕她才警醒：隔壁房客烧炭自杀，搬出来时被她看见。死者的脸扭曲，好恐怖，像是拿来打老鼠打坏的拖把。爱美的黄金阿姨从此断了自杀的念头。

　　从此，她有了吞金的习惯，把家中的金饰拿去银楼锻造成每粒两钱重的小金丸，当成治疗抑郁症的百忧解吞下去，隔日从粪便中找回来。吞金到底是守财奴保管死钱的乐趣，还是吞金自杀的重生喜乐，黄金阿姨说不上，总之每日黄金滑过了胃囊、小肠之后换大肠，按摩内脏，让她精神特好。她持续增加黄金吞量，

1　爱到卡惨死：在闽南语中指"爱上了，便生不如死"。

直到压迫肠胃下垂送医，医生赫然发现她的 X 光片上布满三百个小白点，沿着消化系统排列，尤其腹腔更多，像是被霰弹枪击中。医生得知是吞金后，转诊到心理科看诊。十之八九被转诊到心理科的病人都被判定"情绪失调"，黄金阿姨瞪大眼对医生说："你说我这是自杀倾向的抑郁症吗？"医生再度客气地说是"情绪失调"，戒除吞金即可。

"假痟¹啦！"黄金阿姨走出诊门，抱怨她吞金就是以自杀法治疗抑郁，她不想让肛门活得太闲，然后对着待诊区的病人说，"你们谁的抑郁药可以回收，重复使用？"

眼见黄金阿姨到厕所"挖金矿"，假发阿姨对我说："她呀！真感谢从你家拆落来的洗屁屁机。不要看她满腹肚是黄金，其实她很勤俭，嫌吃饭要钱，放屁也要钱。"

"上厕所也要花钱？"

"要卫生纸呀！她嫌要花钱买，我看她是用手擦屁股，再去洗手，但是洗手也要水钱呀！"

几个人笑起来，越说越起劲，把鱼尾纹笑得快焦掉了。祖母拍手两声，要大家将注意力放在她这边，说："人就这样，谁不在这里就说谁。大家都在时，什么屁话又都不敢说。"

"你不知道啦！"回收阿姨说，"她在便所，拢嘛²自己一个

1　痟：在闽南语中常意为"疯"。

2　拢嘛：在闽南语中常意为"都是"。

人讲大家，不知道杂杂念什么。"

酒窝阿姨解释："她不是数落大家，是慢慢算金丸啦！照她的性格，少一粒都不行。"

"是算一粒，念一声阿弥陀佛。"有人说。

在众人笑声中，我可以理解，黄金阿姨为什么视厕所是人生要塞，也能想象她淘金的过程：她会用面摊烫面的不锈钢捞网装排泄物，上下甩动，去除大部分的杂物，挑出黄金丸。至于外出，她携带超市用来装水果的细孔塑胶网备用。黄金阿姨这辈子可以错过很多事，错过婚姻、错过公交车、错过至亲最后一面、错过兑换统一发票的截止日期，但不会错失一粒黄金丸。

现在，我来谈谈酒窝阿姨。

酒窝阿姨和祖母的关系匪浅，她们是恋人，错过了半辈子才相遇。

酒窝阿姨有段维持三年的婚姻和十五年的逃亡生活。她开轮胎工厂的丈夫用她的名义开空头支票，遭到通缉。她展开逃亡，却在第十年发现丈夫早在报纸上以刊登"警告逃妻"为凭而在法院诉请离婚，另娶有钱妻子。她愤而投案，惊觉上帝开玩笑，"票据犯"在她逃亡的第二年废除，不用坐牢，却陷入债务泥淖。她没子女，选择独居，白天在卖场、超商或连锁鞋店工作过，夜晚在名气不高的剧场兼职演出，每季演出的薪资，不足支付每月房租，却是她十几年来的精神支柱，并累积三十余位女粉丝，参加过这群粉丝的婚礼或丧礼，其中一位是我祖母。两人在一起后最大的幸福与哀伤都是同一件事：没有婚姻关系，却愿意坚持对彼此的爱而直到另一方的丧礼。这是她们的哲学。

祖母叫酒窝阿姨为"查某囡仔"，意思是年轻女孩。对六十余岁的女人叫这绰号，肯定是祖母看见了酒窝阿姨的少女心灵。她们的相遇过程是：酒窝阿姨在台中第五市场给一位老妇挽面，为的是方便上舞台妆。挽面是用一条细线透过老妇的两手与牙齿叼咬，形成剪刀般的搅力，拔去脸部细毛。酒窝阿姨坐在骑楼，衬着砖墙，闭眼挽面，清晨阳光打在她略施而有助除毛的大理石香粉上，在细绳按压皮肤的搅动中，香粉淡淡扬起。

祖母倚着墙，热眼看着酒窝阿姨小巧的鼻子，在阳光下美得像日晷呈现暗影移动，时间晃了过去，心中留下的是"遇到对的人"的冲动。她嫌时间怎样都不够用，想办法喊停，最好的方法是认识酒窝阿姨，却开不了口搭讪。她们都是五十几岁的人了，所有青春的修辞在四十岁前掉光了，可是对爱人与被爱的冲动从未衰老过。

酒窝阿姨嗅觉灵敏，闻到味道，她曾在其他带着爱慕的女粉丝身上闻到过，但是祖母的味道更浓，于是她第一次不顾挽面老妇告诫，在香粉翻飞中睁眼，不过是让祖母看见她那双细长的单眼皮眼睛在晨光中绽放。

这让祖母不得不开口搭讪，说："噢！"

"什么？"

"噢！"

"然后？"

"噢！"

"你说什么？"

"噢！"

"噢什么噢？"

"啊！"

"你的纽扣好看，可以送我一颗吗？"酒窝阿姨是纽扣迷，专门收集古怪和看得顺眼的小家伙，这场对话便由她展开了。

"啊？"

"带我去买你那种纽扣好了。"

酒窝阿姨的话题，使她们在一起，过程就像一朵丝瓜花决定在盛夏盛开，或是小石头卡在鞋底的缝隙离开。沉默的丝瓜花只选在烈日下绽放，石头与鞋缝却在卡对后一路响不停，这是来自彼此最初的念头相同："她是好人呀！好人就该一起。"

这两个年纪、教育和性别都不对劲的人，没有马上变成恋人，是从朋友关系慢慢加温。酒窝阿姨有高职学历，却是少一条筋的少女性格，迷迷糊糊，爱演戏却不是浑身抖着演戏细胞。我祖母是反应快的聪明人，像是下象棋可以很快想到二十步左右的路数，但是旧时代的女人被传统限制，读完小学就行了，她要是现代女性，绝对能到博士，要么是大学教授，要么是某中型公司的 CEO。她们决定在一起，源自失败者的相濡以沫，往黑暗方向流动。那天酒窝阿姨讲到自己的逃亡生活，很省钱，买一袋五公斤的农会米，配豆腐乳与酱瓜。每月水电不会超过基本费。她爱面子，不去领教会或宫庙的免费便当，却会捡发票兑奖。她知道女人当街友的感受，要是有天能成立一个女人共居团，该有多好。她说着说着，泪水就流了下来。我祖母很感动地去碰了那行眼泪，摸着她的脸颊，没有被拨开。那是很亲密的接触，她们终于来到这一步了，决定在黑暗潮流里共同往某一端移动。她们无法想象那端有什么困境，拥有下二十步棋子般能力的祖母也不晓得，但是她们牵手了，一个人走比较快，两个人能走比较远。

之后，酒窝阿姨搬来与祖母同居，另有我的曾祖母一道生活，并在她面前保持得像是好朋友的关系而已。这三个女人的共同生活，之后加入了别的阿姨，这些人共同生活的初衷很简单，老女人可以彼此照顾，老男人只会孤独死。尽管一群老女人的生活观、习惯和脾气不同，最后磨合了，来自领头羊祖母的睿智。女人团发展出小型的养老院规模，共同生活，每个人仍得付费，均摊房租、水电和杂项。要是谁已经不行的话，像是中风或严重失智，大家也无须扛起什么伟大的责任，送给安养院就行了。我的曾祖母就这样进入安养院。

酒窝阿姨最神秘之处，不是如何躲过十年票据犯的亡命生涯，或她每年环岛演出的戏码规划，是她的鼻子被撒旦摸过，闻得出死亡的味道。她对死亡的譬喻是：水果熟了。

酒窝阿姨的认知是，人生不过是在橙红的水果，在风雨中日日膨胀，时间到了，会散发果香，接着过熟腐烂，招来果蝇，最后蒂落坠地。当然也有些水果尚未成熟，在开花或幼果阶段就遭遇风吹落或鸟类啄食，这是意外，像是人未必都会走到寿终正寝。

"也不知道哪时开始，我渐渐可以掌握这种味道。"酒窝阿姨说，"精确度很高，那种味道像是水果熟过头，有时带点冰箱味，一种死亡的味道。"

"死亡的味道？"我问。

"上帝的眼泪。"她第一次动用这种比喻，场子里的人都安静，"越来越接近上帝的眼泪的味道。"

身为天主教徒的酒窝阿姨用此比喻，很生动，却古怪难解。她说，一般人的印象是死亡由撒旦管理，然而《圣经》中的撒旦是引诱人吃了苹果而离开伊甸园，不管死亡。死亡过程由大天使沙利叶处理，但是由上帝的眼泪定夺。当上帝把慈悲的泪水滴在哪个人身上时，死亡变成前往天堂的祝福，由大天使执行。

作为佛教徒的祖母完全认同这说法。佛陀教会她不要有太多执着，包括对宗教的执着，于是她会跟酒窝阿姨上教会、吃圣饼，在胸口画圣十字，会在嘴边念"哈利路亚"，可是她还是佛教徒。在她的观念中，观世音菩萨是会三十三变的易容高手，上帝也是菩萨变的，说不定邓丽君这只狗也是，花朵与树木也是。所以酒窝阿姨讲的天主教死亡义理，祖母猛点头同意。可是其他人都说这太浪漫了，哪有用眼泪在活人身上做标记，然后请大天使用GPS定位系统去找的。祖母猛点头，抬头看到酒窝阿姨瞪过来，猛摇头。

我则带着遗憾说："那你也嗅到我阿婆身上有上帝泪水的味道，怎么没有早点发现呢？"

祖母有到医院检查病况，却没有再回诊看报告，她觉得酒窝阿姨的嗅觉从来没有失误。上帝，或说菩萨的意旨没有什么好质疑的。

"那是因为我们天天生活在一起，我失去警觉，就像要闻出自己有口臭一样难。直到我在那天晚上睡觉时猛然醒来，闻出那种味道从她身上来，整个人吓坏了，哭不停。"

"实在是吓死人。"祖母说，"晚上被人的哭声吵醒，看到她在那儿一直哭不停，还以为见到鬼了。"

"还说呢！还不是被你的打呼声吵醒了。"

"我是会打呼，但有那么吵吗？"

几位阿姨插话救援，说祖母的打呼还可以，却讽刺像是青蛙、蟋蟀、公鸡或蟾蜍的叫声，像草丛音乐会。祖母强调，她大声打呼是排毒，把心中的郁结趁打呼时释放，所以她的心胸很大。大家都唱反调，不认同她的说法。

"打呼是宣示'睡权'，就像女人尿尿也是。"祖母深入解释。

"这样哦！然后呢？"大家冷静下来。

祖母说，女人坐马桶，就该轻松放尿，可是当大家在意尿尿太大声时，通常是有男人在附近。这时女人怕尿尿撞击马桶发出太大声，尿得缓慢，弄得尿道很火大又很痛。祖母又说，男人尿尿像放水，还用力挤出个高亢的屁声宣示："您爸就在屁股上装喇叭。"当女人辛苦的地方是，连上个厕所都不能痛快，那是因为还顾忌男人。

这说法给大家带来了欢乐，假发阿姨更是火上加油，她说当年男方到她家提亲时，她到隔壁间厕所尿尿，怕尿太大声吓坏男方，把手伸到胯下缓冲，先尿在手里才不会太大声。护腰阿姨说她以前尿尿先冲水，掩盖尿声，现在她尿尿被误以为在用莲蓬头洗澡，反而很自在。回收阿姨说马桶不好上，她都蹲在浴室间的地上尿尿。大家说这跟"尿权"没有关系的。回收阿姨说，蹲着尿才知道自己能尿多远，不像老男人用滴的滴个半死。

大家笑了，畅所欲言，最后由祖母再次重申：女人可以跟男人一样自在尿尿，也可以自在打呼。

"打呼太大声是生病，这没有什么好得意的。"酒窝阿姨的眼角还有泪，那些欢笑没有赶走她对祖母罹癌的悲伤。

"你这样哭也是生病。"祖母皱着眉头。

"你哭得更惨。"

"有吗？我刚刚不是笑得很大声。"

"我是指那天晚上，我闻到你身上的味道，"酒窝阿姨把话题拉回来，她要把话讲完才行，"可是你睡得很熟，还打呼，我叫醒你跟你说，你哭得比我还要惨。"

"是呀！"祖母点头，"哭过就好，我的难过一次清掉。分好几段哭，不如一次哭完，像尿尿一次给它超大声，对吧！"

大家不敢笑，但是心里多了淡淡的轻松，感受到祖母是想把难过赶快上架晒干，也赶快下架。难过像海水会晒干，留下的盐巴是更持久的悲伤，这是祖母处理人生的态度，悲伤是孤独的，最终由自己外带独享。可是，酒窝阿姨未必这样想，使得感情的天平微微倾斜。

"结果那天晚上，我们谈论以后要怎么办，讲着讲着，你又睡着了。"酒窝阿姨强调。

"不然呢！累了就睡。"

"还有心情睡觉？"

"原本睡不着的，反正死的时候可以睡到饱，没想到躺着睡不着，坐起来谈话就睡着了。老症头。"

"你常常这样子，没精神听人讲话。"

"常常？"

"有时候。"

"有时候？"祖母耸耸肩反驳，"那天是我们第一次半夜起来讲话，怎么会说'有时候'？"

"一次就够受了。"

火药味又浓了，众人不得不打断祖母与酒窝阿姨的小拌嘴。不过，酒窝阿姨反而更难过，数落大家不懂她的心情，枕边人遇到癌病是歹事，任谁都不安。祖母则暗示酒窝阿姨哭够了，没事哭那么久会传染给大家。现场气氛有些沉，窗外的虫鸣就大声了。

大家沉默很久，祖母只好大喊"排戏排完了，解散"。从厕所出来的黄金阿姨吓到了，手中的几颗黄金丸掉出来，在地上闷跳，一个闪眼就不见了。她惊叫着趴在地上，一颗也不能少地去找。一时间女人们都趴在地上帮忙，像鸭子翘着又胖又可爱的大屁股，让邓丽君叫了几声，像是大笑什么。

黄金阿姨紧张兮兮地说，邓丽君是不是你偷吃了。狗不回答。接下来几天够她跟狗屎奋斗了。

在台中旧城区边缘，有栋六层楼的商住大楼，酒窝阿姨与祖母被清洁公司派遣来打扫。这住宅当初是抢手货，但是建商倒闭之后被拍卖，几年前的大火与奸杀案让这里变成地狱般脏破，有能力者已搬迁到重划区购屋，留下来的都是租赁户、吸毒犯或低收入户。住最久的住户是第一批购屋者，他们老迈，不少是独居老人。酒窝阿姨发现其中一户是"玲琅鼓"，这块老肉要熟了。

这个"玲琅鼓"住在 A 栋四楼。祖母要我做件事，告诉里头的独居老人，他要死了。这件事难就难在这儿，我可以按门铃送挂号、送快递、送反馈邻里的小礼物，或者说抱歉按错门铃。但是很难说我是死神派来的使者，送上电报：你快死了，噢！对，请在这一栏签收。

"为什么跟他说？"我问，这令人不解。

"我们靠这赚钱，说了你也不相信，先去做就是。"

"这能赚什么钱？"我的疑惑越来越多，除了向他人说"人生赏味期"要过期了，还要收高额的电报费，这有什么道理。

"跟我们在一起，你就要工作。你不喜欢这工作没关系，没有要你喜欢，但人就要工作。做工有挫折，没有哪项工作是顺顺利利的没有挫折。工作就是老板要你做，你就做。我就是你的头家，派你去跟'玲琅鼓'说。"

"我做不来。"

祖母点点头，把国宅的子母车垃圾桶推到马路边，由稍后前来的垃圾车收取。她抱怨有些人就是讨债，把分明可回收的瓶瓶罐罐扔进垃圾桶，待会儿来收的环保队会骂上几句，于是她的工作之一，就是用铁棍戳破家用垃圾袋，拿回回收物。

"你知道没这样做会怎样吗？"

"罚钱。"

"没错，环保局会不断来稽查社区垃圾桶，给警告单子，要是不能改善就罚钱。"

"罚钱就会改善了，到时你也不用趴在这儿拣铁罐子。"

"台湾人就是很狡怪，装铁窗防小偷，把自己关在笼子里就没事，就像那个什么动物，对了，是鸵鸟，会把头藏在沙子里。社区有些人不想做资源回收，提醒也没用、警告也没用，而且抓这些人也不能派人整天守在垃圾桶旁边。所以这些人照样乱丢，最后环保局来罚钱，罚金反而由社区公共基金出。社区管委会又觉得抓违规的人很麻烦，就请我来将每袋垃圾内的铁罐之类拣起来，这行为不是跟鸵鸟一样？而违规的人照样不做回收，乱丢。"祖母一边说，一边趴在垃圾桶边，用铁钩从成堆脏物中钩出一袋卖场的塑料袋，里头的回收物有飞盘、塑胶足球与狮子面具。祖母说这可能是妈妈在跟小男孩吵架后，一气之下丢掉的。

祖母把回收物分类回收，才说："那个人的人生，就像这袋垃圾。"

"哪个人？"

"就是'玲琅鼓'，那个熟掉的人呀！要是我们告诉他快要死了，说不定能帮助他捡回他还能用的东西，像是朋友呀！时间呀！"

"是这样的呀！"我有点懂了。

"他是独居老人，一直窝在那房子里，大概死前也不会有变化。你去说个话，说不定会让他有个变化。人生不过是在资源回收，不管平常做得零零落落或加减做，该丢的就丢，不该丢的等到时间到时也要丢了。"

"是有道理，但是对那个人有用吗？"

"有用的。"祖母与我合力，把另一个垃圾桶从社区推出来。她说，"每个被医生判刑只有半年生命的人，生活都会有变化，很快会知道生命中的优先级要重排了。不管治疗或是不要治疗，要赶快行乐或去跟谁告别，会重新排过，这是过程。"

"可是……"我要去宣判死刑，真难。

"还有什么可是？选择权在那个人身上，你只是去打开开关，这样好了，我可以陪你去，不过你自己来开口。"

这还是令我困扰的工作，怎样告诉别人"你只剩半年可活"这样极具威胁性的骚扰呀！医生凭借的是仪器诊断、医学涵养与良知诊断病状，而酒窝阿姨的超能力嗅觉，凭借的是什么？真的有上帝的眼泪？为何她要越俎代庖，替上帝传死讯，这违背她的信仰吗？这疑惑困扰我，而且我惊觉我刚加入这女人团，还没有实证酒窝阿姨是否有超能力。

但是有项事实是，死讯降临，会迫使一个人开始做起人生的资源回收，你会发现什么是最重要的，什么可以松手，而什么价值又是可以用脚重重踢走，祖母就是。最好的证明是，她从人生的垃圾桶把我捡回来了，在此之前我不晓得自己被远方的某人爱着。不被知晓的爱即使再珍贵，都不够动人。爱被亲临的祝福，从此存在，所以祖母在死前回来找我。

"你再回医院，我就帮忙。"我提出交换，此时说再恰当不过了。这也是我想提携的祝福。

"我说过好几遍了，X光照了，医生说有奇怪的白影子。"

"回医院再看看。"

"回去过呀，我做了胸腔穿刺，什么计算机断层检查，正子扫描，做了一堆检查了。"

"医生怎么说？"

"就没回医院看报告了。"

"为什么？"

"医生的报告，不会比'牵手（伴侣）'的鼻子来得厉害。"

"你还是要回去听医生的报告。"

"身体是我的，怎样我最清楚，看我有时咳得严重就知道结果。"

"还是要去看医生呀！"我有些气，祖母跟那些老病人一样，总是自己当起医生，告诉自己该如何。

"我知道你的用心，但生病是事实。我没有回医院看报告，但医生打电话来问我是不是到别家医院治疗了。我说没有，也不会回医院。医生很好心，要我一定再回医院治疗，哪家大医院都行。我祝福这位医生，他是好人。"

"如果我帮你，"我跟祖母商量，"你要回医院去。"

"不回去了，我看很多这样得癌的老人，身体的零件都老得差不多，回医院用毒药（化疗）杀癌细胞，最后都提早走了。"

"你是对阿姨的鼻子有信心，还是对医生没信心。"

"当然是牵手的，她没失手过。"

"好吧！即使阿姨的鼻子这么厉害，我也希望你去医院回诊，算是我对你的请求也好。你不是说人生就是做资源回收，回去医院，说不定那个好医生能帮你回收什么，好不好？"

"这样我就考虑了。"

不管烈日风雨，某个NGO（非政府组织）志工送早、午餐便当给弱势的独居老人，按门铃直到有人应门，不然会担心人是否在屋内死亡。这栋旧城区边缘的商住综合大楼也是NGO的关怀重点。

祖母的计划是，一旦NGO志工送完午餐，她们锁定的"玲琅鼓"的戒心会降低，愿意出来应门。这是因为独居老人像寄居蟹，除了固定时间开门、指定时间出门购物，其余时间蜷缩在家，天塌了也不愿意开门。不少独居老人甚至视别人的援助为耻，不接受便当救济，病痛吃成药，痛到不行才求救，最惨的莫过于安安静静地死去，腐烂成尸水。祖母解释，NGO跟这些老人密切互动，他们送完便当后，可能会回头吩咐某些忘了交代的事情，使独居老人愿意开门。

商综大楼很破旧，没有正式的管委会，由几个老住户义务帮忙行政。他们最忙的工作在三年前结束了：写存证信函、跑法院来面对一群不愿意缴管理费的居民，最后不了了之，这让有缴管理费的人也不缴了。社区支付给的清洁费，是管委会还能运作时攒下来的，很微薄，祖母与酒窝阿姨不用做得太认真，倒是很认真在找社区的"玲琅鼓"。这是她们专门找旧社区打扫的原因。

大楼电梯坏了，没钱修，用模板封死。我、祖母、酒窝阿姨走逃生梯，那里混杂着尿臊味、壁癌[1]腐烂味、水管破裂渗水的潮湿味，还有一股老男人专属的体闷臭。梯间堆满了意想不到的杂物，鞋柜、漂流木以及各种铁罐，一台二十年前的金旺摩托车锁在墙角。我看到一个五十厘米高的骨灰罐。祖母说这是某户与邻居争夺公共空间的"恐吓物"，里头装有自己爸爸的骨灰，我有点吓到。不过，我们要找的"玲琅鼓"就是这骨灰罐的主人。

门铃坏了，我轻敲门，不久加重力道，门后传来博美犬的叫

---

1 壁癌：在热带或亚热带地区，建筑物的水泥墙壁常会出现白粉毛状的霉菌，就如同人体长了癌症一般，所以俗称为"壁癌"。

声。那扇门拒绝了我们五分钟，门把才转动，慢慢开出小缝，露出了凌乱的客厅，都是被狗粪脏污的塑胶地垫、纸箱和杂物。人呢？只有小狗兴奋叫着。赫然，有双眼睛从低处反击我，埋藏在他层层叠叠的抬头纹底下。那是一张贴近地板的老脸，被堆置物伪装了，当下很难辨识。

我看着低角度的那双眼睛，内心的凉意下滑，讲不出话。站在我身后的祖母与酒窝阿姨也保持沉默。我们无语，生怕自己开口，会输在莫名中，然后被这扇门关上回绝。

一分钟后，门全开了，露出一个匍匐在地上的老男人。他头发灰白，大腿被恶魔之手折成荒谬弧度，有点吓人，苍白的脸上布满像是毛笔汁的老人斑，他却笑着说："进来吧！我等你们很久了。"那只博美犬持续叫着，可能会永远叫下去。

我的凉意更浓，要是老男人回绝就算了，不是，他以阔别老友的姿态欢迎我们，令我摸不着头绪。身后的祖母轻戳我的背，要我走进蒸溽的住家，那有种尿急之下误入男厕而两排十余个面向尿斗的老男人转头看你的尴尬，房内充满老男人的体臭味。

"坐吧！厝内很乱，希望你们能找得到膨椅（沙发）来坐。"趴在地上的老男人说，语气很客套。

现在我可以认真观察眼前的男人了，他腿部受伤，左大腿向内凹陷，呈现黑褐色，那里肌肉不见了，而新长的皮肤又薄又没有毛细孔，包裹着大腿骨。他失去腿部支撑力量，坐在滑板上移动，也就是为什么他应门时从地板处看人。他年老的身形缩水，给人《魔戒》中哈比人咕噜的联想。

　　咕噜老人的客厅像强台过境，看不到沙发，它消失在十余年来堆积的发霉杂物中，要整理不如再来一次强台吹干净。咕噜老人看出我们的困窘，乘滑板滑过杂物间的通道，用力朝垃圾山推开，露出一块早期用毛笔写的楷体铝皮广告牌，上头"印章雕刻开锁"显示这曾是老人的工作。我们坐上铝皮，发出噼噼啪啪的细微声，像坐在大冰块上。

　　"可以等我一下吗？"咕噜老人说。

　　"我们可以等到下午一点钟，然后要开始工作了。"祖母预估只剩半小时能耗在这儿，然后又要回去清洁社区。

　　"我很欢迎你们来。"

　　"多谢。"

　　"给我时间洗身躯，我想把自己洗净气（干净）。"

　　"没问题。"

　　咕噜老人乘滑板到浴室，滚轮滑过瓷砖缝发出刺耳声。博美犬的敌意叫声减缓了，舔起碟子里的水。我们以为会很快适应房内的臭味，但一切就像刚进来时般强烈，摆脱不了。喝完水的博美犬又大叫了。我提高音量问祖母发生了什么事，为何老男人跟我们装熟，客气不已？祖母耸耸肩，她也摸不着头绪，从进门就不对劲，这老男人是她见过最古怪的底栖生物，比眼前充满敌意的博美犬更难解，要不是三个女人结伴而来，她会撒着鸡皮疙瘩逃跑。

　　咕噜老人洗好澡，乘着滑板出来。他裸着，身体老皱，咕溜滑着，像是一只放大十万倍的精子溜出来，三个女人不能接受这画面，屁股下的铝皮激烈地发出碎冰声响。我们还能忍受的是，这老人没敌意，即便他的老皮肤像是XXL尺寸的雨衣堆在腹部与屁股。

他滑进脏乱的寝室，杂物堆到天花板，说真的，我们还没有发现床的位置在哪儿。咕噜老人翻弄很久，忙着找某样东西，不是他的记忆不牢靠，就是杂物太多找不到。堆得很高的杂物突然崩落了，把老人压得没线索——福尔摩斯也很难破案呀！我们把他从杂物堆拖出来，那件洗好的XXL号皮肤又脏了。我叹口气，深觉独居老人最大的哀感是不懂得断舍离，溺死在自认为宝贝的垃圾堆里。

我最后找到咕噜老人想要的黑色纸盒。盒里有套老旧但洗得干净的深蓝袄衣与红呢帽，一双绣梅花紫色功夫鞋，老人不费劲地钻进这套衣物，一切像是回到母体，身体泰然。

"这攒（准备）好好的衫，现在可以穿上了，我等了十年。"他说。

"看起来很大范（高雅）。"酒窝阿姨赞许他容光焕发，像是独居十五年来首次出门访友的模样。

"这是事实。"

"但是，歹势[1]，时间有点急，我们要工作了。"祖母再次提醒了下午的清洁时间。

1　歹势：闽南语中的词汇，主要意思是"不好意思"，在道歉场合中连说两遍，还有"请原谅"的意思。

"我明白。"咕噜老人拿起筷子，将桌上便当里的残肴吃起来，"这是我最后一餐，我一定要食饱饱。"

这句话令我有种错觉，咕噜老人吃完餐便行将就戮，此生无憾。我们无言相对，心中却浮起答案。这团谜的线索可以拉到从进门的那一刻开始，咕噜老人将我们看成"前来带走他灵魂的鬼类"，这正是他期待已久的拜访。但是我们对这假设仍有迟疑，得多些探问才行。

"你等我们多久了？"我将陆续给一些保险丝般的问题，烧断就停问。而且过程中获得祖母的暗示再问下去。

"十年。"

"这寿衣……"

"啥寿衣，是老嫁妆。"咕噜老人没有生气的意思，"你还没有生毛发角就出来见习，要学学你旁边的尊长。"

"这老嫁妆，"我回以歉容，小心提问，"你攒几年了？"

"十年前筹备好了，有时间就拿出来洗，三年前却不记得放哪儿了，原来一直放在盒子里。"

这符合我的设想。祖母对我点头肯定，我却摇头，因为不晓得下一步问话的计策。幸好咕噜老人埋头在便当中，饱食一顿以作生命的句点。我们也借此获得喘息的空当，迎接下半场。

"你知道我们是啥人？"酒窝阿姨发问。问得好，我们都想知道咕噜老人如何看待我们三个女人。

"我马上看週过（看穿）。"

　　"哦！你是第一个看出来的。"祖母提高音量，打蛇上棍地问，"继续讲下去。"

　　咕噜老人的眼神多了光芒："几年来，我们老人之间有一种蹊跷（古怪）的传说，有两位六十余岁的痟查某（疯女人），特征是有酒窝。我相信他们讲的就是你们，我一眼就看出来了。"

　　"高明，你的朋友怎么说？"祖母称赞。

　　"他们说，这两个痟查某佯癫佯戇，但是跟你讲话后，人就死了。"

　　"哦！"

　　"大家都讲，这两个老痟查某是牛头马面的化身，谁看到她们，不要讲啥有的没的，反正稳死。"

　　我们忍不住浅浅地笑。咕噜老人把我们看为异类，但是越说越荒谬，把祖母与酒窝阿姨视为死神。从任何角度来看，独居使人过度幻听，他这种丰富的联想，使我宣布他的死讯时不会有太多压力了。

　　"我得先做一件事。"咕噜老人把饭盒与筷子放下，招手把博美犬呼唤过来。

　　接下来，出现令人惧怖的一幕，而且很快……

　　博美犬跳进咕噜老人的怀里，承受主人爱抚，却无法抚平它对我们激烈的敌意。那敌意是我们抢夺了它多年来与主人独处的时光，那敌意在它黑瞳孔瞬间燃烧，然后熄灭，转而流泪，而且小狗理解是怎么回事似的慢慢死去，慈悲地合上眼。

这是因为，抚摩博美的老人突然抓住它的脖子，瞬间勒紧。它不叫，踢着四肢，身体抖动，闭上眼睛流泪。这一切来得太快，我们来不及反应，直到小狗快死掉了，三个女人才冲上去解围。

"给它死。"老人大喊，"给它先死，不然它会吃了我……"

冲突平息了，平静下来。

这屋内明明是白天却昏暗，明明有窗却封死，安静下来了，只剩下整天播放的电视综艺节目传来的笑声。独居老人最棒的家人只剩下电视，永远对你讲话，整天没停过，一个节目换过一个，所有角色奉承地要你笑，不像真实世界的路人没表情。

博美陷入昏迷，电视主持人却笑得很夸张。咕噜老人刚刚要勒死它，要不是我们阻止，小狗已经丧命了。如今博美躺在满是杂物的桌上，尚未苏醒，桌子的塑胶垫因长年的油渍而黏黏的，让人以为小狗被苍蝇纸粘牢不动。要是它不快点醒来，便永远睡着了。时间每分每秒过去，对大家都是煎熬。

咕噜老人对自己的鲁莽感到后悔，往前一步，轻拉着小狗的前肢。它没有反应，前肢软趴趴的。咕噜老人轻唤几声，忍不住哭泣，抚摩狗肚皮。

世间充满神奇，如果懂得诀窍的钥匙在哪儿便好了。酒窝阿姨伸手，抓了咕噜老人的手压在小狗胸口，她自己则俯身，用手圈住狗的口鼻，吹气之余，施力对狗做胸外按压。重复几次。

博美睁开眼睛，凝视天花板，胸部缓缓起伏。下一刻，它翻身，靠近咕噜老人脸庞，用舌头擦干他悲伤的泪痕，不觉得主人是蓄意掐死它的凶手。旁人都感受到浓浓的情意，虽然他们上一刻差点死在对方手里，下一刻在彼此手中得到关怀。

"你是菩萨。"咕噜老人说。

"我不是菩萨，也不是牛头马面，我们是人。"祖母说。

"救了狗，就是菩萨。"

"反正，做菩萨会比做牛头马面好多了。"祖母点头说，"假使菩萨跟你讲一个坏消息，或许你比较能接受。"

"菩萨总是带来好消息。"老人说。

"是坏消息呀！你剩下半年可活。"

"……我还要半年才会死。"咕噜老人沉默几秒，"又要撑半年呀！怎么不是现在死掉！"

"你可用半年来整理自己心情呀。"我说。

"整理心情？你真是心理健康的人。"他叹气说，"刚刚我认为你们是牛头马面，马上带我去死。现在你们变成菩萨，多给我半年的时间。要拖半年，真是坏消息。"

这席话令人哭笑不得，可以感受咕噜老人死意甚坚，一位对未来没希望的人，每天最期待死神来敲门，他内心的腐败风景，倒映在他的杂乱无章的生活中。死亡，是他生命最棒的寄托。

"那也不用掐死小狗呀！"

"我是怕我过身了，没人发现，狗没东西吃，会吃我。"

原来是这样！三个女人心中的疑惑被挖出来，虽无奈，也是事实。不少老人在家中过世，遭到陪伴的狗儿啃蚀，最后是发出难闻的尸臭通知隔壁的住户报警。这些狗儿太饿了，将死者吃得体无完肤，甚至啃得身首异处。遭人发现时甚至变成一摊被拆散的乐高积木白骨。这种新闻常出现，大家在激烈论战之后淡忘，直到下个事件再度掀起"谁要负责"的口水战。咕噜老人自认死期已到，亲手杀了博美，带它走，免得遭到啃食。但是，看见陪伴的忠犬断气的模样，立即苏醒，谴责自己的无情和残酷。

"这条狗这么小只，它很有灵气，不会吃掉你。"我看着博美渐渐恢复生气了，但是没恢复到对我们凶的状态。

"是好伴，但是太憨，没有灵气。"

"有灵气的狗不会吃人，会在主人倒下时，跑去叫人来救。"

"这是真的？"

"它眼睛有灵气，你抱看看，更有灵气。"我出于赞美，加速了主人与狗的感情。

咕噜老人抱紧狗，亲吻它，情感很浓，即便外人也看得出来那种小狗有能力演出忠犬救主的戏码。

"我们有一条狗叫邓丽君，很有灵气，只要我们有人倒在地上，它会大叫其他的人来救人。你这条狗也有灵气，看到有人倒下去，也会大叫。"我把邓丽君的特技说出来。

"好厉害。"

这是真的，只不过邓丽君的反应不是本能，是经过训练。邓丽君这警报器是会移动的，见到有人蹲下，会去观察，如果有人倒卧，马上大叫。无怪乎，我与这群女人相遇的那刻起，总觉得老狗对蹲下的人疑神疑鬼，原来它在尽责。"死道友"们曾要训练新狗替代，考虑到邓丽君的心情而作罢，于是老女人有时醉倒，让老狗有点事做似的叫着。

想到这儿，我对咕噜老人说："你会放下这种好狗，安心离开？"

老人没有回应，只有抱着狗传达了他们的情感，才说："那也是没法子，人总有离开的时候，不是它先走，就是我先走。"

"我来这儿照顾它。"

"目的？"

"我们来这里不是没原因，相信你有听过'往生互助会'这种制度，这是我来的目的。"我大胆地说出"往生互助会"，这是进入咕噜老人家之前，祖母跟我解说的奇特组织。

"我参加过了。三年前，缴了会费给互助会，说什么过身了可以领到一笔钱，但是我还一直活着，花钱没底，就像拿钱丢水没声。"咕噜老人说。

"原来你知道了，那好讲。"

"往生互助会"类似筹措资金的标会，会员以老人为主。这最初是善念，会员定期拿出一笔钱，挹注死去的老人治丧费与帮助遗族，没想到变调了，发展出不同金钱游戏的"往生互助会"，带着赌博性质。有些偏差的"往生互助会"，老人入会不用烦琐的体检证明，入会后，早点死就领比较多丧葬费，要是刚下注就断气是最大赢家，凭死亡证明书到互助会的柜台领钱。

　　世界上任何东西都可以转换成资产与游戏，包括死亡，只要有人愿意担任组头。"往生互助会"的老人们被压缩成一枚签，放在签筒，由死神捻出一枚死签后，类似"恭喜你死了，去领奖"的游戏。这是金钱游戏，赚钱的门道就来了：谁拥有死神的慧眼，帮快要死的老人多下几倍筹码，绝对赚钱。

　　酒窝阿姨有死神鼻，涉足了"往生互助会"的金钱游戏。她们需要钱维持"死道友"们的共居共食的运作。这对天主教的酒窝阿姨是折磨，天赋异禀，却堕落地用在邪门歪道上。她最后愿意做的原因是，这种老人共居团体在台湾各地陆续成立，从"往生互助会"获得的利润可以帮助她们，祖母是推动这种生活的重要发起人，并帮助她们。她们都是老女人，通常是地位低、经济能力差的人，但想住在一起生活。

　　在我的想法里，像咕噜老人这样独居在家多年的人，应该没听过"往生互助会"。但是他却说，三年前，被唯一的朋友以老鼠会方式拉进去，缴纳了半年月费，以为能得到一笔治丧费，但是死不了，想着那笔治丧费自己又吃不到，干脆停了，气得朋友再也没有拜访。

　　"现在，你可重新投保'往生互助会'，把钱留给你的狗。"我说。

　　"我没钱了。"

　　"我们可以出钱，你免烦恼。"祖母说，她脸色发白，有些不舒服，但频频对我示意没有关系。

"你是来赚我的死人钱。"

"事情不是这么歹听，但是也差不多。"祖母咳了几下，说，"我们有几个老人团体共同生活，有些人经济不好，假使你同意，我们会多投几个单位，多拿一些钱。但是我们不拿没良心的钱，可以帮你把你的丧事办得稳当，也可以照顾你的狗儿子下半辈子。"

"我活了一世人，从来不会为别人着想，过去是这样，目前也这样。"咕噜老人说到此，安静不讲话，只有电视传来粗暴的笑声。博美叫了几声，使咕噜老人转头看着它无邪的脸，才说："但是你们愿意照顾它，我绝对愿意给你们用我的名字投保'往生互助会'。"

"感谢。"我说。

"不用谢我，我是绝情的人，妻子、儿子目前没有进门来看我，他们一定很恨我。我后半生孤绝一人，一定是现世报，只剩这只狗是我的亲人，它一定要活得好好的。我过身时，它要能给我哭两声就够了，能有后代哭是幸福的。"

"我知道。"

"一切拜托了，感恩。"咕噜老人从滑板上爬起来，趴在地上对我们深深一鞠躬，"要帮我照顾狗儿子。"

我终于将祖母送到了医院。

她从咕噜老人手中抢回被勒昏的博美狗时，胸部撞到桌角，额角汗珠与不时的咳嗽是身体的警讯。她的忍功使她很镇定，还能跟咕噜老人谈话，直到对方同意投保"往生互助会"，身体才松懈，起身时，晃了几下，倒在松软的纸盒堆上。这些是咕噜老人饭后清理的上千个便当纸盒，堆栈整齐，成了接下祖母病体的最佳捕手。

我叫了救护车。祖母没有回绝，她将仅剩的力气用来面对咳嗽与急喘呼吸，幸好救护员给予氧气面罩，她舒缓了。在急诊室，医生帮她吊点滴，老一辈的人认为吊一袋生理食盐水是灵丹，能把身体打点好。恢复精神的祖母吵着要出院，她不想身在这种屠宰场，病患到处躺，走廊也塞满病床，而且急诊大门永远像一张怪兽嘴巴不断吞进来各种古怪的伤员。但是，医生坚持要等验尿验血报告出炉，判读之后再决定。

X 光室的放射科医检员将坐轮椅的祖母推出来，不过几分钟，得到讯息的医生走过来。他说，祖母的胸腔 X 光片有白色阴影。我告诉医生，祖母胸部撞击桌角，会不会引起内出血。医生说，白影不是胸腔出血的创伤反应，而且病患意识目前很好。

"是肺肿瘤。"我告诉医生祖母的病状。

"比较可能，但没有办法肯定，要转到胸腔科去做一些检查，像胸腔穿刺或计算机断层摄影。"

"她在这家医院做过了，但没有回诊看报告。"我把医生拉到角落说话，希望以他的专业说服祖母就医。

医生回到开放式诊间，上网查询祖母就医记录，边想边用左手敲桌面，最后才说，祖母的状况需要多观察，那就留诊到明天早上，明天下午可以去胸腔内科门诊，他会请护士先帮忙挂个号。

我听了大喜，想拿出手机和医生自拍，发 Facebook 昭告。但我是 Facebook 孤儿了，被孤立在众人之外，像女鬼活在热闹的社群网络。不过我深信，跳出网坑，栽在一堆老女人坑，是我这辈子最奇特的遭遇。

到了下午四点，那台 T3 停在急诊室外，四个女人横成一排，走进诊区东张西望，有的掀开隔间帘往内看，有的低头瞧那些病患的脸。忽然，假发阿姨高举被太阳晒得仍有余温的洋伞，朝二十米外一隅挥去，一路上的人连忙闪开，因为随后四个女人像炮弹打来，围住祖母，把切好的水果往她的嘴巴里喂，殿后的护腰阿姨提着保温锅，献上她精炖的香菇鸡汤与菜饭。

祖母说她还好，不饿。几个女人吵着"你都这样，勉强吃点好了"。祖母被逼了半碗饭就摊手，几个女人便从口袋拿出碗筷，蹲在地上，嘻嘻哈哈地把剩下的当晚餐，喝鸡汤啃鸡块，吃得簌簌响，好像鸡还活着。这又是老女人们的诱吃计谋得逞，祖母把剩下的半碗饭吃完，喝了碗汤，吃了些菜，成了急诊室病患中最靠近出院的模范脸色。

"能吃就是福。"回收阿姨说，"吃得下就没病。"

"没病就出院了，你看这气场不好，只有赚到钱的医生脸色最好。人在这儿待太久，没病也会生病。"护腰阿姨说。

"不行。"我斩钉截铁地说。

"我都没病，可以出院了。"祖母一天都不留，她刚刚跟一位得退化性关节炎、心脏病、高血压的八旬老病患聊天，留诊三天了还排不到病房。她要是留下来就得在走廊的病床上过夜。

"过夜就过夜，我陪你呀！"酒窝阿姨也赞同我的偷渡计划，要挽留祖母到隔日下午的门诊。

"不要啦！"

"可是医生说要留诊一晚，观察久一点。"我说。

"好啦！大家作伙[1]住下来，随便找个地方睡，别嫌弃哦！"回收阿姨要大家图个好位置躺下。

大家吆喝起来，说要在地板铺上纸板、四色牌备妥、锅碗撒出来。酒窝阿姨要大家离开，这不是旅游胜地，不要喧闹，这里的每位病患都在病难中挣扎，多一丝笑声就会给他们增加一分折磨。护腰阿姨说，她懂了，大家早点回家吧！把柔情蜜意留给这两位"牵手的"，多留一分钟，迟早忌妒心会发作碎裂，给医生缝好了也没有另一半照顾。

大家觉得有道理，把碗筷塞进口袋，保温锅提上路，一路横过诊区，还对年轻帅气的医生抛了媚眼。我跟着离开。酒窝阿姨会照顾祖母的，这一夜即便没有太多话聊，也有更多握手独处的机会。

我们约好明日傍晚来医院载她们。

在护腰阿姨的要求下，我陪她去看密医，他叫贾伯斯。

现在，我理解护腰阿姨为什么赞同祖母昨夜留诊了，这有助她今天早晨的就医——祖母严密管控她的开车里程数，每日据实

1　作伙：闽南语中"一起"的意思。

抄填，防止她乱跑。一个女人能跑到哪儿？今天我见证了。

　　我坐上车龄二十多年的T3，从发动那刻开始，我总有车子的某个零件坏掉的错觉，或许就是驾驶员，她的技术会在关键时刻坏掉。不过我很快感受到，那是来自祖母的监控，她用马克笔在车上写满警语，比如在后视镜边上写"注意左右来车"，在排挡写"下车拉手刹车"，在大灯钮上写"下车关掉"，在方向盘上写"这是正的"，让驾驶员分辨打到第几圈。祖母这样写是防止护腰阿姨大意，因为车子发动后，我感受那些警语字也说话了。

　　我看见驾驶座上方的遮阳板上写着"禁止转身拿东西"，我不懂意思，车子行驶后，我转身看着后座的邓丽君。它双眼纯真地看过来。我想，那也许是防止护腰阿姨分心看顾狗儿。想问个明白时，她停妥车子，催我下车。我终于回到平坦的世界了，真好。

　　护腰阿姨将邓丽君放在编织的花篮内，提起二十余公斤的家伙，这对腰部受伤的老女人可能是致命一击，她却提了就走，身子严重歪一边。

　　密医诊所位于市中心旁的乡村小径，是农舍，前院搭盖遮雨棚，排了十几位病人，门口还停了一辆给行动不便者搭乘的复康小巴。我看到某种宗教自虐仪式的景观，有两个人不断用背撞墙，发出巨响，这种民俗疗法好像用肉体当锤子在拆房子。还有人赤脚站在斜板拉脚筋，他一边保持平衡，一边表情痛苦。我实在不想多提有人用铁刷拍打背，或打手臂直到瘀血，这种民俗治疗以自虐肉体而唤醒灵魂。来了这么多人，我想应该会排队一阵子，不料回收阿姨走来说，快轮到了，然后从护腰阿姨手中拿到五百元的排队费。她一早骑脚踏车来挂号，今日赚足这笔就够了。

诊间不大，墙上挂着用竹片画的神农大帝的图像，画里裱装着一封看不清楚内容的信。密医坐在藤椅上，打赤脚，穿汗衫，手肘放在褪漆的桌角，空气中有浓浓的汉药味。神医看见护腰阿姨进门，用中指不断地弄点她，有种"等到你来了"的意味，铿锵说：

"一定是肺癌哦！"

"夭寿准，神医呀！"护腰阿姨兴奋大喊，像中了乐透，她还没坐到椅子，就颁发到了癌症保证书。

我真不敢相信，密医乱猜病情，来看腰伤的护腰阿姨却好快乐。这乐得密医在炫耀，说他八年前看出"林檎（lin-goo）[1] 偷吃一嘴"的贾伯斯得到胰脏癌，写信去提醒他。他敲着身后裱框内的那封信，说这是被退回来的，贾伯斯肯花三年学会中文就会活下来。他说完，再度敲着裱框被他敲出污点的地方，似乎在教训贾伯斯的固执与愚蠢。

据说是这个传说，大家叫这位密医为贾伯斯。

接下来，贾伯斯帮护腰阿姨把脉，不时点头，又凝视她的眼珠，瞧她舌头上的舌苔。密医贾伯斯两手上翻，掐指翻动，忽然十指停下，说："这病有三年了，受苦了。"

"你讲得对。"护腰阿姨的泪水掉下来。

1　林檎：闽南语中"苹果"的意思。

“西医一定讲没的医。”

“是。”

“这么大年纪，要开刀，割肉体，又要用毒药（化疗）将全身的癌细胞毒一遍，这人哪受得了。”

“对。神医！我今日来就对了。”护腰阿姨大喊，连外头的病患都探头来看动静。她才又说：“我叫得真情，可以打折吗？”

“真情没二价。”

“也对。”护腰阿姨说罢，抬头看我，重复那句“也对”，然后又看着邓丽君，说：“也对哦！乖。”

多亏护腰阿姨看我，我心中升起暖意，并浮现答案：她是帮祖母问诊。护腰阿姨的腰疾不是绝症，却挺身为肺癌的祖母奔波，令人温暖。不知怎的，我更想为祖母尽一份心力，或许民俗疗法真的有效。这使得眼前密医，如他身后的神农大帝般放光芒。神农大帝没经过国家考试，照样救人，何况密医的门诊好多，看不出今天有谁是被医死而上门求偿的。

“医生，你一定要帮帮忙。”我说。

“我这个人的医术与医德都给人呵咾（赞许）。别人我不敢说，来找我是你们的福气。”密医随手指了庭院的人，也不知道点了谁，说，“那个台北人，每礼拜来，要是我功夫下痞，哪有人来？”

“神医！拜托哦！”护腰阿姨高呼，像宗教中毒者。

“好，我开个单子，你们去外头的柜台捡几帖药。”医生撕下日历，在纸背写了十几种汉药。字迹像是两岁小孩拿笔在自己脸上鬼画符，看不懂，是商业机密，只有柜台能解密。

"医生，我阿嬷吃这个药，一天要吃几帖……"我问。

"拜托，谁帮你阿嬷看病？"护腰阿姨生气了。

"你没有得肺癌，怎么跟医生说有得？"我惊讶问。

"这……"

"老实讲，你是不是早上起床才得的肺癌？"医生笃定地说。

"不是我得肺癌，是……"护腰阿姨往篮子里看去，把大家的目光也带往那里的邓丽君。邓丽君无辜地看来。

我笑了，密医则愤怒地说："你娘咧！你带狗来给恁爸滚笑[1]。"

或许是真心遭到现实的颠簸，或许是"死道友"们的演戏训练，护腰阿姨才低头，泪水便非常配合地掉了下来，连邓丽君也难过地低吟。她说："它不是狗啦！它是我的女儿。神医，拜托啦！"

"我是神医，不是兽医。"

"我知道啦！但是久仰你是神医，才带我女儿来。"

"莫讲了。"

"你要是医好它，医术就更高一层，变神医中的神医，台湾之光呢！"她擦干泪，认真看医生。

神医被戴上光环，内心有说不出的舒坦，脸上却凛然，说："看你真心真意，我就破例一次，平常我是不看畜生的。"

1　给恁爸滚笑：闽南语中的脏话，似普通话中"开你爸玩笑"的意思。

"它是我女儿啦！"

神医帮邓丽君把狗脉，看舌苔，两手掐指就像是算钞票，一下又是摇头，一下又是点头。摇头令护腰阿姨难过，点头令她大笑，她最后不断高喊神医。离开诊间时，护腰阿姨拿日历药单抓了半个月的汉药，花了近万元，大方地把钞票拍在桌上走人。

离开密医诊所，护腰阿姨开车前往大卖场，把邓丽君放在大型推车上，买南瓜时不忘对它说这抗癌哦，买红豆说要补血，买芝麻增强骨骼，挑苹果醋中和酸碱体质。又到药品区，买深海鱼油、黑酵母与维骨力。"都是买给你吃的哦！"她对邓丽君说，然后提醒我买些给祖母，一起买有打折。

开车离开后，我松了口气。不料，护腰阿姨要去好市多买一罐 Nutiva 有机初榨椰子油，一点六升大罐装，这种植物油对邓丽君很好，对舒缓它的癌症也许有效果。

"你有会员卡吗？"我问。

"没有。"

"那怎么买？"

"拜托啦！我在外头顾着邓丽君。你混进去买，然后找个人帮忙结账，好不好？"她又演戏了，苦苦哀求，"顺便，也买个美式大烤鸡吧！"

唉！我能说不吗？

傍晚我们到医院接祖母，却扑了个空。

　　我在相约的大门绕了几圈，有一群吊点滴的老烟枪在那儿偷抽烟，我差点迷路在烟雾里。我前往胸腔科门诊，候诊区坐了一堆人，没有祖母。她也许去上厕所，也许先去吃个晚饭，因为排在下午的热门门诊通常会塞诊到晚上十二点，台湾医生都有劳碌命。

　　我急了，抓住出来叫号的护士，指着门口就诊单中的祖母名字，询问她的病况，护士以病人的隐私拒答，我以家属的焦急相求，她进入诊间去翻阅病历，开个门缝对我说："她过号了，也没有看诊。"

　　怎么回事？要是祖母独自看诊，半途脱逃是可能的，但总不可能连酒窝阿姨也脱哨吧！这出了什么问题，我好焦虑。一起跟来的"死道友"倒是乐观，说这两个老人不会丢掉的，说不定在附近吃个浪漫的烛光晚餐，顺便散步。至于为何不看诊，大家没答案，最后的结论竟然是这年头的老人烛光晚餐只剩遗照前的白蜡烛与白饭。

　　我们晚上八点回到游泳池家，空荡荡、黑漆漆，只有抽水马达声，只有冰冷瓷砖的凹陷大槽池。祖母与酒窝阿姨尚未回来。到了九点，大家失去耐心，但也只剩等待了。

　　忽然间，有个陌生的电话号码打来，打破泳池家的宁静，大家转头看我。我犹豫之后接起来。

　　"是黄莉桦小姐吗？"这来自我不熟悉的声音，男性。

　　"你是？"

　　"你是吧！"

　　"你是谁？"我小心应答。

"说吧！你到底是不是黄莉桦小姐？"那个男性提高音量，背景伴随嘈杂的声音。

我挂断电话，被搞得一头雾水，对这种银行借贷款的业务问话口气搞得不舒服。不久，电话再度响起，又是陌生的电话，太奇怪了吧。犹豫了八响，我在"死道友"们的催促下接通。

"抱歉，我同学刚刚的口气不是很好。请问，你是黄莉桦小姐吗？"这次是女性声音。

"你是？"

"我们遇到你'阿婆'了，她在找你。"她用客家语说了那两个字。

我的心防一下崩溃了，点头说是。对方一定是开手机扩音模式，听到我的回应时，那边有十几个人大喊找到你了，找到了，并传来激情的掌声，好像在这座城市有一桩美好的事发生了。

"发生什么事？"我问。

"你阿婆下车时，给了我一张字条，要我们找你。"

"为什么？"

"我们很努力地阻止她被人赶下公交车，但没做好，很抱歉。你阿婆下车时，撕下记事本上的电话号码给我们的一位同学。可是电话号码的末三位糊掉了，我们分批打了四百多通电话，终于找到你了。"

"谢谢。"

"你阿婆说，她在你以前读的小学等你。"

"谢谢，祝福你们。"

我再次言谢，泪水滑下来，感觉这都市的夜晚亮了起来，被某班公交车上的学生们点亮了。

我的记忆无时无刻不坚守那个傍晚的时光，在第五市场旁的小学校。樟树疏影下，草尖微褐，落叶淡淡且迟迟的冬季，风不冽，却冷到骨子，我在那儿完成我的第一场丧礼，亡者不是父亲。那是父亲死后一个月的事了。

我对父亲的记忆不多，我希望能复杂到像是大树扎入土的记忆细根，事实只是像电线杆。记忆中，以小学四年级的我而言，父亲像一座山，身形很高，手又粗又厚，有浓密坚硬的头发，爽朗的笑声很刺耳。他曾经两次以疯狂大笑的方式将蟑螂赶出去，只因为我讨厌打烂的蟑螂尸气味。他常把我抱到书桌上，以便和他玩鼻子磨蹭的摔跤游戏，直到我喊停。我父亲是我专属的玩具，可是他坏了。

他坏掉的那天，我还记得。祖母与妈妈不在家，只有我安静陪他。他在客厅踉跄，喝酒喝得稀里哗啦，用哭腔对我说着难解的内容，除了我，他看到碍眼的东西都摔破，花瓶、时钟、电视等都在地上碎成锐片。他走过碎片，脚上与地上都是血。他怎么了，心碎得不在乎肉体的疼痛？他抱着我。我发抖，以为我最后还是要被他举起来摔碎了，可是他只是温柔地抱着我，直到我不再抖。"爸爸，你不要哭。"那是我重复最多次的话，那个男人的泪水却流不停。

在我记忆刚发芽的阶段，我对父亲的记忆不会是大河，是细微支流。如果检视记忆之河，我不记得以下的事：爸爸曾带我去宠物店买的小鹦鹉“呆呆”，它常躲在马桶里，有次被我误触水阀而冲走。我大哭，爸爸几乎找人来掀开化粪池救鸟，被祖母阻止。又比如，有次我把笔盖塞进鼻孔，也是爸爸带我去急诊室。这些都是祖母跟我说的。

　　我反而记得那些蛮荒地的小支流记忆，微末且发光，比如爸爸在人行道缝隙挖了颗黄色 BB 弹给我；他伸手到红色栏杆内摸一只刚出生的虎斑猫；他摘一朵茉莉花给我；他帮我绑鞋带时，我凝视他的发旋；他坐在沙发呼呼大睡，我在旁边安静画图的午后；他抓我的手，在我的涂鸦墙壁上，教我签下名字笔画顺序的黄昏。往事不如烟，片段光景，反射着小河流的光斑，遥遥的、渺渺的，不由得令人难过。

　　爸爸被酒精灌坏的那天，他要我穿上美丽的衣服，带着最心爱的粉红色泰迪熊，开车去溜达。我穿上粉红色蓬蓬裙和蓝 T 恤，临出门之际，回头去带卷轴画纸和六十色彩笔。画轴中，有我与爸爸合作的连环漫画，我展示最爱的一幅：父母为我在蛋糕上插满了刺猬蜡烛。爸爸为这幅画流泪，仔细看我，像是看着童年的他自己，仿佛我脸上有他最珍爱的东西。最后，他吻了我，非常非常久，一度令我厌恶挣扎。

　　他独自出门，半小时后，驾车撞墙死去，身体被压扁在车内，方向盘插入胸腔。他是自杀，在台中港以高速撞上防波堤，现场没有刹车痕与遗书。我有时会想，要是他自杀前没有深情地凝视我，把我放在家里，可能我也会死在变形的车内，抱着泰迪熊，像揉成团的废纸。

我在失去爸爸的房子里又住了半年，才随母亲搬离。那半年内，我每日与祖母走路到校，沿柳川畔走，转入市声喧闹的第五市场，才到学校。我们走得很安静，她不时提到她儿子与我的互动记忆，生怕我忘记父亲。我也意识到，家，被偷走了，因为时间是小偷，偷走一砖一瓦，最后光明正大地抢走亲爱的人。爸爸自杀的原因是他知道妈妈有外遇了，这是祖母在无意间吐露的，她说得含糊，我却听懂了，那一刻我真正长大了。这世界上能毁坏与成就家庭的，永远是同个屋檐下的人。然后，我努力忘记外遇这件事，妈妈不是好情人，但我是跟妈妈而不是跟情人在生活。

在学校，我远离婆媳之争，却又巴望回家后，爸爸在客厅跷着腿准备跟我玩鼻子摔脚，但是期待与失落每天在重复。我宁愿待在学校，至少能幻想爸爸在家等我。在这间历史悠久的小学，棒球是传承运动，曾拿下美国威廉波特少棒冠军，学校陈列最多的是哪位明星球员用过的球具，破损陈旧，每道刮痕像走上英雄之路所该有的伤痕。我最着迷的不是球具，是球赛照片。每帧照片停留在最惊险美妙的时刻，无论球员滑垒遭触杀，或外野手后退十米捞到高飞球。这一切好像摄影师已经固定镜头，准备按快门，等球员与棒球自动地跳进镜头焦点。摄影师为什么有能耐捕捉到神奇瞬间，就算我坐在路边好久也目击不到车祸。

我的想法很天真，摄影师有种预言能力，预知事情会在哪儿发生，他只要将镜头对准那儿。这个想法得到实证是在一个午后。我看着窗外的操场，那有一群小学生在打棒球。他们不时欢呼，赛事越来越激烈。我对棒球的兴趣不高，将目光焦点放在操场旁的一只松鼠上，它趴在樟树上，闲散至极，像右外野手等待一颗飞球落入它的守备范围。

我有预感，不久之后，松鼠会与棒球相遇。松鼠爬下树，跳上另一棵，晃动身体，蓬松的尾巴翘在身后，衬着叶间落下的夕阳小碎光。这时候，随着远方传来的球员欢呼声，一记外野高飞球迎向松鼠。它没有接球，是被击中脑袋，掉下树。我目击到松鼠死亡。我以为是捕捉到好记忆，像是摄影师固定镜头，拍到独家画面。但我看到的是死亡，是悲伤。

外野手钻入树丛，找回遗失的棒球，高呼，你们看，我捡到什么。他拎着松鼠尾巴，弯身走出树丛，脸上有着夸张的嫌恶表情，好衬托他手上的尸体。松鼠软乎乎的，调子很冷，像凝固的泪。

中断的赛事，被教练怒喊"比赛还在玩，你不捡球，是去捡屁呀"的话拉回正轨。外野手仓皇丢下的松鼠，被一群小学生围上来，他们讨论松鼠是不是死了，它怎么这样就死了。突然，有人闯进人墙，松鼠就不见了。是我把松鼠抢走了，九岁时的我捞不到柳川的黑狗尸体，现在却有能力抢走死松鼠。我揣在胸口跑，明明是框子不小的校园，分明是同龄的面孔，却山水迢迢找不到躲藏的角落。

我抱松鼠冲进厕所、冲进楼顶、冲进工具间，躲着跟来的学生，最后被教务主任带回教室。导师与同学在演戏，佯装什么事都没有发生，这些三流演员演不来的是他们会偷偷投来眼光，瞧着我抱的死松鼠。演戏的目的很简单，爸爸离开这世界后，我是导师多点宽容的对象，可以不写功课、营养午餐挑食、在课堂上突然流泪或傻笑，即使上课冲出去捡死松鼠回来，都被赦免了。我安静地回到座位上。一位平日顽皮的小男孩气得说："我也希望我爸爸早点死翘翘。"然后他被导师吼去罚站。

松鼠放在我桌上，嘴角流出血，泛了一摊。我能感觉松鼠的血味，带点硬邦邦的咸味，等到我右侧的同学发出一种恶心的嫌恶声，我才发现我的嘴角也流血了。我不只抠指甲，还咬铅笔，把笔头嵌橡皮擦的铝质啃得坑坑洼洼，而且啃下来咀嚼，把牙龈弄流血了。我觉得血腥味可以缓和心中的某种情绪，原来人受伤会流血这件事，是释放情绪，血放干了就不会有痛苦了。

导师用教具敲打黑板，好把同学们缠在我身上的目光解开，拉回数学课。教室气氛冷冽，窗外站了三个驻足偷看的人，被躲在远方柱子下的教务主任用手势赶跑。我用衣服裹住松鼠，深深塞进书包，准备下课，然后钟声把所有人都赶跑了，只剩导师在讲台看我。她保持微笑。

傍晚时，放学钟声响起，漫过围墙，直到柳川。祖母从柳川走来，穿过第五市场，进入校园，由教务主任拦下她解释一切。之后，祖母看见我坐在穿堂的洗石地板，余晖在地上涂散，非常亮，她蹲下来陪我看书包中的松鼠尸体。然后她把手伸出来，掌心在我嘴巴前展开，我便把嚼了上百次的铅笔杆吐出来，掺了血的碎木屑，像干巴巴的槟榔渣。铅笔头的那块金属片，刺进牙龈，祖母帮我拔出来时，血流出来了，疼痛感也冒出来，我感觉有只啄木鸟在那儿干活。

"你在哪里捡到这只松鼠的？"祖母问。

"树下。"我把嘴角的血擦干。

"它一直躺在树下，被你发现的吗？"

"不是，是在树上。"

"噢！那你有看到它从树上跌倒，然后掉下来？"

"它不是跌倒啦！"

"不然，它怎么掉下来？松鼠很厉害，如果不是跌倒，怎么会这么容易掉下来？"

"被球打到，它掉下来。"

"噢！这么刚好，你看到棒球打到松鼠。"

"嗯！"

"你可以带我去看看松鼠掉下来的地方吗？"

祖母细微的问话，带出我的记忆。我们回到松鼠坠殒之地，钻入矮丛，现场的草坪被踏得凌乱，沾了血渍，这是命案现场。祖母要我将松鼠放回地上，我不依，不愿放回它的受难地，紧紧守护书包里头的它。

祖母没有强迫我，她躺在沾血的草坪上，身体缩成一团，头与膝盖碰触，说："松鼠是这样躺的吗？"

"不是，它不害怕。"

祖母翻身跪地，倾身向前，额头触地，像是虔诚祷告。她说：

"会是这样子吗?"

"好好笑,松鼠不会跪啦!"

祖母翻身躺下,跷二郎腿,两手交叉胸前,说:"这样呢?"

"这是爸爸跷脚啦!不是松鼠。"

祖母四肢放松,呈大字摊开,说:"这样吧!"

"对啦!"

"眼睛开开的?"

"对啦!"

"原来是这样呀!"她凝视上方,不眨眼,安静不语,完全是松鼠掉下来的姿势。她如此松闲,被我怎样催都不起身,久久才说:"原来松鼠在这儿看天空,你也躺下来看吧!"

我躺下去,樟树丛被风吹出缝隙,天穹有彩色盘在洗手槽清洗后流动的妖艳水光,夕阳慢慢地漏光了,黑暗的版图越来越大,夜要来了,我们坚守着黄昏的美丽时刻。

"原来,松鼠跌倒不急着爬起来,就是要赚到这么漂亮的景。"

"嗯!"

"松鼠喜欢这儿,我们就在这里挖洞,把它放进去,当作它永远的家。"

我点头,眼泪滑下来,就是想起细微的记忆:人行道缝隙的BB弹、一朵茉莉花或涂鸦的白墙;或在市场买红豆饼时,我仰望爸爸在阳光下的快乐表情,而他也是;我微笑着告诉他"今天好快乐哦!希望天天跟爸爸吃红豆饼",他说他也是呢……此后一辈子,那些细微的记忆如此轻微，似拂不走的尘埃飘浮着，包围着我。

于是我松手，让松鼠滑出了胸口……

祖母事后跟我说，她们是从医院逃出来的，一路仓皇。

她们从医院逃离，沿着小巷走，边走边喘，两人的手没有分离，唯一的分离是酒窝阿姨走到马路上拦公交车。在公交车上，她们松了口气，但是祖母的胸闷疾病遇到公交车冷气，咳嗽加剧。酒窝阿姨一边对乘客道歉，一边把车厢上的冷气出口调整，但是剧咳没有好起来。

不断咳嗽的祖母仿佛昭告乘客们，瞧瞧我。大家终于瞧见祖母的病容。她脸色苍白，额头冒汗，左小臂埋了一根静脉软针，透明的固定胶带像一摊收干的脏鼻涕般反光。乘客们像见到瘟神，纷纷走避，或用袖子捂着鼻子，脸上皱出嫌恶的表情。

一位中年男子受不了，对邻座的祖母说："你咶咶嗽（咳不停），紧去看医生啦！"

祖母无法回答，咳嗽这恶魔紧紧地卡在她的喉咙大闹，她能做的是更努力把这恶魔咳出来。酒窝阿姨弯腰，对着中年男子道歉："歹势，我们才从医院出来，她有点不舒服。"

"那也戴个喙罨（口罩）呀！"

祖母听懂了，用短袖子遮口，以示得体。但是咳嗽再次示威，她咳得流泪，嘴巴不断发出怪声，使一位六岁的过动小乘客认真观察祖母会不会咳出一只异形。而酒窝阿姨只能干着急。

"女人出门有穿奶罩，却没有戴口罩，奇怪。"中年男人说。

酒窝阿姨以为自己听错了，说："什么？"

"你这女人，下车去咳啦！"

老人容易受到两种迫害，疾病与人类，尤以后者的精神迫害最无奈。祖母与酒窝阿姨听到男子的怒骂，即使非聋非哑，差不多也是这样无助了。此时，公交车停靠某间高中，一大群学生挤上车，带来了浓浓的青春笑语与新鲜汗臭，迎面对上祖母的高亢咳嗽，但后者的威力快把又鼓又闷的车厢戳爆了。

祖母爆炸了，腹部用力咳嗽使得她漏尿了，灰色休闲长裤有一片水痕。她下意识地夹紧腿，并弯腰用上半身遮丑。她身旁的中年男人跳起来，大叫一声，狠狠吼出愤怒。一个高中男生夸张地抬起脚，眼睛瞪大，生怕踩到地上那摊尿水，这类似谐星周星驰落跑的动作，引来大家的笑声。

"下车去，下车去。"中年男子按下车铃。

"不是故意的。"酒窝阿姨连忙对男子，也对全车的人道歉。

公交车到站，按铃的中年男子没下车，反而是对祖母说："你还不下车，下车呀！"

"我没有按下车铃！"酒窝阿姨回应。但这是祖母需要的，她要下车，任何一站都适合她下车了。

"你这样是逼人下车。"之前抬脚的高中生，对着中年男子，"要下车的是你才对。"

"你哪个学校的，讲话这么冲？"

"我读：'要你管·高中'。"

接下来的三分钟，车内陷入争吵。继续上路的司机广播停战佛语，比如"争执会消耗生命""慈悲来自温暖心，吵架像是喝盐水，你越吵越渴"，但是高中生跟中年男人继续吵，像在海里溺水般乱挥手，司机最后大喊："闭嘴，方向盘在我手上。"

大家安静下来，看着祖母起身，拉着酒窝阿姨下车了。她不忘抬头看着那群高中生，眼中流动感谢，微微颔首，在车上被戳伤的自尊心都被青春的盛情敷上了疗药。下车之际，她想起什么，拿出记事本，撕下记录我电话号码的那页，递给某位高中生，比出打电话手势，用快被咳嗽磨坏的喉咙说："打给黄莉桦，叫她到她以前读的小学找我，我是她阿婆。"

两个老女人下车了。公交车继续前行，那群高中生打电话找我，不断对两百万人的城市搜寻我。车内热情增温，博爱座的那摊尿液在不久后蒸发了，成了空气，像不曾发生过，但确实存在过。

两个女人沿着柳川走，夕阳在河面波动，路灯才亮，柳枝在风里摇了好久。祖母的咳嗽好转，她拔掉手臂上的那根软针。针很碍眼，在手臂上太招眼，她不喜欢给人她又老又病的印象。

软针的伤口较大，血流满了祖母的手臂，湿答答的，还流到一路手牵手的酒窝阿姨手上。这吓坏了酒窝阿姨，她被整车人抛弃的糟糕情绪没有消除，接着被手中一大摊的鲜血吓着，忽然大哭了。

祖母坐在河畔的椅子上，等待血停，等待情人不哭，却好像等待命运带她走向干净明亮的未来般，遥遥无期。她望着手中流的血，想起初经与停经都是在夏天，前者来得突然，后者突然令她明白量少而断续来访的大姨妈再也不来了。她生完小孩的任务结束后，对子宫这种每月准时干扰她生活的器官，觉得很碍事，要是能消失更好。但确定停经的那天，无尽拖拖拉拉、一滴一滴的经血烦恼结束了，不是该快乐点吗？却多了临老的哀愁，她坐在剧场的绒质椅子上，和酒窝阿姨看一出笑坏全场体质的幽默剧，唯独自己哭得很惨。她不该悲伤，但眼泪是悲伤的信物，因为她在五十三岁的夏夜，体内的某个器官在越来越慢的转速中停止了，而她何其有幸的是，她荒凉地摊开手时，邻座的情人紧紧捉住她的手。她顿时觉得一种崭新的心情在体内启动。

血停了，情人不哭了，天色全然暗下来。柳川最迷人的莫过于此际，看不见脏水，却听得见水流淙淙。祖母与酒窝阿姨沿河边走，然后踅进一条骑楼堆满杂物的小巷，那儿停了蚵仔面线、肉丸鸡卷、臭豆腐的各种摊车，折叠桌竖起来。街灯下，一只过街的猫与大型老鼠猝然相遇，猫很优雅地待在原地，目送老鼠逃跑了。这一幕开启两人的对话，猜想猫有饲主，非常乖巧，能适应主人不常在家的孤寂感，只要有晒太阳的小窗户即可，而且调教得宜，吃干饲料，常喝水，不会在主人刚进门时就死缠着要吃罐头。她们这样想，多少是把共同养过的那只猫拿来比较。而结论是：眼前这只猫很像自己。

"自己？"她们对视。

"是你还是我？"祖母问，"应该是……"

两人对视几秒，一个淡淡地点头，一个悠悠地摇头，谁也不让谁，然后很有默契地同时说："它。"

它，那只猫，被她们的大声说话愣着，接着被两人的爆笑声吓着，顾不得优雅，跑到摊车下的缝隙中窥视。

最后结论是："两个女人比老鼠更有破坏力。"她们满意自己的杀伤力，期待下个街口能再遇到猫，以供实验，不知不觉中脚步轻快起来，夜也不再那么可憎。在这第五市场的僻巷，祖母来到了目的地，那儿有盏水银路灯，照着老房子的侧边砖墙，长穗木与铁线蕨从缝隙吐出，叶片浮现路灯下的诡绿。

酒窝阿姨忘了这面墙，祖母则把细节背下来。这面墙是两人的初遇之地，那时酒窝阿姨在墙下挽面，看见有个脸部模糊、衣服纽扣在阳光中不断眨眼的女人，活像马来貘。

"真的非常像马来貘。"

"原来我是马来貘，不知道这种动物是善良还是凶狠？"祖母想，这到底是什么动物呀？

"那我像什么？"

"像什么？"祖母想不起来，酒窝阿姨不就是人，干吗比附动物？但她最后想到说，"像阳光下的猫。"

酒窝阿姨才喜上眉梢，便觉得输了，因为想起苏东坡与佛印互喻的故事。苏东坡得意地说佛印像坨屎，佛印说苏东坡像菩萨。貌由心生，以至于嘴巴得逞的苏东坡输了境界。这使得酒窝阿姨苦着脸，说："原来说你是马来貘，自己马上变成这种动物。"

"我的意思是，真的有只猫常在这面墙下，冬天会在这儿晒太阳，夏天这里晒不到太阳，它在这儿纳凉。"

"会是刚刚那只吗？"

"不是。"

"你怎么这么确定？"酒窝阿姨数落祖母的记忆，却想到什么似的问，"你常来这里吧，不然怎么会知道这儿有猫？你不是特别喜欢猫的，干吗来看？"

"我是来看墙，刚好墙下有猫。"

"你不会没事来看墙。"

"没错！"祖母看了酒窝阿姨，又看了砖墙，才说，"跟你吵架的时候就来这儿散步。"

"原来你跑来这里鬼混。"

"是呀！吵完架，心情闷的时候，我会来到这面墙下，想到第一眼见到你就是在这里。当时想用拐、用骗、用抢、用偷的把你抢过来。可是，当你睁开眼睛看过来，我连开口的胆子都没有，人呆在那里，还是你先开口。"

"咦，我哪会注意到这只马来貘！我是看到纽扣在阳光下发光，是在对你的纽扣讲话。"酒窝阿姨后来把祖母的衣服排纽全拆下来，用线串成项链，挂在胸前。

"我们怎么老是旧事重提？"

"老是？"

"不要抓我语病，拜托。"

"墙不是旧话题，而且你也没有讲完。"

"我跟你吵架之后，回来这里想想，当初在墙下怎么遇到你，像我们这种白头发的人在一块，不是二十岁时的浪漫，说跑就跑，像丘比特降乩。六十几岁的老人汗有重味，连自己都讨厌，不像青春汗有鲜鱼味；老人像隔夜菜，桌子垫着报纸，一餐吃过一餐，说不上大鱼大肉，比不上快炒好吃。倒是可以冷点吃，慢点吃，然后吞下，觉得这餐这样也不错。"

"听起来很寒酸。"

"是很惜福。"

"还是寒酸啦！"酒窝阿姨又催促说，"墙呢，继续说下去。"

"我会回到墙下是修炼自己，想着当初努力要跟你在一起，摸着墙，情绪放下来，然后回去面对你。回去不是一切都变好，而是放下情绪后重新面对，找到最好的沟通方式。"

酒窝阿姨浅浅一笑，把之前哭坏的情绪抹得干净了。她知道，祖母这番言语不是搞晚年浪漫，是要安抚她。祖母说，她把这面墙当作自己的"哭墙"——位于耶路撒冷的老城墙，一直是犹太人朝圣之地——时时来抚弄，记下所有细节与季节植物，从图书馆找出墙缝钻出来的紫花植物叫长穗木，算出砖墙有一千一百多块，用荷兰式砌法。观看这面墙，是想看到背后珍视的情感，她曾在这儿遇到了誓言下半辈子牵手走完的人，无论遇到任何磨难，都不变初衷。

酒窝阿姨抚摩那面墙，现在也是她的哭墙了。

我们在小学校外转了一圈，找入口，像小女孩手牵手走路。我无法理解为何这样走路，尤其是靠近快车道或摩托车冲过来时，她们把我握得更紧。这让我很不习惯，她们却要我多习惯。

我们决定从矮墙偷爬进去，路灯遭台风摧毁了，给了掩护机会。我们阻止护腰阿姨爬墙，她戴护腰、背邓丽君的样子像绑匪，更担心她爬墙受伤。她狡狯地把脚跨在矮墙上，说："恁祖嬷[1]没在惊啥？"翻入花圃后，果然趴在地上说，"恁祖嬷这只大肥猪出问题，腰有点闪到了。"

"严重吗？"我问。

"闪到了。"她对我说完，转头问邓丽君，"你有没有怎样？"

邓丽君叫两声，走几步，展示它无恙。护腰阿姨松口气。大家却没有替她松口气，陪她原地休息。护腰阿姨手支着护腰，自嘲年轻做爱时被情人从床上摔下床都没问题，现在连矮墙都是凶手，好在她屁股有两桶、胸口有两袋、腰部有一捆的人油保护，才不严重。她六十岁之前，为身上的大油桶难为情，现在庆幸是安全气囊。

"我应该开不了车了。"护腰阿姨勉强站起来，身体反应力减损，腰椎使不上力。

"我们出门怎么办？"

1　恁祖嬷：闽南语，似普通话中"你姑奶奶我"的意思。

"什么出门，现在回去都是问题。"

"我来。"我提高音量，抓方向盘还可以，它怎样转都是圆的。

大家沉默不语，把方向盘交给抓不住锅铲的年轻女人，简直是把命交给鬼来保管。一群人往校园移动，只有脚步的窸窣声，直到有人说这样好吗？其他人才说这下坏了。护腰阿姨说，她听够人类的话，想听邓丽君对这件事的看法。邓丽君叫三声，较以往多一声。

"原来你是这样说的呀！"护腰阿姨说。

"怎样，莉桦可以开车吗？"大家好奇邓丽君的说法。

"它说，人老了，都怕死……"

"会吗？"

"越怕死，死得越快，杨过就是这样死的。"

大家停下来，睁大眼睛看彼此，今天她们听到新词"杨过"，便问："他是谁？"

"是邓丽君的男朋友，莫再讲了，她会郁卒。"护腰阿姨靠过来小声说，怕老狗听多了又难过一年。

"杨过怎样死的？"假发阿姨绝对不放过八卦。

"在家里不敢出门，饿死的。"

"你娘啊！邓丽君叫三声，你讲十句，这是怎样翻译的？"

"这不是'一个乩童，一个桌头'演戏，一搭一唱，演给大家看。你来听这是什么意思。汪汪汪。"护腰阿姨学狗叫三声，无人能解。接着她转头对邓丽君叫了三声。

"汪汪？"邓丽君摇头。

"汪汪汪。"护腰阿姨连吠。

无厘头的开场白，拉开了超展开剧情。人与狗"汪"了几次之后，邓丽君低吟几秒，受了腰伤的护腰阿姨忍痛坐下，回"汪"几次。之后两分钟，人狗互相往来，吠还是吠着，低吟也是原来那低吟，无人知晓说了些什么。

戏进入高潮了，凡是老狗摇尾巴，老女人点头；狗吐舌头，人摇身体。突然狗长嗥，人就猛吼起来，把泪都吼出来了，越哭越旺。大家惊愕，怎么跟狗说话能说到掉泪，而且悲伤来真的。最后，老狗舔着护腰阿姨的泪，人狗抱起来。我看得难过不已，连走来的祖母和酒窝阿姨也感染了悲伤。

祖母坐在校园的花圃短墙等待，远远看见一群老女人走来，半途被什么耽搁似的停顿了。她主动上前，看见精彩的人狗对话，觉得演得天衣无缝，原来邓丽君才是"死道友"团体中最有潜力的演员。她认为，此戏可以放入舞台戏中。酒窝阿姨也赞同。

护腰阿姨再次强调，而且语气不耐烦，这不是演戏，是真情流露。邓丽君是她的心头肉，这种母女之情是外人无法了解的。

"一场演出二十罐狗罐头。"祖母开出价码。

"不行。"

"再给你一千元的星妈费用。"

护腰阿姨瞪大眼，一会儿揪眉，一会儿轻咬牙以掩饰她的内心戏，一副这种价码我看不上的傲气，其实犹豫不已。

祖母说："我来跟邓丽君沟通，狗话我也行。"

"可以。"护腰阿姨说完接着摇头说，"我的意思是，演出费用可以，但是跟邓丽君讲话就不用了。"

"这样大家就不知道，我也有跟狗说话的功夫了。"

"莫挖苦我了。"

待大家笑完了，祖母才说："大家都在，欢迎邓丽君加入戏团演出。我在这儿还要宣布一件事，今天晚上我们要离开台中了，越快越好。"

"不会吧！难道你撞到鬼了？"

"不是鬼，是'马西马西'那批人。"

听到"马西马西"，大家惊愕不语，像是喉咙的说话功能瞬间瓦解。我没有太多反应，因为不懂"马西马西"是谁。"马西马西"是闽南语"喝到醉茫茫，或游手好闲之辈"之意，显然祖母讲的不是善类。

"在医院遇到他们？"

"是呀！所以我们才赶快逃出医院。"

"老天有眼，这些人做了太多坏事，被人杀成重伤住院。"黄金阿姨说。

"别傻了，生病的是我，'马西马西'他们活蹦乱跳的。这种人才可怕，好手好脚的却出来骗钱。"祖母说，她在医院候诊很久，先四处走走，在大厅遇到一位老妇人。老妇人靠过来说，她看到祖母有病缠身，但是这家医院不好呢，医生都是三脚猫功夫。不过别担心，我有种"美国仙丹"好用，吃过的喊赞，吃几罐保证有效。

祖母又说，她知道这是卖假药的，酒窝阿姨也是，却陷入"说不定真有仙丹可以治癌症，试试无妨"的自我催眠中，便问一罐药多少钱。老妇人连忙说，价格还可以，并打手机给某位略懂中医的亲戚带药来，试药安心之后再买。

不久，有个三十出头、穿花格衬衫、提公文包的男人靠近，满脸春风的像是从美容院出来。此人是"马西马西"之一，祖母和酒窝阿姨吓到，掉头离开。花衬衫男惊愕几秒，追过来，双方一阵拉扯，祖母和酒窝阿姨机警地大喊抢劫后，逃出医院。

"马西马西是谁？"我终于为自己问。

"走吧！先回家去，路上边走边讲。"祖母说罢，瞥向校园一隅的花圃，那是松鼠墓地。

那不只是松鼠墓地，还有琥珀般凝结的深层记忆在盘桓。生命中，没有看淡的伤害，只有淡化的伤痕，与放下情绪的那刻。我无须靠近松鼠墓地，一如它从未在我心中消失。今夜，树下的夜如此黑，让一切擦肩而过就好，我无须擦亮火光抚看伤口，无论再多看几次，也无损那块草坪是最安静、最完美的疤了。

"马西马西"是黑道组织，触角伸进"往生互助会"。

如果将快死的老人当作羊，先来的不是死神，是嗅到商机的老虎。"马西马西"是老虎。自然界的老虎是吃饱后，找棵树安适地过几日，人类圈的老虎是永远不停地吞食，连头发、指甲和骨头都吃下肚。这么说是因为他们在"往生互助会"担任庄家，庄家都赢，要是苗头不对，马上人去楼空，另起炉灶找老人入坑。这种赚死人钱的，从来没见过死人起来抗议，只有搞不清楚状况的家属。要是打官司，这种游走在法律边缘的互助会还能赢，非常奇怪。

"马西马西"很快注意到某些征兆，有老人能掌握在投资报酬率最高的死前半年加入"往生互助会"，不只加码，时间到便自然死亡。医生开具的死亡证明书是真的，老人不是死于他杀，宅居分散，就像死神从高空用霰弹枪打死一群倒霉的人，没有区域传染病或高压电塔的电磁波问题。唯一的线索是，这些投保者多是独居老人、流浪汉等社会弱势者，他们投保时，要求的身后付款方式是：死亡证明以挂号寄达，钱汇到不特定账户。

"马西马西"意识到，有人可以"破解"死亡密码，精准下注。到底是谁有此能耐？值得他们找出来。他们发现，死者的丧礼都与礼仪公司先签约，选用阳春型，遗体放殡仪馆、七日内火化，告别式很冷清，甚至免了，骨灰采用树葬或海葬，免去纳骨塔费用。这些人的消失，不给人添麻烦，也不麻烦人，仿佛悄悄地离开这个世界。"马西马西"从丧礼偷拍的奠祭者照片，发现有几张面孔重复，于是祖母和酒窝阿姨被锁定了。

祖母知道自己迟早会被锁定，如果你在游戏中赢太多手，躲在哪儿都有纠缠不清的恩怨跟来。但是，世上有更多你无法卸责的恩情，恩怨与恩情交杂，迫使她与"马西马西"正面交锋。那是今年冬天发生的冲突，寒风吹过台中，在一个由传统防水布搭建的丧礼棚小巷弄里，殡葬业者与黑道有十余个，家属无人在场。死者是八十五岁的老女人，终身未婚，极度低调，很暴躁易怒，多次对巷口的流浪狗咆哮。她是非常传统的人，希望丧礼上有人为她大声哭，可是她无子嗣，待人刻薄，说不定她的死令仇家们大笑。邻居很少在她小鼻子、双下巴的脸上看过笑容，今天她却在彩色遗照上笑得很亲切，好像道歉似的要醒来成为好邻居，跟大家重新过生活。

　　丧礼太冷清，黑道坐在塑胶椅上，忙着打屁、打盹儿、打烟抽。这时候，有几个女人在巷口用扩音器在悲情说话，使用回音系统，讲话糊糊的，只听见用闽南语喊"阿母阿母，我亲爱的阿母呀"。这是有名的"孝女白琴"表演，一群临时女演员哭哭啼啼地把死者当自己的母亲般用麦克风哭给邻里听，价码越高，哭喊得越精彩。"孝女白琴"由祖母那群"死道友"担任，她们半年前说服死者投保互助会，并顺从她的意愿，后事请人来哭一哭。黄金阿姨认为花钱找人哭，不如自己赚，还说服大半的"死道友"一起来赚，祖母只能被拉下水。

　　照礼俗是这样，"死道友"们得从巷口爬五十米到灵堂，身穿孝服，头戴麻头罩帽，像是谁也看不到她们面孔的巫婆。带头的黄金阿姨哭得很专业，膝盖戴护膝，边哭边喊："阿母阿母，我尚亲的人，现下不能再友孝您了。"邻居们听得很不舒服，避得远远的。只有"马西马西"跑过来看着这群演员，想从麻头罩底下分辨是不是祖母。最后，他们也跪下来边爬边辨认。巷子像是有一群黑狗、白狗往前爬。

"死道友"们爬近棺材，黑道也是。眼见局势恶劣，难以脱身，祖母抢下麦克风演起戏，凄厉喊冤："阿母您才过身，就来一群不孝子争财产，阿母呀！你赶紧爬起来讲几句公道话。"祖母表演精湛，边说边抚自己胸口，邻居都靠过来听八卦，看假孝女对真黑道的传奇。

接着，祖母凄厉地哭："我快要断气了，有请厝边[1]好心的人叫救护车。"这哭喊变成暴力般的噪声，吵死人。几台取缔的警车与救人的救护车一起来了，警消[2]踏进灵堂就像踏到断电按钮，一群被黑衣人纠缠的老女人瞬间昏倒了，被紧急送到医院。"死道友"们在医院醒来，由接应的护腰阿姨载走。这时护腰阿姨的腰伤还没影响到她的黄金右脚，猛踩油门，整台车像是弧线飞行的神奇足球穿过小巷弄，摆脱了十辆黑道追车。

"死道友"们在半年内连搬三次家，摆脱"马西马西"的跟踪。这解释了护腰阿姨每次出车总是疑神疑鬼地四处瞧，怕被缠上了。我现在想起来，是我误解她有神经质，而且自己立即犯了这毛病，因为我在从校园开车回游泳池的路上，无法专心，要分心怀疑任何车辆。有三次差点闯红灯，让"死道友"们吓得抓紧车上任何牢靠的东西。

被酒窝阿姨抓痛的祖母说："大家先收拾东西，明天再出发。"

1　厝边：闽南语"邻居"的意思。
2　警消：消防队。

　　大家又是晕车、又是点头附和，下车后乱吐，搞不清楚我是怎么将车子开回家的。现在大家的敌人不是"马西马西"，是我的夜间开车，要休息一晚，才有胆量体验我的日间技术。

　　大家分头整理行李，已习惯逃窜的日子，不常用的杂物还放在手提箱里。所以关于整理行李这件事，最后被疲惫打败了，几个老女人忍不住倦意，看到手提箱就抱着睡去。祖母的行李箱被她拖动时，打翻了，巨大声响惊醒了大家后，又各自酣眠。

　　行李箱内的东西散了一地。我上前收拾，在一沓散落的照片中看到唯一的那张——祖母托着婴儿的我，洗大风草药浴。这不是我惦记如梦的吗？我的目光焦点不是放在照片中的婴儿，是跟我长得很像的年轻祖母身上，太像了。

　　"我找这张照片很久了。"我说。

　　"那给你了。"祖母说。

　　"还是你保存好了。"我把照片放入手提箱，"我常常以为这张照片是一个梦境，现在确定是真的，这样就好了。"

　　"拥有这个梦不是更好？"

　　我摇着头，看着祖母，就好像对着七十岁的自己摇头，凝视苍老的自己，没有一种感受比这个更奇特。简直就是魔幻时刻，我在将近三十岁的夏天，与一位七十岁的自己展开旅行。一张照片不会刻骨铭心，一段记忆才会，尤其在寻寻觅觅之后，这记忆成了盛夏的甜美果子。

第三章

没有神父的天主堂

❄

我们的逃亡路线，首先是去探望曾祖母。

曾祖母住在八卦山区，没有祖母带路，我不知道她住在哪儿。

那是私人安养院，占地数公顷，管理森严，长长的围墙伸展到山区常见的雾气里。大门内，有位坐轮椅的老人在那儿不动，目光死寂，偶尔疾驰而过的车辆才搅动他的眼波。这种迎宾者向我暗示了里头的孤岛气氛，我突然对曾祖母的余生有了哀感。

我们在会客大厅等曾祖母，她却迟迟不来。大厅不冷清，大约有三十位老人坐在轮椅上，围着三名少女的公益特技表演。那是反差极大的画面，少女洋溢笑容，老人脸上塞满了皱纹、老人斑和落寞，腾不出空位摆笑容。少女两手各抓住五根长棍子，棍尖顶着快转的盘子，往后下腰时，盘子保持旋转不坠。少女无瑕的肉体展现多汁的柔软。见到这幕，轮椅上的老男人有了动静，有的激动喘气，有人传出浓浓的痰音。有个老人努力好久终于笑出来，流下口水，我却注意到他的尿袋迅速被他热情的黄液体注满。轮椅老人十之八九有挂尿袋，或插鼻胃管。

有位插鼻管的老妇人被医护推出来，胸口用布条固定，生怕滑落，她有严重白内障，双眼白浊不堪，脸像墓碑般僵硬。我上前迎接曾祖母。祖母摇头，拉我直闯安养中心，和那位老妇交错之际，我闻到一股闷腐与尿臊味，完全符合酒窝阿姨所谓的"死亡味道"。

我来到另一栋大楼，住这边的老人身体状况较好，双脚能走，并非像前栋的人只能坐轮椅或躺病床。祖母指着广播里仍传来的"赵廖秋妹，会客"，解释了我们为何在会客大厅久等不到人。到头来是我们先找到赵廖秋妹。

曾祖母在益智室打麻将，没有察觉有人站在背后。她头发稀疏花白，手脚还灵活，但麻将打得很糟。我看见她摸进一张烂牌，不会扔掉，而是犹豫不定，直到牌友不耐烦地大喊"时间到了，再不出牌，我们随便抽一张"，她才把手中的牌组乱拆一张，丢出。

祖母先对牌友比个安静的手势，然后靠在曾祖母的耳边，说："赵廖秋妹，没听到广播吗？你老公找你。"

曾祖母愣着，往上瞧，像瞧额头上的抬头纹。曾祖母最近学藏传密宗，每日"止语"一段时间，善护口业，减少起心动念，但非常矛盾的是放不下麻将这种需要动嘴的游戏。而且无论何时，只要她往上瞧，就表示在思索。曾祖母思索她老公是死了，还是活着。老年痴呆症让她解不开这谜。

"要不要翻开红色的小记事本？在你的霹雳腰包里。"祖母说。

曾祖母拉开霹雳包的拉链，掏出笔记本，怎么翻都找不到信息，只好抬头往上瞧，又在思索了。

"翻到第二页呀！对，就是这儿，看一下。"

"他死了！"曾祖母指着笔记本的记录，丈夫在二○○三年过世。牌友们指责她开口破戒了。曾祖母则为丈夫有没有死而苦恼，说："他死很久了呀！"

"笔记本写错了，不信的话，回房间看看。"

这是我见过最滑稽的一幕，曾祖母的失智症像一把撑开的太阳伞，把自己陷在焦虑的阴影中。她的时间感失控，记忆浊度增加了。她站起来，转身回房，一路上还慌慌张张的想要干什么，却又想不起，没有注意到我与祖母就尾随在她身后。

曾祖母按下电梯按钮之际，祖母躲在长廊转角后头，喊："记得！多爬楼梯，可以健身。"曾祖母点了头，朝楼梯间走去。那扇打开的电梯门，由祖母与我塞进去，直通三楼的房区。

这场游戏由祖母主导了。往昔，她做事明智，幽默不流俗，但她这次和曾祖母之间的互动掉出我的逻辑思维外。她像顽童，而且是相信黑暗角落有鬼、电视卡通由真人演出的八岁小女孩，捉弄自己母亲。如果仔细回忆，我八岁时，祖母也是这样跟我玩捉迷藏的。

走出电梯，我们来到曾祖母的房间。那是个三人房，有独立卫浴，墙上挂着新西兰风景照，个人桌有些凌乱，私人物品散乱，几件衣服随兴摆在床上。我闻到空气中有药品、消毒水和檀香的味道。后者来自临窗的老妇，阳光照亮她穿着的藏族传统服装秋巴（chupas），她坐在轮椅上，娴静迷人。檀香飘自她身旁的小香炉。

"你又跟你妈妈玩了。"藏族老妇说。

"喇嘛桑，好久不见。"

"我是喇叭，不是喇嘛。喇嘛是对男性的叫法。"藏族老妇说，"你今天带朋友来了。"

"我孙女。"

藏族老妇一副不可思议的表情，睁大眼，看着我们消失在她眼前。所谓的消失又是游戏。祖母躺在曾祖母的床上，以凉被覆盖全身，把我也拉了进去。凉被只容一人，没想到塞下两人刚刚好。这种功夫来自祖母天生的缩骨功，把身骨以错位方式往内挤，我想到的比喻是"水的表面张力"，皮肤似弹性薄膜，骨头内缩就像杯口鼓起来的水膜再多一滴就要溢出来，然而又容纳了。祖母缩得巧妙，缩进我的肚子与胸口形成的空间，像是我将生出来的小孩。

不过，捉迷藏是令人费解的行为，祖母把自己当小孩藏起来，我也莫名其妙参与。这种我小时候跟祖母常玩的游戏，长大之后不是该戒断了？难道这是家族的 DNA 作祟？

曾祖母气喘喘地走进房，看见床上躺了人。她的气还没有缓和，听见凉被下传来低沉的咳嗽声，便连忙拍打患者背部，好把对方那口快卡死人的脓痰赶出喉咙。她把我当作曾祖父，按摩手臂与大腿，避免久躺生褥疮。她做得娴熟，力道与施力部位拿捏得宜。曾祖母做累了，气更喘了，我想叫她停下来。但是在我腹部蜷着的祖母把食指放在唇间，示意我安静，用唇语说："让她的脑袋与身体运动一下。"

"老伴呀！你太用力了，我手骨险险断弍¹。"躲在我怀中的祖母，用客家语抱怨。

"恁（这）样呢？"

"换脚来。"祖母伸出脚，给曾祖母按摩，发出嘻嘻哈哈声，"老阿婆你太用力，我快抽筋了。"

"恁样呢？"

"太轻了，你在抓灰尘吗？"

"恁样呢？"

"哎哟！痛死我半条命呀！"祖母哀号。

这样做错，那样不对，搞得曾祖母都不是。她那双长满老人斑的瘦手，搁在蓝色凉被上，不想动了。她的五官表情与肢体都停下来，好把更多能量用来应付脑袋混乱的思绪，因为她的记忆中，丈夫早就死了，这个折磨她的老头子怎么还活着？这是怎么回事？她又要被拖磨几年？痛苦得很。

祖母跟我说过，有五年，曾祖母照料中风的曾祖父。那时的曾祖父是脾气很糟的七十岁老头子，神志不清又爱骂人。他长年躺在床上，两个小时要人翻身防止褥疮，四小时灌食，六小时换尿布，半个月要请医护来换鼻胃管，他躺太久导致排泄器官退化了，曾祖母用浣肠剂从他肛门挖出很硬的大便。曾祖母很想把糟老头送到安养院，但亲戚会讲闲话；如果请外籍妇全日看护，除

---

1 险险断弍：客家语中"差点断了"的意思。

了给月薪，还要给她三餐生活费，就自己来照顾了。那日子真悲惨，祖母没办法常常回去帮忙，曾祖母挑起重担，每夜定时起床照料，累得要吃抗抑郁药过活，曾有数次想用鼻胃管勒死老公或自己。曾祖父在世的最后一天，好像回光返照，要曾祖母把病床推到有冬阳的窗下晒，用很凶的口气，惹坏了她。要是那天曾祖父在阳光下跟曾祖母道谢与道别，她会释怀的，可是没有。所以曾祖父的丧礼办完之后，曾祖母松了口气，那个每天看到脸都令人痛苦的人终于死了，她带祖母去餐厅好好吃一顿，吃到一半，被莫名的情绪惹得当众大哭也无所谓。

现在，时光记忆混乱，导致曾祖母恍惚以为丈夫还活着，她不知所措，安安静静，泪水却轰轰烈烈地流下来，说："你快点死好了。"

"你老阿婆好恶呀，诅咒我去死，不要以为我不知你在想什么。"祖母压低嗓音说，"好啦！你恨我，我给你掐死好了。"

曾祖母用力将手掐进了凉被，忽然停下来："你不是死了？"

"死了，就不能回来寻你？"

"不过……"

"仰般[1]？"

曾祖母欲言又止，终于说出口："你回来，又要折磨我们了，你早点死对大家都好。"

1　仰般：闽南语中"怎么"的意思。

时光停止，房内陷入低气压，阳光落在窗边的一束塑胶玫瑰花上，花瓶折光朦胧打在墙上；走廊传来轮椅滑过的机械声，与几声老人的呢喃，更远处有些激烈的喧嚣，这都干涉不了此刻房内的哀感。曾祖母短促的啜泣声成了主旋律，取代了任何声音。

"我回来不是折磨你们。"

"回来干吗？"

躲在棉被里的祖母沉默之后说："我这次回来是专程跟你讲，我仔细（谢谢）你那几年的照顾，我忘了讲就走了，失礼。"

曾祖母哇的一声哭了，多年来的委屈与不满瞬间扫灭。

那个折磨人五年的曾祖父总是颐指气使，有口气在就对人不满，断气时也脸臭臭的。曾祖母为这个迟来的体谅，怎样都哭不停。祖母从棉被下钻出来，看着她母亲的五官在泪池中更皱、更扁、更苍老。这世上只有眼泪永远最坦白、最能穿透伪装，连我也难过得流泪，在窗边看戏的喇叭桑也是。

曾祖母的眼泪半干之际，看见祖母在眼前，惊喜且不解，说："你在这儿，刚刚有看见你爸爸吗？"祖母点头，说了对不起，她为这场戏道歉，但没有说破。曾祖母还是不了解，幸好她的情绪在这时转弯了，目光放在祖母的乱发上，那像是压坏的花椰菜。曾祖母拿起梳子，仔细帮她整理，嘴里喃喃自语。我听出来那是指责祖母有几年没来探望她。祖母反驳是好几星期而已。老妈妈、老女孩为此拌嘴了几句，有点谁也不让谁。

接下来，老妈妈拉起老女孩靠墙站，自己站上小凳，用铅笔在她头上做个记号，指着墙上几年来越来越低的记号，嫌她越长越矮。老女孩顶嘴，人老了骨质会流失，当然会缩水。两人拌了几句嘴，老妈妈才从抽屉里拿出了饼干，那是用日历包起来的，再用塑料袋束紧，已经失去松脆的口感。多次推拒的老女孩只好吃一小口，被老妈妈奚落，不懂得惜物，她舍不得吃就是要放到今天给你吃。老女孩吃着，叹起气。

在"死道友"当领导人的祖母，在年近九十的老母亲前看起来像女孩，备受照顾和无伤大雅的责骂。原来，祖母这般年纪还可以当个妈宝。

渐渐地，曾祖母将目光放在我身上，然后带点紧张地翻阅她的小册子，惊讶地说："你是……"

"她是你的虫嬷子（曾孙）。"祖母说。

"你是阿菊啦！你回来了。"曾祖母又泪崩了。

阿菊是曾祖母的女儿，是祖母的妹妹，有三十年未见了。

曾祖母有本小红册子，记录了她多年来生恐遗忘的人、事、物。这是她住进安养院后，陆陆续续写下来的，在痴呆症每况愈下的日子里，她会不时拿出来温习，每项记忆如此珍罕，要遗忘很不舍，要想起来又很难，那多少是人生走过的道路都不该枉走的感觉。记忆的丢与不丢，这种难分难舍搞得她心里很不安，要是再加上被人说你痴呆症发作，更是暴躁。

后来，搬来了一位被车撞毁人生的六旬女人，半身不遂。这个女人曾在尼泊尔的加德满都西郊的寺庙短暂出家，性格幽默，要大家不要叫她喇嘛，那是男性出家人的称呼。女性出家人叫阿尼。但是大家仍叫她喇嘛，她干脆自称喇叭，省得被乱叫。

喇叭桑看出曾祖母的烦恼，说自己是很好的"保管箱"，不如这样好了，每隔一星期，请曾祖母把某页的"记忆"撕下来交给她保管，减少负担。曾祖母认为是好主意，经过半年，共借出一百多道记忆，也忘了讨回来。小红册子变得又薄又轻，用胶带固定才不会脱落。曾祖母轻松多了。

"这是阿菊。"曾祖母摊开红册子，秀出一张黑白照，上头有个三十余岁的年轻女孩。她是家族系统中的成员，我的姨婆。

我不得不承认，姨婆跟我还挺像的，父系家族的女人往往脸庞在 DNA 上取得显性优势。要不是祖母跟我联络，还真不晓得世上有一群跟我流着相同血脉的人。

"这确实是阿菊。"祖母审视照片。

"我们五十年没见了，不知道她过得好不好。"曾祖母说。

"是三十五年啦！"

"三十五年呀！她会不会死掉了，才不来找我？"

"妈，不要乱讲，她一定活得好好的。"

"菩萨要保佑她。"曾祖母摸着我的脸庞，往下滑的指头停顿在下巴上，在那儿迟疑不去，仿佛是割舍不去的泪水停在那儿，"你不会是阿菊的鬼魂来找我吧？我梦见过你死掉好几次，我在梦里一直流目汁（泪）。"

"她不是阿菊啦……"

"我一直求菩萨，希望她比我晚死。"

"菩萨会保佑的。"我说，看着满头白发、面带微笑的曾祖母。

曾祖母是体贴的母亲，试着找回家族一块失去的拼图——阿菊姨婆。我这位姨婆在三十几岁时，决定跟一位独眼的面包师傅在一起。曾祖父搞清楚面包与馒头的差别之后，认为跟那种做硬馒头的男人没有前途，就像绑石头过河。阿菊姨婆便跟面包师傅跑了。这种在民风保守年代的私奔，令曾祖父气得与她断绝关系。阿菊姨婆结婚后，仍与曾祖母偷偷通信。曾祖父发现后，痛打曾祖母，警告阿菊姨婆再联络，就多打她妈妈一次。她从此失去联络。

阿菊姨婆叫"赵润菊"，姓名带菊字的通常是 20 世纪中叶的婴儿潮。我用谷歌搜寻，得到三百条资料，剔除动画工程师与年轻涉诈欺的"赵润菊"，我锁定某位曾在新竹寺庙捐米的善女，她可能是姨婆。另外，我在美发业的亲情征文比赛，找到某位女孩在得奖的作品中，描写和她祖母赵润菊的互动。我从网络上搜寻这位美发女孩的名字，最后找到她的 Facebook，私讯请求加为好友，以便看到更多不公开的照片。我很肯定，这位美发女孩跟我有血缘关系，因为父系显性的面孔展现在她的五官上。感谢网络。

在等待美发女孩加我好友前，我们带曾祖母外出，到街上用餐。现在大家有很多时间，看九旬老妇如何对付自己的领头羊，比如，曾祖母会嫌炒好的菜太烫，今天不想吃绿色蔬菜，用筷子往鸡汤锅里捉食物，将啃剩的鸡骨头扔进去。之后，曾祖母把一沓纸巾塞进口袋，起身上厕所，却误闯几个私人包厢。祖母把她带到厕所，厕所湿滑，禁止她上锁。曾祖母偏要锁上，而且耗很久，出来时口袋装满了乱糟糟的滚筒卫生纸，发出得意笑声。

饭后，曾祖母从口袋里掏出满满的卫生纸，像数钞票那样快乐，我问她要这么多卫生纸干吗。她说看到白白软软的东西就喜欢，很快乐，她翻到口袋底便是那本小红册子，摊开看到某件事，说："我想去逛街，买东西。"

"什么东西？卫生纸？"我问。

"想不起来，看到就知道了。"

我开车在彰化市区绕一圈。曾祖母看着车窗外，没看到要买的。无论我们如何旁敲侧击地问，那种东西是吃的、用的、穿的？曾祖母就是不晓得，搞得"死道友"有火气。

"你开车不错。"曾祖母突然转移话题。

"你是第一个称赞我的呢！"我笑得很尴尬。

"她们都是阿呆啦！看看你，开车好认真，专心看前面，头也不乱转。"

"我的脖子受伤了，不能转，后照镜也不能看。"

"是这样啊？"

真是太苦恼了，我今早离开游泳池家，才坐上驾驶座，听到我放在后座的手机响，我大幅度地转身去拿，就听到祖母大喊不要。来不及了，我的肩旋转肌腱受伤。从驾驶座转身就折损了很多条肩旋转肌腱，祖母才贴了字条"禁止转身拿东西"。所以我新手上路的第一天，只能痛着肩颈开车，我省点用，不要让备胎——腰部快瘫的护腰阿姨上阵。

"那你要仰般转弯？"曾祖母问。

"婆太（曾祖母），是你刚刚很认真看窗外的商店，没注意到我怎样转弯。我示范一次给你看，好了，你要在下一条街转到哪儿？"

"右转好了。"

我打方向灯，高喊右转，车内的"死道友"全都紧张地往外看。后排的人注意后方来车，大喊没车。左右两方也各自报完车况，我才安心右转。要是中途有人急喊停车，我会紧急踩刹车。

"停。"

我急停，大家受到惯性影响，从座位弹起来。"死道友"们历经无端恐惧，看着高喊"停"的曾祖母兴奋地指着前方，说："我要买的东西在那儿。"

那是电器商品连锁店。我们下车去逛，在陈列架之间的走道，曾祖母慢慢逛过去，寻找她在车上瞄到的东西。当我们怀疑，那到底是曾祖母脑海的蜃影，还是真的看见时，她冲着果汁机喊："找到你了。"这让累死的"死道友"也高喊终于找到了，噩梦结束。

销售员跟过来，他穿着印有折价商品讯息的黄背心，向曾祖母介绍性能更好的调理机，可以做精力汤或研磨谷物粉，当销售员讲到果汁机能打破蔬果的细胞壁时，对年轻的我说："打碎后甚至微细到一百纳米左右，非常有助于老人的肠胃吸收。"他拍胸保证。

调理机的优惠就印在他的黄背心上，恰好是他拍胸处，好贵才打折。

祖母咳起来，她的肺病在进入冷气空调空间后，常会加剧，她对曾祖母说："你要确定是不是你需要的，这台要八千元。"

曾祖母觉得那咳嗽有敌意，阻止她买似的，偏要买这台贵的。一场母女战争展开，两人拌嘴，你来我往。销售员赶紧说，要是预算不够，便宜的果汁机也是不错的，还礼貌性地问："阿嬷，你想买调理机做什么？"

"没用过。"

"那你买了打算做蔬果汁，还是精力汤？精力汤对你的身体不错哦！"

"打骨头。"

"啥？"

"打——骨——头。"曾祖母说清楚。

大家无语，为何买高价的调理机来打碎骨头，匪夷所思。销售员解释说，有人拿调理机来打中药的树根头，阿嬷说的骨头是树头。"死道友"们解围说，真的是这样。大家要不是这么说，眼前加起来一百五十岁的母女又要吵起来了。

曾祖母占上风，又说又吵，像讨糖的小孩子。祖母眼眶微润，她想起十二年前，那时自己的母亲自愿离开女人共生团，到安养院住，就怕失智症恶化，变成人人讨厌的"老番颠[1]"。曾祖母体

1　老番颠：在闽南语中指疯疯癫癫的老人。

悟到"家人幸福未必要天天相聚，拥有各自空间反而才能珍惜"，才自愿离开。现在，祖母想起这金句，母女才刚相处就毁了，令她在"死道友"里有些丢脸，她不喜欢老母亲边走路边捡烟蒂，搜集烟丝给安养院的烟枪朋友。坐车的话，老母亲又抱怨干吗挤在小房间里。祖母怎么做都不对，也不知道该怎样安抚，很无奈。

最后由我刷卡买了调理机，算是给曾祖母的见面礼。曾祖母抱着礼物，对祖母吵着明天"要去看你爸爸"。祖母说他早死了。曾祖母说，她今天早上看到的人不可能到晚上死掉。祖母说，那是她装神弄鬼。母女在车上又拌嘴了，酒窝阿姨忙着劝解。

"停。"我大喊，把车子停下来。

我的大喊，把车内的吵闹声吓光了，在通往山区安养院的漆黑路上，车内的人安静地看着我点亮一盏光源，那是手机屏幕。经由网络链接，我进入刚缔结为朋友的美发女孩的 Facebook，点选私人相簿，另一个失联家族的照片出现在眼前：一位妇人站在自己的六十五岁蜡烛蛋糕前。

阿菊姨婆就在眼前，那是透过时光窗隙看到失踪亲属的魔术时刻。

曾祖母说："是阿菊，你在哪儿？"她边说，边爬过一排车椅，激动地去抓屏幕内的人。那是影片，手指碰到屏幕便播放，传来一段生日歌，阿菊姨婆在生日蛋糕前不断笑着拍手……

"你们看，她还活着。"曾祖母哭了。

　　我们决定去找阿菊姨婆了，不过在那之前，我们先去纳骨塔拜访家族中过世的成员。纳骨塔位于八卦山西麓，可眺望远方的平原、都市和海岸，这构成绝佳视野，要是死去的亲人能目睹美景，便无须长眠地活过来赞美了。

　　"要是死后能安置在这儿也不错。"假发阿姨说。

　　"价钱合理的话，以后大家可以在这儿当邻居。"回收阿姨一边笑一边说，"说不定大家今天一起买塔位，可以打折。"

　　"不要啦！大家散就散了，哪儿还要下辈子住一起，我只要跟邓丽君住一起就好，对不对？"护腰阿姨朝老狗瞧去，获得它满满的欢乐吠声。

　　纳骨塔大厅的祭桌摆了几坛骨灰，一位道士为这些新住户诵经，家属持香默祷。我们爬到二楼，一排排的金色纳骨墙横立，每面墙上有着像火车站置物柜般的小格子，生命最终的列车静默在此。不管生前如何家财万贯或穷困潦倒，不论是寿终正寝还是横死刀下，肉体经过火粹之后，都被浓缩在这一小格天地中。在林立的纳骨塔墙之间，我们迷路了一段，终于找到父系的亡者：我的父亲、祖父、曾祖父。

　　每个塔位镶有地藏王菩萨，标上亡者名字。祖母离开的那年把父亲的骨灰带走了，今日父女相逢。我拉开父亲的塔门，骨灰坛上的照片是父亲二十八岁时，年轻，笑着，精神饱满，怎么看都像能保护女儿活到年老的模样。我以为我熟悉的父亲，却看起来是陌生照片，那是爸爸吗？曾经在我生命中领航过的男人，怎么看起来像路人？

令我惊喜的是，骨灰坛旁有一只粉红色的泰迪熊，它在我十岁左右失踪，向来是伴我入睡的枕边友。我以为它离家出走了，多年来只能从客厅画框遥想它失踪前的模样，显然是被祖母带走了。如今相逢，使我哭了出来，因为多年来，它代替了我，像守护神一样紧紧地抱着爸爸的骨灰坛，始终抱着，不离不弃。

"谢谢小熊，"我双手合十，默念，"我以为你离家出走了，原来每天在这儿陪伴爸爸，谢谢你。"

曾祖母将骨灰坛名字，与自己的小红册核对无误，对祖母说："我今日要把事情做好，你来帮忙。"

"……"

"我要带走他们。"

"带走？"祖母转头看着曾祖母，"带去哪儿？"

"随便，带走就是了。"

"妈，你怎么了？我没有办法跟你讲下去了。"祖母又拌起嘴，将爆发这两天来最大的争吵。

"我知道我有时老番颠，不知道讲么该（什么），但是我现在很清楚。"曾祖母撕下小册的一页记录，"这里头有个记忆要给你保管。"

纸上的字够大了，但是老花眼的祖母读得吃力，便交给我。我将有些歪斜的字迹读出来：

一、临终放弃急救与插管。

二、丧礼不要仪式。

三、不要进冰柜，不用选日子火化。

四、树葬。

我念完一条，曾祖母便点一次头，她听完最后一条不忘说"都没错"。大家无语，安静腾给了楼下传来的诵经与铙钹乐声，我不知大家在想什么，但理解到曾祖母将来不会在这儿长眠，不会听到任何宗教乐仪，对一位走过传统的老人来说，这样的生命终章选择是岔路。

我看着白发皤然的曾祖母，想给她勇敢反馈时，祖母却先说话："妈，你放心好了，可以把这个记忆交给我。"

"我也记下来了。"我说。

"一个人最好的家族记忆，在三代间，往上是到阿公阿婆，往下到孙子孙女，往旁边是兄弟姊妹，再来是生活圈子的接触少就让感情淡了，亲情像涟漪往外散，感情越来越浅了。"曾祖母把小册子收进口袋，说，"在亲情的水面，我最亲、最不舍的就是你了，其他的都沉到很深很深的水底了。"

祖母眼眶又红了，很认真地点头。

"还有我呀！我也是亲人。"我说。

曾祖母点点头，说："差点忘了你，你有记下我刚刚说的。"

"你刚刚说过的，我都记下了。"

"人死了，身体就变垃圾了，埋在土里要插石碑告诉大家，烧成骨灰又要放在纳骨塔。要是过了三代，这些骨灰没人来探望，说不定就成了污染。"曾祖母看着我们,说,"我死后不要变成垃圾,我也希望我还可以的时候,处理掉这些男人的骨灰。"

"我知道了,就带走这些骨灰。"

我去向管理员询问纳骨塔"退塔"办法,但流程得跑三日以上。先去市公所民政科,凭当初的申请文件与印鉴办理,然后回家,三天后等公文寄达,再以公文来纳骨塔管理室退掉。

"现在就搬了,不用等三天。"曾祖母说。

"对,偷走。"祖母对"死道友"们下令。

黄金阿姨在掐指算"要是每个塔位五万元,一面塔墙多少钱,一间纳骨塔赚多少",她听到要偷骨灰,肚子痛起来,跑去上厕所。护腰阿姨觉得腰忽然好痛呀!回收阿姨说她是容易中邪的体质,而假发阿姨还在找理由牵拖之际,我把泰迪熊夹在腋下,与祖母、酒窝阿姨把几坛骨灰搬出来,往楼下走。

果真,回收阿姨的体质像天线般收到了邪灵电波,这时又哭又叫,抢先跑过我们,跌落在一楼旁的角落。假发阿姨跑过去,添油加醋地说,中邪了。因为腰痛而慢慢下楼的护腰阿姨,问邓丽君:"她们的戏魂来了,你看着办吧!"老狗使劲发出狗吹螺的声音,把管理员和大厅的人都吓慌了。

谢谢"死道友",她们很会演戏,掩护我们把骨灰偷走了。

"拿机器来,打骨头。"曾祖母说,发出胜利的小呼唤。

我知道了,昨日买的调理机能用上,原来曾祖母昨晚吵着买是有原因的。调理机就在车上,我去拿。

在纳骨塔旁的女厕，我拔掉干手器的电源，供给调理机。我用钥匙撬开上了白胶的骨灰罐盖子，人生的渣滓便浮现了，最上层是灰白色、冠状缝隙清晰的头颅盖，底层是大大小小的碎骨。祖母说，自杀的父亲，骨灰略带粉红色，葬仪社却说这是福报。祖父传统土葬，七年后捡骨，再火化，过程很折磨人。曾祖父在床上躺五年，两脚萎缩变形，穿寿裤都很难，怕火的他死前要求土葬，曾祖母却在他死后用火葬解决。

"火是公平的，帮我们天天煮饭，最后也会清除我们身体的痛苦。"曾祖母说。

我找不到筷子捡骨块，用手直接抓了，放进搅拌器内。父亲的碎骨随着咆哮转动的钢片，大力撞击玻璃器皿，然后只剩马达声。我闻到骨灰味，很新鲜，像是牙医在根管治疗时用钻子磨开齿冠的火焦味。

黄金阿姨在女厕隔间内，可能在"产金"，她大喊："拜托，你们真的在打碎骨头吗？"

"大家都在演，我以为你肚子痛是假的。"祖母说。

"是真的。"

"那我们也是真的打碎骨头，你先在厕所躲一下吧！"

"我受不了了，听到咯啦啦的碎裂声，我的骨头起鸡皮疙瘩，痛起来，人很不舒服，想吃小金丸，你们那边有水吧！"黄金阿姨隔着门板，从我这里拿到一瓶矿泉水。

打碎的骨灰，装进了原本装调理机的厚塑料袋。接着搅碎祖父的骨块，它有些潮湿发霉而结块，祖母抓出来，被尖锐的齿骨扎到，不过调理机的钢刀摆平了一切。最后，我们收集了一袋骨灰粉，看起来像是灰尘。厕所安静下来，不再有撒旦磨牙似的马达运转声，适合尿尿。"死道友"们走进来使用，黄金阿姨则冲出去喘口气。

"骨灰坛呢？怎么处理？"上完厕所的护腰阿姨问。

"你要吗？"祖母同样问话，问到第三位从厕所间走出来的假发阿姨，"不用怕，这像是租屋换屋的概念，不是凶宅。"

"那你留着用。"

"我以后也要树葬，不用这个垃圾桶了。"

"留着当罐子，养鱼种花，千万别送给我。"

"好办法，留着用。"祖母说。

"我开玩笑的。"

"我来真的。"

"死道友"们睁大眼，发出更多的抗议与惊讶，她们不想在共居空间看到这些东西。等到祖母把三个骨灰坛搬上车，她们把箭头射向出鬼点子的假发阿姨。后者悻悻然上车，说："这下有灵车的味道了，南无阿弥陀佛。"

"闭嘴。"所有人大喊。

总算安静了，没有往日聒噪，老女人们的脸庞被窗外的树影掠过一阵阵的阴黑，更像灵车了，开往北方寻找阿菊姨婆。

美发女孩住头份镇。我下了当地的高速公路，一路身体僵硬的"死道友"们终于恢复了正常呼吸，庆幸此生最恐怖的云霄飞车结束了。她们唱歌，庆祝捡回一条老命，没有帮我顾路。这代价是在几个路口后，我闯了红灯，而且忽略交警对我挥旗拦截。

警车鸣笛追来，示警停车。"死道友"们吓得趴下来，但是她们筋骨硬，能做的是把头缩在胸前就认为躲过一切。护腰阿姨用喉咙折到的声音说，快靠边。我太紧张，把雨刷当方向灯杆用，前窗喷出水来，雨刷发疯似的在摆动，发出咕溜咕溜的怪声。我要阻止，却乱按车上的控制钮。那位被T3撞死的"阿嬷鬼"降临车上的传说原来是这么来的，总会有个笨女人在笨蛋时刻把东西弄惨了，大灯乱闪、雨刷狂跳、车窗全部降下来，而车要靠右停，却失控地往左撞去。

警车惊险闪开，警察大骂，却看到恐怖画面：T3车内全是一群被强风吹乱头发的老女人，她们的头断掉似的垂在胸前，双手合十，身体随车子的惯性摇动，大声念阿弥陀佛。与这群无灵魂般的老女人相对的是疯狂的驾驶员，她手中的方向盘像是轮胎快转，而引擎盖也处于开启状态，咯咯咯地响。两位警察从来没见过这般诡异画面。

如果看过西部牛仔在马术赛中"驾驭劣马"的表演，必能想象我是怎样狼狈地停下车子的。因为在停车前，我曾紧紧地误踩油门五秒钟，事实证明，老车的爆发力不错，老女人们爆发的尖叫声也是。

两位男警察下了车，弯身走过来，一位把手放在枪套上，一位手拿警棍，后者对我咆哮："手放在方向盘上，熄火。"

"怎么办？"我很紧张。

"手放在方向盘上，熄火。"

"怎么做？"我又喊回去，要是双手放在方向盘上，如何去转钥匙熄火。

"手放在方向盘上，熄火。"男警紧张地喊。

副驾驶座的护腰阿姨伸手解围，转动钥匙熄火，雨刷不再扫动，大灯不闪了。我松口气地说："熄火了。"

"熄火。"男警发现自己也紧张得重复这句。

警报解除，但气氛仍很僵，两位警察的脸很臭，无论如何都想发一顿烂脾气泄愤，要对我开出闯红灯与不服取缔两张红单，却看见整车的老女人有着完美无缺的丧夫表情。她们表情肃穆，有几位悲伤阴郁，眼角叼着泪水，而腿上放着三个大理石骨灰坛，整辆车弥漫着灵车的味道。警察的愤怒没有了，转而询问有什么需要帮忙的。

"抱歉，我不是故意的。"我说。

祖母上戏了，说："我们刚刚死掉三个男人，全死在上星期的车祸里，你看我们眼睛哭红到看不见红灯。"

"请节哀。"警察说。

"我们的爸爸、老公、儿子都死了。"酒窝阿姨补充，她说"我们老公"这类匪夷所思的句子时，悲哀的语气非常顺。

"需要帮忙吗？"

"我们只是迷路了。"我秀出要前往的美发店地址。

两位警察对视，决定带我们前往美发店。他们回警车发动引擎的那一刻，我们发出胜利的小欢呼，而我的欢呼更大些，因为我原本僵硬扭伤的肩颈，经过这次震撼竟然好了，活动比较自如。一路上，"死道友"们为彼此捏着紧张而快抽筋的身体。祖母称赞大家很会演戏，光是闯红灯、不服取缔、超速等几张罚单就赚了上万元，而且还有警车引道，何等光荣。

美发女孩的店面位于小巷内，属个人工作室，有点老旧，装潢不是现代风的沙龙。美发女孩该叫美发女人才对，她的年纪跟我差不多，Facebook 上的年轻照片是把美颜开到最强，脸白得像日光灯管。

祖母推开玻璃门，门后的来客风铃响了。美发女人刚送走上个客人，脸上笑意在撞见祖母五官时，瞬间浮现在哪儿见过的狐疑，而跟来的七个女人，一个比一个聒噪。

"我们是来做头发的。"酒窝阿姨指着祖母，"她先来。"

"为什么是我？"祖母怀疑地坐上美发椅，她嘴上抵抗，心中却想领教这位家族晚辈的手艺。

"怎么剪？"美发女人将祖母的发梢往上拨，测试弹性，说，"你的发丝偏软的，可以做点变化性大的发型。"

"修一修就好。"

"可以考虑修短点，染点褐色很棒。"

"我来决定，剃个五分头，然后染成紫色。"酒窝阿姨下令。

"死道友"们立刻鼓掌叫好。祖母睁大眼，略微颔首，暗示她逆来顺受，愿意接受挑战。我也接受挑战，跟进祖母的新发型，于是激起了第二波欢呼，却没有第三波。

我坐上了垫着玻璃珠串散热的美发椅，随手翻阅卷边的八卦杂志，没过几分钟，一位六旬的妇人用屁股顶开玻璃门，把手上那碗剉冰放下，对着我干活。姑且称她为"美发阿桑"，她用手肘在我肩上推拿，说我的筋很硬，太过劳了，然后用"如来神掌"在我的背部练桩似的打，快把我的胸罩带子打断了。她的按摩有些大力，像在杀鱼，不过祖母很享受美发女人对她的拍打，像鱼在呻吟。接着是洗头发，美发阿桑戴起手扒鸡的塑胶手套，将牛排馆用来装番茄酱的尖嘴红塑胶罐往我的头发上加洗发精又加水，怎样都让我觉得像来到了餐馆。躺在椅子上冲泡沫时，水柱很强，喷了我满脸，美发阿桑自豪这种"水柱头皮按摩"是本店招牌。祖母尝试后认同。

美发女人见我一脸狼狈，解释这就是老派的美发店，没有都市的电动按摩椅与洋派装潢，客源以银发族为主。也因为这样，面对不断冒出的新式美容院与百元速剪店，越来越难经营。我瞥了一眼店门口的房屋招租广告，了解这间店的未来命运多舛。

"你们可以走沙龙风呀！"我说。

始终沉默的美发阿桑不屑地说："我们走的是纯技术，正派经营，不是把衣服穿得美美的出来勾搭人的痟查某。我甘愿退休，也不做。"

"有性格，我就是中意这间老店。"祖母用老派的直肠性格说，"你退休，但是少年的呢？"

"我会为自己打算，去连锁店做。"美发女人打圆场说。

"我不是不顾少年的，但是开店要装潢，要请小妹帮忙，都是开销。不这样做，没有人来；做了，也未必有客人来，难讲呀！"

"阿姑，免烦恼呀！"

原来，美发阿桑与美发女人是姑侄，亦是师徒关系。这家经营二十余年的美发店，传统派的姑姑掌权不放，新潮派的侄女无钱独立门户。我无法介入姑侄之战，但是听得出来，美发女人正申请政府的青创贷款，等时机成熟，便可以承租这间将歇业的店面，重新营业。而美发阿桑没有反对，她冷冷的言语中仍传递出暖意，希望年轻人要做就做，不要考虑太多。

老派的美发阿桑，做起事来有股难以解释的老派，不，应该说是古怪，她一边帮我剪发，一边又劝我要剪那么短吗？此外，她中途还拿起扫帚把地上的发屑扫干净，瞧两眼电视播放的本土剧，批评剧情。她拿出老花眼镜戴上，修剪我的发鬓，抬眼从眼镜上方的余隙看着镜中的我，以拿捏发型。

忽然间，美发阿桑把眼镜摘下，退后两步看我，说："呀！你怎么这么面熟呢？"

"是不是像少年时的阿菊？"邻座的祖母说。

"对呀！"美发阿桑把目光从我这里转移到应话的祖母，又喊，

"哎哟！你也很面熟？"

"是不是像现在的阿菊？"

"真的像。"

美发女人也呼应："你真的好像我妈妈，进门时吓我一跳，还以为你是我妈妈失散的姐姐。"

"没错，我就是赵润菊的姐姐。"

美发女人大叫，三十年来家族中的黑暗布幕泄出一丝光芒。在沙发上睡着的曾祖母吓醒，一脚踢醒邻座的酒窝阿姨。几个不耐久候而到附近吃冰的"死道友"正好推开门进来，被尖叫声愣在原地，看着美发女人大喊"快点，我带你去找我妈妈"。美发女人跳上门口的摩托车，带我们出发，原以为就在附近，她却以每小时六十几公里的速度往前冲，不时回头，生恐我跟丢了，这一骑就从苗栗头份骑到十六公里外的新竹峨眉。

我和祖母的原意是，先进入美发店修个发，休息片刻，把被警察追坏的穷紧张心情舒缓一下，最后再选个好心情时刻，向美发女人说明来意。不料，计划提早曝光，被美发女人带来这陌生的山村——峨眉，听起来像武侠小说中女道士修炼的场域。峨眉处处浅山，住户散落在公路旁，我们来到某个村落，美发女人进入一间透天厝，大声喊妈妈，无人呼应，她又朝街上喊去，充满了急切与欢欣。

"我来过这里啦！"曾祖母说，她来过眼前阿菊姨婆住的透天厝。

"哪有可能？"

"我来过这里啦！"曾祖母重复十遍后，不耐等待走到马路上，固执地闯进几间民宅，也走进一间庙去，不断重复"我来过这里啦"。

多年来，曾祖母与祖母试着找出阿菊姨婆的下落，始终没结果。在几个所抵达的乡镇，就是没来过峨眉，但曾祖母总是强调她来过，在村落到处闯，最后不合常情地指着一片菜园，说阿菊就在那里啦！我们阻止她跨越一条会折损她性命的大水沟。

神奇的一刻到来了，我这辈子也忘不了那一幕。阿菊姨婆从她平日不会来的朋友的菜园走出来，看见了三十几年断信的母亲，她知道那是她妈妈，即便曾祖母被岁月与人生折磨得如此苍老陌生，她就是知道。阿菊姨婆非常激动，一路丢下手中的丝瓜、小锄头与孙子，跨越水沟，满眼泪水地靠近曾祖母，用一种迷途小猫终于回到母猫身边的微弱哭声，说："妈，我很想你。"能解决思念之痛的只有热情拥抱了，两人久久不放。

阿菊姨婆那位跟来的孙子，则生气地说："阿婆，你这么老了，怎么会有妈妈，老人家没有妈妈的啦！她们是诈骗集团。"

我们住在峨眉天主堂，这里没有神父，只有面包。

这间教堂的建立要推到一九六几年，是美籍神父所建。峨眉天主堂是传递上帝福音的所在，但对穷村民来说，他们连上帝或撒旦都不会分，谁能给面粉就信谁。他们周末去教堂装得很虔诚，努力唱圣歌，可以领糖果与面粉。后来村民不上教堂，于是荒废。

经过半世纪的荒凉，废教堂经过活化，变成村民活动中心，兼卖窑烤面包。

阿菊姨婆在天主堂做了多年的面包师傅，打响了教堂知名度。她自称做面包的技术"来自老公梦中函授"，这是"爱的面包"，因为她对老公的爱是历久不衰的，像是每次刚出炉般的热情。这件事发生在二十年前，阿菊姨姑丈在一场婚宴后的大雨中失踪，外传他跟卖槟榔的小姐跑了，丢下妻子与三位子女。阿菊姨婆不信，只相信他们的爱情很坚贞。一个月之后，一名钓客在桥下发现了在酒醉中摔下来的阿菊姑丈，尸体严重腐烂。警察从摩托车牌，循线找到家属。

阿菊姨婆回忆，那是她最爱的初秋时光，天空染着淡紫的苦楝花色，附近全是摇曳着白色花穗的甜根子草，她坐在沙洲上的尸体旁，哭了很久，当风吹过来时，整座沙洲的白花穗也哭似的发出呜咽，到处是扬飞的种子。她停下来，感觉有人对她说话，好像又没有，也许是河流的声音，也许不是，总之是一种话语在安抚她。她起身追寻，三个孩子跟去，经过了草海翻飞，她看见一根漂流木插在大石缝中，挂着的雨衣在迎风响着。雨衣好像被人穿着在厨房做面包的样子。那是她丈夫的雨衣，如何被风吹过来？她不知道，只感到绝望的心活过来，她要带着三个小孩活下去。

她原本是小面包店的老板娘兼柜台，丈夫死后，才研究起面团揉制与发酵的诀窍，她骑车到二十公里外向同行求教，忍受性骚扰，好像寡妇的屁股是面团可以给男师傅捏个够。在亲友以怜悯寡妇，吃够她的烂面包之前，手艺练成的阿菊姨婆端出了热腾腾的好面包，拯救了面包店，成了传奇。她则自谦"一切都是老公在梦中函授"。

几年前，阿菊姨婆的面包店歇业，投入天主堂的窑烤面包。窑烤面包的特色是：先以木柴将砖窑烧热六小时，以余温焖熟。木柴属于软火，烤出的面包放置两天仍有较松软的口感。阿菊姨婆一边弥补情感似的跟曾祖母聊得起劲，一边强调："柴烧面包连畜生都爱，像是山鹊来偷吃，猕猴来抢，还有邓丽君也是。"这只胃口不好的老狗来到天主堂的第二天，就不想吃护腰阿姨炖的养生餐，为了刚出炉的面包，老是守在窑边。

"我不喜欢'畜生'这个词。"护腰阿姨在厨房炖药，药材买自密医贾伯斯，价格不菲，她当初逃离游泳池家，先收拾的就是这批药材。

"怎么说？"我问。

"你大学毕业还用问？'畜生'是用在骂人，不是用在狗。"护腰阿姨把她精炖三小时的药汤过滤到碗里，对蹲在窑边的邓丽君大声喊，"再不来喝，你就是畜生。"

邓丽君吓跑了，跑得很英勇。

"这药有这么难喝吗？我闻起来不错。"护腰阿姨果真动怒，把碗交给我端着，随她去追狗。她手撑着护腰走了一小段，离开窑子才说，"阿姨跟你说，那些面包这么香，都有加便宜的脂溶性香精。"

"真的吗？我有帮忙做，材料都很天然。"

"很多东西不是表面那样。"

"怎么说？"

"我做过几年面包。面包要松软、要香甜，大家才要吃，谁会吃欧洲那种可以拿来当球棒的硬面包？面包要松甜，就要用多点油和糖，可是天然的要成本，于是加便宜的化工材料，吃了伤身，吃多了洗肾。"

"阿菊姨婆做的不会加人工化料。"

"谁知道？做吃的人都像巫婆，你看电影里的巫婆，在汤里随便加。就拿我来说，要是晚上起床尿尿，回头在饭菜里加别的，你们会知道吗？要是我对谁怨恨，在她喜欢的菜里尿尿，她会知道吗？"护腰阿姨说。

"好可怕。"

"可怕的是吃不出来。"

"好恐怖。"

"所以我说面包那么香，连邓丽君都破戒，绝对不简单。"护腰阿姨走进教堂，不管里头认真排演的人群，冲着远方的老狗大喊，"邓——丽——君，给你祖嬷嬷过来。"

"死道友"们正在教堂排演，明晚她们要在这里的至圣所公演，戏里临时加入不少童趣的新桥段，吸引小观众。演员记下台词与走位，干扰她们的是刚出炉的面包香气，饿肚子几乎打败她们的理智，现在又多了护腰阿姨的吼叫。这简直是比演戏还有戏的互动。

只见邓丽君穿过原本是祭坛的位置，护腰阿姨随后。后者一手挥棍子，一手从我这里拿下药碗，满口怒骂，嘴里随时喷出新创的脏话，活像耗油的古董农耕机在喷浓烟。但是滑稽的是，狗走得慢，人也追得慢，遇到强大的空气阻力般迟滞，非常有戏。

"咔。"酒窝阿姨跑过来，酒窝笑得很香，说，"这个戏剧感很强，可以搬上舞台，太棒了。"

护腰阿姨的头发略显凌乱，满脸是汗地吼："现在不是演戏，是在教训我的女儿。"

全场肃静。午后的阳光从采光窗透下来，在护腰阿姨汗湿的身上蒸出一层薄薄的水汽，有如她的怒气沸腾，谁都没见过她对狗生怒气。

祖母问："它怎么了？"

"吃太多面包。"

"我吃很多，你也吃，而且我看邓丽君吃得蛮开心的。"

"就是吃太多了，不吃药。"

祖母看着药碗在阳光下冒着气，说："是药太烫了，等凉些它就喝。"

"等凉了它也不喝。我昨天炖了，它不喝，今天也不喝。"

"不喝也不会太糟糕。"

"会死掉，因为这是治癌症的灵药。"

"那我来喝喝看。"祖母想知道灵药滋味，她抓着修整过的三分头，染成蓝紫色，非常显眼。

"很贵的，只能给邓丽君喝。"

"那我买。"

"好，成交。"护腰阿姨要我帮忙把昨天炖的药汤拿来，还装在焖烧瓶里头保温。

祖母把药汤倒进杯里，观察色泽，深褐，有股浓浓的中药味，狗根本不会喝这种东西，是护腰阿姨强灌，它才会反抗。祖母尝了一小口，顿时感到舌头被猛然合上的门夹住了，缩不回，太阳穴剧疼。这药汤太恐怖，苦涩难咽，应该是掺了苦参、穿心莲、鸦胆子之类的"苦药王"。她等到涩麻的感受退去，才说："你们就当自己是邓丽君，喝喝看，就知道吃药的心情了。"

我知道有些猫喜欢中药味，胜过猫草，却没有听过狗会喜欢。我拿下杯子浅尝，药汤没有滑到喉咙就被吐出。太苦了，人间有什么病痛值得用惊人的苦味治疗，像喝软刀子，或许病还没治好就先死。我回想起那天密医贾伯斯的表情，不屑看狗，或许是他捉弄的把戏。

除了护腰阿姨，每个人都来尝一口，激发对中药的新理解。这是大家吃过最苦的药，其涩烈，连哑巴都会开口嘶吼，当然邓丽君喝过就不再喝了。

护腰阿姨离开前，讽刺大家说："都在演苦戏，好假。"十分钟后，她换了好心情走进教堂，一手拿药汤，一手拿了块热腾腾、蓬松松的面包，轻声呼唤邓丽君，为刚刚的失态深表歉意。

邓丽君趴在由花砖拼成的基督受难图的墙下，那幅图是天主堂最显眼的意象，正暗示它接下来的命运考验。于是，它必然能听见护腰阿姨呼唤，眼睛微亮，舔着舌头，不要跟美食过不去，愿意为面包跟主人重修旧好。

"吃面包吧！你会好些。"护腰阿姨递出食物，又说，"你要吃苦，妈妈绝对陪你一起来。"

然后，她豪气地喝下一杯药汤。

邓丽君听不懂这句话的玄机，痛快吃一口面包，幸福感随即破灭。那是因为面包上沾了药汤，它吃了，就像一只年轻花豹跳进它的肉体，活力无限，在教堂内乱跑，爪子在地板上发出恐怖的杂音。这让"死道友"们停止排演，看着它跑过地中海建筑的圆拱门，滑过门口坡道的儿童溜滑梯，消失了，像是身上的肿瘤细胞都没了。

喝完那杯苦药的护腰阿姨，盘腿坐在地上，领略药效。她事后表示，深深觉得灵魂掉进了地狱，历经了各种割舌、戳胸、腰斩、车裂与倒悬的酷刑，历经十八层地狱的苦难，那是生不如死，比死还难受，每一分钟都很难挨，每一秒不断在延长，觉得生命没有曙光。然后，她听到"死道友"们在天堂的门口呼喊她，拍她的脸，要她撑下去。就在此时，她的胯下有股热热的东西，像一朵云把她浮起来，渐渐回到了人间。

护腰阿姨睁开眼，看见"死道友"们围在她身边呼喊，而自己尿失禁了，一摊尿液散在盘坐的范围，她不忘幽默地说："我觉得全身舒爽，像死过一次，你们要不要试试看？"

众人摇头，都不要。

"灵丹呀！了不起。"她看着空杯。

我的五分头染成紫蓝色，世界也变色了。

其实应该这样说，是我成了众人的焦点，才觉得外在的世界都变了。首先，是我觉得自己很怪。头发只剩五厘米，对女人来说像是头上少了一层"皮"。女人很在意自己的头发，那是某种化妆，是颈部以上整体形象的包装之物，像是礼物的包装，很远就能让人看见。

女人对头发也很依恋，少女时不是拨着刘海儿，就是盘算头发该绑还是该染；年纪稍长，拿小剪刀剪去分岔的发尾。然后，觉得一生要花很多时间在对待十万多根发丝上实在很折腾，像对待十万精兵，而我只有一人。所以，要是看过假发阿姨回家后，摘下假发与发网，顶着平头到处走，多自在呀！

我站在镜子前看自己的头形，略扁，不是自以为是的圆形。我注意右侧有块不长发的白疤痕，那是童年撞到桌角所致，爸爸带我到急诊室缝了五针。我的耳朵不大，有点向前翻，右耳容易从长头发中露出来，有些男生对我说那片小耳尖很可爱，像猫耳女。现在失去头发遮盖，耳朵很显眼，越看越怪，对自己的外貌产生陌生感，这就像把一个汉字看久了或写上一百遍，竟不认识它了。我快不认识自己的外貌了。

我在浴室的镜子前凝视之际，邓丽君在门外哀号，用爪子挠门，求我让它进来躲。这声音真刺耳，但总比我上厕所太久时，"死道友"

们总会轮流猛敲门的声音来得友善。我打开门，它苦难的脸上闪过一丝亮光，蹿进来，把前脚搁在马赛克花砖拼贴的浴缸上，勉强地挪屁股，才栽进去躲起来。

接着有人猛敲浴室的门，粗鲁地转动把手，发现门上锁后开始撞击，发出砰砰声响。我不得不出声制止。

"邓丽君，你不要锁门。"门外的小男孩喊。

"是我。"

"'杂草阿姨'，你打开门，你不要保护邓丽君了。"小男孩大力拍门，"我找邓丽君，要救邓丽君。"

叫我"杂草阿姨"的是美发女人的儿子。照辈分来说，美发女人与爸爸同辈分，她儿子则跟我同辈，叫我"杂草姐姐"比较合宜。之所以叫我"杂草"，是因为我的紫色五分头像某种杂草，至于什么草，他总是说"就是杂草啦"。杂草也有名字的，只是小男孩讲不上来。

我开门，请小男孩不要急。小男孩背着背包、戴着帽子，那是待会儿我们要进行的小登山的装备。他挤进来，张望几下，往浴缸靠过去，对里头邓丽君大喊你不要逃了，吃药时间到了。

我惊讶地问："怎么你也来逼邓丽君吃药？"

"老狗狗一定要吃药，不吃它会死翘翘。"小男孩说完，从口袋拿出一个夹链袋，秀出里头的黑色药丸。

"谁给你的？"

"那个腰受伤的阿婆，她说老狗狗生病，要吃药才不会死翘翘。"

"这药很苦，狗狗吃不下去。"

小男孩天真地说："药当然会苦，所以我帮助阿婆，把药水越煮越少，加了面粉做成药丸。"他说完，把药丸叼在嘴里，一手抓住狗的下巴，一手抓住狗的上唇，往两边掰开。邓丽君这种拉布拉多犬的脾气不错，几乎逆来顺受，它的嘴巴被迫张开，露出舌头与灰色像皮皱纹的上腭。这时小男孩把嘴叼着的药丸放开，掉进狗嘴。

"是腰受伤的阿姨要你这么做的吗？"

"对呀！她说她动不了，抓不到邓丽君，要我喂它吃药，我跑得快。"

"可是药很苦。"

"药要苦才有效。"他将抓住的两片狗嘴开开合合，动作滑稽，像是狗嘴自动咀嚼药丸。

邓丽君突然奋力挣扎，自小男孩的手中挣脱，它吃了小部分的药，大部分的吐了出来。药在邓丽君的口腔产生反应，身躯扭曲，它试着爬出浴缸却体力差，大小便失禁，身体瘫在秽物中，眼睛一丝丝无光。小男孩是第一次喂食邓丽君，反应跟它同步进行，他的心情惊骇，哭着说邓丽君死掉了。

"它没有死掉，只是很痛苦。"

"可是我阿太（曾祖父）快死掉的时候，会像小宝宝一样乱拉大便与尿，身体也是动来动去。"

"你看，它还有呼吸。"

邓丽君从痛苦中回神，呼吸略微急促。我打开水龙头，用温水帮它清洗身体的秽物。小男孩很难过，自责差点害死老狗，无语地站在浴缸边。我要小男孩帮忙抓住邓丽君，免得老狗突然抖水，顺便能转移它的难过。湿答答的邓丽君很难抓，一骨碌起身，猛然启动身体的"振动模式"，把水花喷出来，浴室到处是水痕，我们也是。

"我刚刚有发现了杂草。"小男孩说。他觉得跟我有些靠近了，分享他才发现的事。

"杂草，那是什么草？"

"像你的头发的草，到处都看得到。"

"在哪儿？"

小男孩冲出浴室，邓丽君跟在后头，晨光闲静地照在教堂，花窗光芒缤纷得像是彩虹来访。人与狗在草坪上跑了几圈，打滚了几圈，恩怨也没了。一阵强风吹来，我赶紧用手压住那刮过凉意的平头，以为帽子飞了，事实上飞走的是二十几年来对女性长发的约束。然后我笑了。

小男孩带我跨过马路，来到一片荒废的田地，那里长满快要溢出来的大花咸丰草。咸丰草是荒地最旺盛的植物，闽南语称之为"恰查某"是很贴切的，它们攻占地盘时用上了泼妇过街的性格。可是我不喜欢这种植物，它们太普通，或者说我没发现它们的独特之处。

"你头上的杂草在那儿，我带你去看。"他遥指着千万棵的咸丰草，然后冲进去，那里都是野草。

我跟了进去，咸丰草的种子像是小鬼手，沾得我到处都是。在咸丰草的白花深处，连绵出现一片紫花藿香蓟，那是小男孩所谓的"杂草"。这结局让我笑出来了。由管状花组合而成的藿香蓟花朵，看起来像钝钝的小圆球，还蛮可爱的。我仔细观察，这些小花朵，真像女人剃了短发而染成了蓝色，我喜欢这种比天空更寥廓的蓝紫色，欣然接受"杂草阿姨"的称号。

"我喜欢'杂草阿姨'这叫法，非常适合我。"我说。

"那要小心,我跟你讲,有人要抢你的名字。"小男孩神秘地说,"她叫作'杂草阿婆'哦!"

夏末小登山展开了，一群老女人准备出发。

这场郊游的目的是去伐木。窑烤的主要木柴是龙眼木与荔枝木，火力好，不容易生烟，焖完的面包犹有木柴雅香。阿菊姨婆透过包商进柴，每个月买一货车的量，堆在教堂旁展示，也算是窑烤面包的活招牌。但不知道怎的，她的远房亲戚告诉她在山上有几株私人的龙眼木，可供她取用。她这种脚关节不牢靠的年纪要去取柴，动念不强，可是曾祖母的到来让她有了更多的动力。

这几天来，曾祖母与阿菊姨婆靠得很近，总是形影不离。阿菊姨婆亲自做老人的碎食餐，吃起来容易入口，把食物剁得细碎；蔬菜的粗梗很难咀嚼，不是剔除，就是久煮到较烂。面包方面也将外层烤得较硬的切除，给曾祖母吃松软的内里。两人常常聊天，睡同一张床，吃饭相邻，曾祖母那些糊里糊涂的怪话，阿菊姨婆听不腻；而阿菊姨婆重复的老话题，健忘的曾祖母像第一次听到，发出最佳观众的喜悦，拿出小笔记本记下。

谈着谈着，阿菊姨婆想起山上那棵龙眼树，现在她有动念砍回来了，于是她这样说："妈妈，那山上有棵牛眼（龙眼）树，我想砍回来，帮你焙个很香的牛眼肉桂面包。"

"很好，牛眼是好树。"

"以前老屋后头有棵牛眼树，夏天时，妈妈你用长竹竿摘给我吃。"

"很好，牛眼是好树。"

"很怀念妈妈摘的牛眼。"

"牛眼是好树。"

"是好树。"

"那你为什么要砍掉呢？"曾祖母提高音量。

"我的意思是，我要砍亲戚在山上的牛眼树，回来焙面包，不是去砍以前老屋后头的牛眼树。"

"你砍掉老屋了？"

"没有。"

这种对话让阿菊姨婆哭笑不得，却没有迁怒，反而抓着自己母亲的手称赞她很生趣。阿菊姨婆能把砍树的话题在一天说五次，得到曾祖母无厘头的回应。到了第四次谈话，在场的祖母说："走吧！我们一起去砍。"牡羊座的她有种想到就做的性格，她带领的"死道友"也是，决定一起去登山。

出发了，户外踏青，小旅行。

登山活动在我去荒地摘完紫花藿香蓟之后。一群轻装的女人穿越玉米田与稻田，走过竹林后，遇到小溪。这条小溪很普通，没有强劲的水流，但得爬过较陡的溪岸。这对平均年纪七十余岁的女人来说，很有挑战性，要是不注意而踏空，足以引发灾难。我们下爬到溪谷时，小男孩已经爬到对岸的山坡上，迎着阳光大声催促，快点啦！

祖母临时决定，要大家在溪边的树荫下休息，把脚放进溪水。大家传递未切片的吐司，撕下来吃。小男孩生气踢水，发泄对象是这些悠哉的老乌龟，一直抱怨我们小时候慢吞吞，长大才变成老人家。祖母用一块吐司当诱饵，从溪中抓到一只红溪蟹。这换来了小男孩专心对付它。

小男孩玩腻了，把螃蟹扔回水中，对整条河抱怨似的说："你们女生都走得好慢，还偷懒吃东西。"

"我们是年纪大了，不想走太快，边走边玩。"祖母忽而神秘地说，"我们走得慢，是因为我们还背着几个男人。"

"你们没有背人呀！"

"他们死了。"

"'杂草阿婆'，白天没有鬼，你背上没有背鬼，你骗人。"

祖母打开背包，拿出一袋由厚塑胶装着的粉状物，色泽略灰，说："那些男人都在这里了。"

"那是垃圾啦！"

"没错，人的身体垃圾。"祖母说完，大家都笑了。

"那到底是什么啦？"小男孩有点生气了。

"骨灰，人死掉后，烧剩下的东西。这次爬山，我们要在山顶找一棵还不错的树下，把他们埋下去。"

"他们是谁？"

"其中一个是你阿婆的爸爸。"

"那我来背他们好了，男生由男生来背，这样你们女生比较轻松，可以走快一点。"小男孩果然是行动派。

我们再度出发。阿菊姨婆扶着曾祖母渡河，搅乱了河面流光，细屑的光斑折射在祖母脸庞上。祖母微笑，心想往日由她搀扶的工作，近日交卸了，她看着母亲慢慢爬上土坡，越过葛藤与构树林之际，骄傲地讲这两种植物的药性，不过讲错了，跟"死道友"激辩。曾祖母自信的原因是阿菊姨婆会帮她撑腰。

祖母觉得阿菊是好女儿，自己不是，她不能长时间忍受母亲的叨念，会小顶嘴，光这点就不是称职女儿。不过，她欣赏阿菊姨婆扶着曾祖母的背影，当个好观众就好，尤其看着两人走过一片竹林时，不知为什么就触动自己的心情，她好久没有真心真意地牵着母亲的手，眼角便泛泪。

在那片竹林，大家又激辩起这是孟宗竹还是绿竹，曾祖母大胜，因为祖母暗示"死道友"要装输。只有护腰阿姨不服，认为分辨两种竹子的差异，简单到像是"乳头与龟头"二分法，连邓丽君都吠着。

小男孩听不懂，问护腰阿姨："龟头是什么？"

护腰阿姨指着那片绿竹林，说："那一根根都是，很三八的啦！一下雨就长得很快，又变得硬硬的。"

"乳头呢？"

"乳头没长在这里啦！"

我急忙阻止，要护腰阿姨不要再讲下去，这种谈话对小男孩不妥。可是小男孩缠着问，这棵树是乳头？还是那丛灌木是乳头？接收到封口令的"死道友"们都自顾自聊天，大声谈论葡萄糖胺是否对骨质疏松有效，或是大声喘气，空气中有女人的汗味，仿佛是水果汁里混合了蒜头与柏油。

我们来到山腰一块平坦的地方，好好眺望村落，大家松口气，卸下背包，坐下休息，耳朵应该听到微风在梳理阔叶林的大自然的喃喃声，却听到小男孩喃喃地说到底乳头是哪种植物，一路从来没有间断。

曾祖母受不了，说："细人（小孩）不要这么狡怪。"

阿菊姨婆抢步上前，狠狠朝小男孩肩膀拧一下，说："你不要老是讲那些阿里不达[1]的话了。"

小男孩后退一步，大哭起来，眼皮挤出大量泪水，张嘴叫着。

1　阿里不达：在闽南语中，表示"不伦不类"的意思。

阿菊姨婆意识到，多年来由她照顾小男孩，婆孙关系不错，今日她为了母亲而教训孙子。她上前去安慰他，小男孩的哭声却停不下来，大家上前安抚也没用。这般嘈杂也惹得曾祖母的老人症头发作，不断抱怨。现场停在怎样都不是的气氛里。

“怎么了？是不是肩膀很痛？”我问小男孩。

“很痛呢！我要回家找妈妈。”小男孩把衣服褪下，露出微红的肤块，那是被自己的阿婆捏伤的。这点伤或许不成痛，痛的是心里，他被深爱的人无缘无故地惩罚。

“涂药吗？”我问。

几个人拿出了白花油、小护士药膏或青草膏。老人永远在包包里放一堆专治小杂症的药。我拿了药膏，请大家先出发，独留我陪小男孩。时间过去了，“死道友”那些人往山上走去，身影消匿在一棵茄苳树之后，空气中的老女人汗味道消散了。

小男孩哭完了，站在原地不动，脸上只剩下泪痕与噘嘴。这样的姿态，如此的气氛，他维持了很久，然后说：“我想回家了。”

“你这样站，好像冬将军。”

“我不是冬瓜。”

“我是说冬将军，冬天的将军，他靠立正就打败好几十万的敌人，而且他是很老的老人。”

“他有小杰厉害吗？”小男孩说。小杰是日本动漫《猎人》的主角，特征是红橙眼睛、刺猬头的小男孩，爆发力过人。

“那不一样，你要听听冬将军的故事吗？”

"噢！好呀！"

"我边讲边走，我们往山上走吧！"

这个故事发生在"二战"期间，德国军队攻打苏联首都莫斯科，驻守在附近的森林，准备拿下这座城市。当时正是大雪严寒之际，这对双方来说都很艰辛。德国挺进了两百公里来到这里，军心与军力都疲惫了。但是苏联不会拱手让出莫斯科，死守到底。

这时，有一对住在莫斯科城内的祖孙，小孙子生了重病，病情连续一段时间都没有好转。祖父决定了，要去城外的森林找一种珍贵药材，救救孙子。祖父从他知道的秘密小径离开了苏联军队严密防查的城界，来到郊外。整条地平线都是白皑皑的雪，除了地上的积雪，还有空中落不停的雪。他走进雪深处，每一步都深深陷下去，他没有一步是怯疑的，走进雪景，走进敌人那方。

德国军队很快逮捕了祖父，要以间谍罪射杀，却发现这祖父很老，头发与胡子都白得透明，白内障的眼睛白浊浊的，耳朵重听。他如此苍老，怎么看都像一位朴实的老农民。

德国将军给了老祖父一些盘尼西林，要他回去，想借由跟踪他找到攻城的秘密小径。老祖父不肯。德国将军便把他丢到前线，命令壕沟的士兵看守，要是人移动了就开枪。

这位老祖父像是雪人一样站着，一个荒凉大雪中的突出物，忍着两阵营的炮火与枪弹，神奇的是他都没受伤。过了三天三夜，德军松动了，对他们而言，顶多能适应德国境内那种零下十几摄氏度的寒冬，莫斯科是零下四十几摄氏度，简直是酷刑。如果随意一位莫斯科的老头子都能在大风雪中待上三天，那么靠着烧煤油取暖的德军还有什么优势。

"这么说来，这老头子就是传说中的'冬将军'。"德军将军赞叹，他不会释放老祖父，而是将所有德军撤出苏联。

苏联赢了，莫斯科被保留下来，完全靠一位年迈的祖父……

"这老先生被罚站时，有偷吃东西吗？有偷去上厕所吗？"小男孩听完故事后很疑惑。

"应该没有，你觉得呢？"我说这故事，不会把国家位置与敌对关系讲得太复杂，而是以五岁小朋友能懂的方式讲出来，就像我在幼儿园时上课的口吻，很容易吸引小孩。

"老先生会偷吃，要是敌人没注意，还会蹲下来休息。"

"噢！你有这样的经验吗？"

"我都是这样子的啦！我很会偷吃的。"小男孩嘻嘻哈哈地笑着，"我会把饼干放在口袋，偷偷吃。有时候我会跟阿婆说我感冒了，就可以喝到沙士，还会加点盐巴。"

"看起来我误会了，你不像冬将军。"

"我本来就是小孩子，不是老人。"小男孩步伐越走越快，眼看要追到前头的队伍了，他又说，"冬将军救了莫斯科村子，最后有没有拿到森林里的药，救到他的孙子呢？"

我思忖，倒不是莫斯科被误解成村子，而是在此之前我从来没想过小男孩的提问。这个"冬将军"故事，最初由祖母说的，那是在我被性侵不久后，许多我们找不到话题的时候，或许人在警局，或许人在游泳池家，窗外是阴天还是晴天如今也想不起来了，而她努力想出来的话题。"冬将军"带点寓言，祖母讲出来是给我精神支持，给我点鼓励。

祖母知道这故事，是去钢笔店买墨水的时候，她挑了罐冷灰色的，偏蓝。日制的墨色会由设计者赋予一种诗意名字，比如淡绿色是"竹林"，艳粉色是"踯躅（杜鹃）"，橘色是"夕烧（黄昏）"，冷紫色是"朝颜（牵牛花）"，等等。至于冷灰色谓之"冬将军"，让人想起了莫斯科大雪过后道路泥泞的颜色，还染点大雾浓厚的苍茫。祖母挑这罐时，老板以故事营销的方式，说起了"冬将军"传说，只说到德军自莫斯科撤退为止。

"这故事没有结局，很多故事都没有结局呀！"我对小男孩说。

"怎么可能，《猎人》这集没演完会 to be continued（下集待续），故事都有结局。"

"这样说吧！故事停在它最想停的地方。但是人生不一样，人生无论如何都会过完，今天会过完，一星期会过完，一生也会过完，人生会有结局，但不是每个结局都是好的，但记忆会停在最美的位置，停在最美地方的都是好故事。"

"没结局的故事不好玩，谁跟你讲的？"

我抬头看到祖母了，山顶也到了，那是海拔三百多米的山丘，大家尽力了才到达。视野很好，看得到山下的田畴与天主堂，风很飒爽，染着淡淡的青草味。我们在几棵榉树下席地而坐，喝着乌龙茶，吃着刈包"虎咬猪"，闲谈之间都是笑声，不谈话时听风声。阿菊姨婆对曾祖母道歉，这山上没有龙眼树，是她记错了，这样就没有办法砍回去当作焖面包的木柴。曾祖母说没关系，她也常记错，但不会忘记今日的美好，她拿出小红记事本，记下这第十八则与阿菊姨婆相逢后的美丽记忆。大家庆幸没砍树，不然搬回去是大工程。

"这里很漂亮，天天都有免费的冷气，可以把垃圾埋下去。"小男孩拿出男人们的骨灰。

"那棵树不错，就埋那里。"曾祖母钦点了一棵光蜡树。

这树冠柔美，枝头挂着无数的小翅果，灰白的树皮上有云状剥块。风柔柔吹来，树叶发出美妙的窸窣声，几个男人的骨灰落脚在这儿是不错。大家拿起粗树枝，在树下挖洞，刨除了褐色表层土，底下的黄土比想象中来得坚硬。大家挖得手快破皮了。

"骨灰不要埋在这里啦！"曾祖母拍掉大家手中的挖掘工具，念着难解的话。

一群人愣在那里，情绪莫名，这不是曾祖母刚刚决定埋骨灰的地方吗？怎么又起番颠[1]了？

"妈，你不是说要埋在这祟顶？"祖母说。

"这儿风水好，我以后的骨灰要埋这儿，能看到山下的天主堂，日日看到阿菊在做面包。"曾祖母的表情好幸福，"我的骨

1　起番颠：在闽南语中表示"发神经"的意思。

灰要埋这儿，不要跟这些男人住在一起。他们拿到别的地方啦！”

阿菊姨婆受到感动，牵着曾祖母的手说：“我以后也要埋在这里，跟妈妈一起。”三十年来的母女感情空白，誓言要以下辈子续缘。曾祖母点头认同，回握着她的手。

“阿姊，以后要不要住这里？”阿菊姨婆问祖母。

“莫问她啦！她跟我们想的不一样，不爱在这里。”曾祖母说话时，语气加重在“我们”来区隔和祖母的距离。

祖母陷入尴尬情绪。多年来，她照顾曾祖母，即使不是百依百顺，至少付出了心力。但是阿菊姨婆的过于殷勤，排挤自己在曾祖母心中的地位，难免有弃女之憾。祖母的委屈说不出，一股寂寥，终于是藏不住泪水，转头往人少的那方瞥去，那幸好有她爱的酒窝阿姨，便放心流露脸上的哀感，倏忽之失落，一种花落遭风刮的无奈……

我的逃亡就要结束了。

傍晚七点，天际微染着紫色。我坐在天主堂外头的草坪上，凝视手机，看着里头台中地院的开庭传唤单。通知单在七天前寄到家，由母亲照相传来。我经常接到母亲的连环电话，从我离家的那刻起，她的电话和短信像蟑螂一样每隔一段时间就喷出来骚扰我。从最初的撤诉短信，回家请求，到近日的吩咐要出庭，我都没回应。我讨厌蟑螂尸体的味道。

我得上法庭了。这意味着廖景绍不承认性侵，法庭成了兵刃的战场。我因此失神，感觉时间是凝滞的，对外的反应迟钝，看什么都恍神了。就像现在，天主堂陆陆续续来了不少村民，要观看"死道友"的演出戏码，几个小朋友在我附近打闹，几只狗在我后方打架，连假发阿姨在我身边刻意地走过五次，我都没有发现。我的灵魂应该是死了。

假发阿姨第六次来时，端了一碗意面给我，把我拉回现实，饥饿感瞬间降临到我身上。我拿了面就吃，解决了六小时未进餐的疲惫。这时，我才惊觉自己刚刚活得多狼狈，要不是假发阿姨拉一把，恐怕又要在悲怜里多打滚几小时。

"我在碗里加了一片'抹草'，你吃出来了吗？"假发阿姨说。

"那是香草吗？"

"不是，这里的客家'抹草'跟我们闽南人的不一样，我发现这附近都有这两种，各拿了一片给你放在汤里。"假发阿姨所指的客家人抹草是金剑草，而闽南人抹草是小槐花，都是用在端午节沐浴，或挂门上避邪。

"抹草好吃吗？"我问。这问题真蠢，失魂的我吃了却不知滋味。

"这主要是退小人用的，药效不错。"假发阿姨突然降低音调，"这是我最喜欢的堂妹教我的，很有效。"

"我哪有犯小人？"

"你不是要打很麻烦的官司吗？"假发阿姨靠过来说，"我跟你讲，你跟我的堂妹一样遇到烂男人了。"

　　我跟着"死道友"之后，祖母禁止她们跟我谈及性侵与官司，怕我又卡在解不开的死结上，成了越抓越痒的破皮肤。但是，她们用自身的苦日子故事，绕过禁令，送来心意。比如，回收阿姨跟我提过，她掉进被儿子骗尽财产后的阴谷；护腰阿姨说她被父亲遗弃的童年；黄金阿姨说她如何走过失婚的痛苦；酒窝阿姨一直邀请我演戏，这样日子会比较好过。家家有本难念的经，拿出来翻阅是安慰新进的受难者。我知道她们的用意，但是假发阿姨是第一个直接来跟我谈的，无视祖母的禁令。

　　不过，我的想法却是，拜托，不要跟我说这些。我不希望假发阿姨来打扰我的情绪，现在心湖够乱了，不希望再有落石激起更多的涟漪。但是，来不及了……

　　"我堂妹呀！非得要嫁给她那个有流氓性格的老公，家人的反对她都听不进去，以为这是真爱。"她靠过来，抓起我的手，"你要知道，她比你惨好几倍，你要是才下第一层地狱，她就下过十八层地狱。"

　　"下十八层？"

　　"佛教地狱有十八层，太可怕，还好天主教只有一层。我跟你祖母一起信天主之后，发现这很好，我很喜欢地狱只有一层。"

　　"我很怕地狱，不要讲了。"我的意思是要她不要讲了。

　　"好，我不讲地狱，讲我堂妹好了。"假发阿姨往我靠得更近一些，她说，她堂妹夫是那种结婚第一天就打老婆的人，那醉鬼白天喝啤酒，晚上回家喝高粱，嘴巴永远有酒臭味，常常用一些怪名堂打人，比如钥匙找不到、菜煮得太烂、钱用太凶等。堂妹骂不还嘴、打不还手，因为她知道这是自己选择的婚姻，没有逃回娘家的理由。她身上到处是瘀青，夏天出门穿长袖，听惯了老公喝醉打人时会骂"老婆被打都有原因"，听惯了老公酒醒后哄着说"女人都是用来疼的"，她无能为力，只能期待老公出门后意外身亡。假发阿姨说到这儿，小声问我："你想知道我堂妹怎么被打吗？"

"我不想知道。"我坚定地说。

"你不用怕，事情过去了，你要是知道这世界有人更惨，会好过点。"假发阿姨继续说，"扯头发，我堂妹夫每次打人，都是扯她的头发，从她的背后去扯得人跌倒，抓住她的头发在地上拖，然后再打人，有一次还用铁锤把她的小指锤裂。"

我瞄到假发阿姨的右小指，意识到什么了。那根小指显然失灵，像假的，无论其他四指怎样活动，它总是不动。也因为这样，我意识到她口中所谓的堂妹，不过是她自己。我连忙回绝："不要再说了，好吗？我不想听。"

"我也很久没有提起过她的事了，我以为忘了。"

"那你可以不用讲。"

"我练习了很久，先是练习对镜子说，再练习对树讲，最后再提起勇气跟你讲。拜托，听我讲完，对你会有力量的。"

"你说吧！"

假发阿姨说，她堂妹长期被堂妹夫施暴，拿东西戳肛门，强迫肛交。有一次，她又被打，却装作无事地从地上爬起来，回到厨房继续煮饭，那次她把自己遭家暴而治失眠的安眠药，放了十几颗在鸡汤里，给她先生喝。然后她趁先生昏睡时，用枕头闷死了他……

"可以了，我不想听了。"我愤怒地站起来。

天主堂里传来爆笑声，出自护腰阿姨的搞笑桥段。笑声混合了各年龄层，从有光的窗口流泻到我在的黑暗草坪。我喝止假发阿姨再说下去。此时，我不要一个从更恐怖的地狱爬出来的人鼓励我，我只想独处，把情绪慢慢地淡下去。可是，我现在却有更多怒气，一来是情绪被打扰，二来是觉得这女人把懦弱堆积到最后，变成了杀机。我厌憎她的懦弱。

假发阿姨被我吓哭了，泪水直流，说："你可以讨厌我，但是不能讨厌我堂妹。"

"我没有讨厌谁，只是觉得烦。"我说谎，抠着指甲。

"你不可以讨厌我堂妹。"她哭着说。

"我累了，想去看戏了。"我离开那儿，回头看见那个伤心的女人在榕树下坐着，频频拭泪，沁凉夏夜都变得凄凉，给我今年秋天来得特别早的恍惚。我叹了口气，只能放任她在黑暗的地方哭泣，我目前没有能量对她的故事点赞，或陪她哭。

我走进天主堂，靠在窗边，面对演出，却心不在焉，台上的繁华人生或插科打诨都溜不进我的眼底。接下来的半个小时，我毫无反应地坐在舞台下，连称职的观众都做不了，戏演到哪儿都不想知道。因为我看过好几次排演了，哪儿有笑点或哭点，我比观众更知道，无心多看。

戏演到结尾时，舞台安静下来，反而给台下观众大声吆喝的时机。我记得在排戏时，几个女人在这时间点是嘻嘻哈哈的，不是沉默。我回过神看舞台。祖母演的角色站在舞台中央，酒窝阿姨坐在小桌子边，后者悠闲地喝着下午茶，端着英式骨瓷红茶杯，小指跷着，用很淡的口吻说：

"时间到了，我们可以结婚了。"

这分明是求婚记，超出剧本设定，是酒窝阿姨的临场发挥。她继续娴雅地喝茶，时光烂漫，人生难得的样子，不觉得自己先开口求婚是丢脸的事。舞台上的配角们都很吃惊，觉得这场戏插不了手，当观众也不是，当演员也不足。

"可是，不是这样演。"祖母说，意思是这不是剧本安排。

"我受够了剧本，剧本都是符合观众要求，没有符合我们的需求。你哪时演过自己？你都是演大家想看的。"酒窝阿姨转头对配角们说，"对不对，你们还愣在那儿干吗？还不去劝劝她。"

"对啦！"黄金阿姨说。

"给人太久了，紧答应呀！"回收阿姨说。

"是啦！不要演下去，演下去没彩啦！"护腰阿姨转头对老狗说，"邓丽君，你也说两句话。"

邓丽君太有戏了，它懒懒散散地从地上站起来，走到祖母脚边，嗥三声，够长够响亮，好像催促说"快答应"。今日演戏细胞没发挥到底的邓丽君，怎么演都不起劲，现下用这项表演赢得满堂彩，台下观众说快答应呀！两个不足三岁的小朋友跑上来摸狗，无视戏还没演完。

祖母认真思索，说："好吧！"

观众大声鼓掌，好像等到拖沓的戏终于结束了，他们起身，又说又笑地走出天主堂。有些村民逗留在台下，打屁聊天[1]，没有人在谈论这场戏的观后感，也没有人注意舞台上还有两个演员没有退戏——祖母和酒窝阿姨坐在舞台上的小木桌两侧，两人的手在桌心叠着，内心说不上平淡，带着小起伏，瞧着人群慢慢散去，椅子撤走，灯也淡了。

观众席只剩曾祖母坐在那儿，打着盹儿，这位近九十岁的老人睡着的时间多过清醒时，错过了自己女儿被求婚的关键戏份。她十分钟后醒来，看见快七十岁的女儿坐在舞台上一动不动，好像戏被暂停了，就等自己醒来时继续演出。这对母女凝视了很久，而且加入第三人了。

祖母站起来，朝曾祖母走去，蹲下身摸着她的手，很缓慢地说："妈，我要结婚了。"

"你老公不是死了？你自由了。"曾祖母摇头说。

"我是跟别人结婚。"

"你自由了，干吗要结婚，一辈子结一次婚就够累了，干吗还要更累？而且你老公会反对的，你干吗吃饱闲得惹你老公

1　打屁聊天：方言，指很多人在一起聊天，相互闲聊一些琐碎的事。

生气？"

"他死了，他过身很久了。"

"你这么老了。"曾祖母叹气。

"我知道，我老了，但还是可以结婚。"祖母点头说，"只要愿意，都是结婚的好时刻。"

"跟谁？"

"她坐在那里，我们等你醒来。"祖母回头，看见酒窝阿姨从舞台的小桌子边走来。她戏里戏外都很美，现在更是。

曾祖母又叹气："她是细妹仔（女的）呀！"

"我知道。"

"你这样不男不女的，妈妈怕你给人见笑。"

"我没有想太多。"祖母拉过酒窝阿姨，一起蹲在曾祖母前，说，"妈妈，我只要你知道，我要结婚了，人老了也可以结婚。"

曾祖母流下泪来，久久说不出话："我错了。"

"没有。"

"我错了，竟然生错身体给你了，你这么委屈，委屈到老，你才一直在怪怨我吗？常常讨厌我。"

"妈妈，你没有错，我一直是你的妹仔（女儿），从来都是你的妹仔。我只要你知道，我喜欢一个女人是跟灵魂有关，不是肉体。"

"那就好，那就好……"

我开车载大家前往头份镇，采买祖母与酒窝阿姨的结婚用品。

这次婚宴预算是五千元，祖母要求简朴，她这种年纪的人结婚，冲动、浪漫与财力都没了，只要好友的聚会祝福就好。我垫了五千元，让婚宴宽裕些，这点祖母不知情。

护腰阿姨设计的菜单，几乎被祖母"打枪"[1]，改成家常菜，以素食为主。护腰阿姨揶揄祖母是披着天主教衣服的佛教徒，都没肉肴了，除了客家竹笋封肉。这道菜会由祖母亲自来煮，要炖五个小时，酱色吃到五花肉，用微小的蟹眼火收干酱汁，直到猪肉透软绵绵，入口即化。婚宴会在黄昏开宴，完全是这道菜要炖制很久。这是曾祖母最喜爱的菜，她给了女儿祝福，女儿理当馈赠。

我在小镇转了几圈，陌生之地，使我的驾驶技术与反应力受到考验，而且口袋里的手机提示音不时响着，母亲发来出庭短信。更令人厌恶的是，小镇的路口都有警察站岗，真不晓得是不是全台湾的警察都来这儿度假，还是抓重犯。答案很快揭晓，消息最灵通的是传统市场的卖菜阿桑，只要去买把葱，她们马上说出理由是："市长要来啦！才会有警察站岗。"

"女市长要来。"酒窝阿姨大惊。

"天哪！你不会想去看她吧！"祖母知道酒窝阿姨是市长的粉丝，但是她不想在这节骨眼儿跟人挤破头去看。

"走吧！"

---

1 打枪：一种网络语言，指遭受到很大的打击或失败。

"我们今天会很忙，回去要办桌宴。"

"对呀！今天是结婚日呀！"酒窝阿姨语带要求。

"拜托，你不要多想了。"祖母说。

听得出来祖母有些不愿意，她对政治冷淡，对政治人物无感。酒窝阿姨也是这样，但是随着这届出现女性市长候选人，她的政治热情被激发出来，每天追着选举新闻，注意女候选人的穿着与品位，要"死道友"选她，连政治立场不同的回收阿姨都被劝服，转向投给女性市长，给大家一个女人当家的机会。

女市长当选的那晚，酒窝阿姨守在电视机前，聆听胜选感言。她看着女市长握拳，态度不卑不亢，要将自由与民主再往前推，她的泪水没断过，要祖母递来卫生纸安慰。祖母心想，糟了，她跟政治狂热者在一起了。没想到，隔天酒窝阿姨的政治热瞬间退烧，日子回到正轨，再也没有提到女市长，直到今天在小镇又回温了。

"走吧！我们去看女市长。"酒窝阿姨下命令似的要我带大家前往。

那真是阳光美好的日子。市场到处是大型遮阳伞，到处是人，多彩的蔬果一堆堆整齐摆放，比阳光亮眼；空气中混杂味道，有客家覆菜的酸渍味与新炒肉松的香味；穿着雨鞋与防水围裙的男人骑着摩托车，后头拉着两轮手推车，碾过路上反光的积水。祖母走在后头，看着酒窝阿姨挽着自己母亲的手，像个新媳妇，走过水光杂乱与摩托车废烟的喧闹市场，心中浮起想法："这日子太美好，好踏实，我不要老是看别人背影。"于是她笑起来，大步走到她的主导位置，一马当先地跳进车里。

车子开开停停，直到车辆管制区。一群女人下车往前走，走到了人群拥挤的地方，约有三百位镇民逗留，都是看热闹的。"死道友"站在人群里张望，看不出名堂，不耐久候的人靠在墙角或树荫下，更远处有三个人拉开白布条抗议。然后卖鸡蛋冰的摩托车来了，也不叫卖，按两下摩托车龙头上的皮球喇叭，几个怀旧的人靠过去买。买的是"死道友"们，她们拿着竹签舔冰，伸脖子避免融化的甜水滴到胸口，听到有人喊市长来了，脖子伸得更长，却是什么都没有看到。

"我看到了。"酒窝阿姨喊，其实只看到人群移动，她对祖母说，"你抱我就看到更多。"

"你开玩笑吧！我骨头会散掉的。"

"你知道今天是什么日子，当然要帮我。"酒窝阿姨要求。

祖母灵光乍现，想把酒窝阿姨顶起来。我和祖母的两手互搭，像小时候玩骑马打仗，给酒窝阿姨坐上去，由假发阿姨帮忙托住屁股。这下子，酒窝阿姨身在高处，看到的视野比别人宽阔，拿到多一点微风，好撩起她的发梢与微笑。她带着骄傲与感谢的口气告诉情人，她看见女市长从巷子里走出来，由随扈开道。她又说，女市长不断笑着跟人招手，她短发恰好，穿着黑西装外套、利落长裤，一副如常的中性打扮。

酒窝阿姨被放下来后，迟疑几秒说："还有，她的纽子好漂亮。"

"什么？"

"纽扣很棒。"

"然后？"

"没有然后呀！我只是觉得纽扣很美。"酒窝阿姨耸耸肩。

"你不知道吗？"祖母反问。

"什么？"

"今天是结婚日，你要那种纽扣吗？"

"啊！你知道哪儿有卖？"

"不知道。"祖母用吊人胃口的手法，说，"但是，我知道谁有。"

酒窝阿姨懂了，睁大眼，不可思议地说："那怎么可能？你不可能拿到纽扣的，女市长不会给你的。"

"在结婚日，没有不可能的事。"

"死道友"们看着祖母，觉得这哪有可能突破随扈，拿到女市长的西装纽扣。祖母装俏皮，一手横在胸前、一手托着下巴，两眼往上瞧，梦幻的紫蓝色短发像是吉丁虫散发着强烈金属色泽，分明是早就有伎俩而在装傻，让三位"死道友"起哄地拿出一万元下赌注。祖母慷慨地说，结婚日忌赌，不过要是她输，大家红包就不用包；要是她赢了，那给点掌声就好。大家鼓掌叫好，酒窝阿姨也倒戈，但是她们内心都期望这位领头羊能展露高招，她们很久没看过女英雄了。

"我得要大家帮忙。"祖母说。

"除了去偷抢拐骗，我们什么都愿意去做。"大伙应和。而假发阿姨则补充说："要我躺在地上装死也行。"

"我不是垃圾鬼，不去抢。我是等别人双手送来。"祖母用闽南语说，"大家给我帮忙，我不会给大家捧屎抹面（丢脸）。"

接下来几分钟，祖母将她的战略跟我们讲，谓之"钓鱼记"。"死道友"们有的点头表示听懂了，有的耸肩狐疑，只有酒窝阿姨击节赞赏，说这能拿到纽扣。不管懂不懂，大家都满愿意配合演出，要是失败也没有损失。大家像是演戏前那样把手伸出来，叠着，祈祷上帝给予帮助。

随着女市长的队伍经过巷子，人群往前推挤，被阵前的警察推开。有几个人太靠近女市长，被随扈阻拦下来。这不是铜墙铁壁的保护，但要突破有难度，即将被七个女人打开防线。女市长经过时，这七个女人没有往前挤，是以"V"字形往两旁退开，亮出中央一位古怪的女人：她蓄着蓝紫色的平头，双手叉腰，脚站三七步，像是模特儿伸展舞台上的走秀模样。确实也是这样，她走前三步，两手顺着上衣拂下去，展示白色衣服上用口红写的"市长，我想抱你"几个字。这口红是我的贡献。

足足有三秒，现场没动静，随扈与警察僵在那儿不知所措。因为女市长站在那儿不动，凝视六米外的祖母。祖母也是，还多了微笑。最后女市长也笑了，伸开双手走上前，祖母想做的就是这样了。

两人暖洋洋地拥抱，祖母附在她耳边讲了句话。

这句话起了作用。女市长睁大眼，往后退几步，安安静静，看着祖母的右手往一边展开，就像魔术师很失败地揭开幕布般，让大家看见那个位置本来就站了酒窝阿姨。酒窝阿姨没有消失，没有变胖，没有变瘦，脸上只多了成为目光焦点的惊讶。

那是精彩的哑剧表演，女市长看了酒窝阿姨，又看了祖母，除了"死道友"了解个中原因，旁人看不懂。

神奇的一刻来了。女市长点头，脱下黑色外套，帮忙把它穿在祖母身上，完全合身呀！

这简直是"妙手空空"的技巧，祖母不只拿到纽扣，还把女市长的外套拿过来，由外套主人帮忙穿上。在"死道友"的激烈掌声中，祖母把外套衣襟往外拉开，又露出白衣服上的几个口红字，要求再次拥抱。这次抱得比上次久，因为祖母附在女市长的耳边多说了几句话。有位资深的随扈见状，上前打断，却被女市长打断他的干扰。没有人知道祖母说了什么，因为镇民的欢呼高过一切，在众声平息之后，她们的拥抱结束了。有件事情因此开展了，那是祖母在"死道友"中的英明地位。

那件市长外套披在祖母身上，像块磁铁，吸引大家过来看，要是来摸的会被她打手。接下来的时间，外套的魅力未减，大家在回家的车上聊着它。布置天主堂的晚宴时，祖母爬上 A 字梯去贴囍字，大家只看见外套在爬梯子。大家在厨房煮饭时，喊小心的意思是要祖母小心别弄脏外套。到了傍晚，大家吃喜桌时，话题仍在这袭外套的手工、色调与内衬布绒上。祖母听腻了，不得不第八次以茶代酒，谢谢大家，坐在旁边的酒窝阿姨则第十六次说出她很快乐。酒窝阿姨真的很快乐，素色衬衫与裙子，衬托得她的笑容是如此灿烂，超过衣着成了全身最美的装扮，令人一看就入神。

酒窝阿姨高兴是有原因的，她终于在天主堂内让爱情有了归属。她是天主教徒，离婚，又爱女人，双双犯忌。教会认为，结婚是上帝安排，离婚则是背离了主意，因为"耶稣已回答法利赛人了，婚姻不可拆散"，甚至语带威胁地说"离婚的人都会变成法利赛人"。要毁灭一个天主教徒，把他说成法利赛人就是将他武功全废。教会不会承认离婚与再婚，不然就是控诉上帝不是唯一的真理。反正对于婚姻，教会不接受退货，教徒离婚得去黑市交易。

酒窝阿姨从小在圣母出游时，是戴念珠项链、拿着高烛台的人，沿路念诵《玫瑰经》，教会是她的便利商店，上帝对她不打烊。可是，自从她避债的老公有了女人后，她被迫离婚，一只脚踩进地狱，遇见我祖母后，另一只脚又踩进地狱。她觉得自己成为法利赛人了。祖母觉得法利赛人也不错，基督要是复活，看尽当今世间的恶人，会赞美法利赛人是有教化潜力的人。酒窝阿姨却指责祖母，这样说话的人，都是披着佛教皮的法利赛人。

虽然有的教友对离婚与同性恋态度较宽容。但是酒窝阿姨知道，同性恋根本是动摇教义，那些宽容看待的人，还不至于被归为法利赛人，却被贴上的标签是"撒都该人"——此人以政治意识反对过耶稣，不是好人。酒窝阿姨知道，那些不被教会认同的离婚，她都能谅解，这不会打击她对天主的爱。即使这样，她仍想在教堂结婚，跳过了神父的婚礼弥撒，绕过了教友的阻止，直接面对天父，这座天主堂完全符合她的需要。她认为是神的安排，她才来到这间教堂，冥冥注定都来自神。她就要在此完成她的第二次婚姻。

八点到了，原定的婚宴要结束了，饭桌收拾后，换上了茶酒桌，可是祖母迟迟未喊结束，第十二次以茶代酒，谢谢大家，坐在旁边的酒窝阿姨第二十二次说出很快乐，而且第八次对祖母暗示，能结束了。对上了年纪的人来说，太阳下山后，总是爱耷眼皮，同桌的曾祖母捧着那碗竹笋封肉，沉沉入睡，时间慢得像碗内的薄脂凝固泛白。

我好几次借由上厕所，离开了葵花子、冬瓜糖与花生糖等传统小零嘴的桌宴。尤其祖母最爱的冬瓜糖，像是薯条状的猪油条，吃几根就让人想找清新的空气呼吸。接下来的十几分钟，我坐在教堂远方的草坪上，那里的黑夜像又硬又难嚼的太妃糖。在榉树下，我滑开手机屏幕乱看，但内心惦记出庭的事情，脑海有什么在拉扯，榉树在夜风中落下树叶，平添了我不想听的窸窣声，还对我啰唆讲话。

"阿姨跟你道歉，你接受吗？"

我抬头，看见假发阿姨对我说话。她在我附近徘徊甚久，脚步声被我误以为是落叶声。我真不想跟她说话，这两天都在躲她，生怕她又讲她堂妹、实际是讲她的故事。她背着光，脸好黑，我却看得到她脸上是泪水，真怕她再哭下去会脱水。要说什么就说吧！可是她只顾着哭。

"你不用道歉，没做错什么事。"

"那不是我堂妹的事，是我的，你一定想不到吧！"她终于说了。

"是呀！我完全没想到。"我真该死，扯谎了，而且更扯，"说实在的，你的故事真的鼓励了我。"

"一个女人把老公杀了，坐牢十年，我原本不敢说出来，是有人鼓励我对你说出来。"假发阿姨瞥了一眼在她后方远处的护腰阿姨。护腰阿姨带着邓丽君出来尿尿，她们也耐不住婚宴的无聊了，教堂内的婚宴仍在进行，只是耽搁在茶杯与酒杯之间的撞击，迟迟结束不了。

"你可以不用跟我说的。"

"要是不说出来，我会难过的。"她的情绪又被点燃，径自哭了起来。

"怎么会呢！这件事情你埋藏这么久，都快忘了，不用特别告诉我。"这是实话，我不喜欢她揭自己伤疤的模样，把自己弄得鲜血淋淋，还要我帮忙压住伤口止血。她完全无视我的伤口比她更新鲜，我捂着自己的伤痛之余，还得腾出时间帮她止血。

"我是要谢谢你的阿婆。"

"跟她有关吗？"

"我坐牢出来，生活一直不顺，是她帮我，最后拉我进'死道友'。她是我的贵人。"假发阿姨坐了几年牢，假释出狱后，还是走不出丈夫暴力的阴影，她害怕听到背后有男人的喘息声；她害怕男人说话时嘴巴里的酒臭味；她害怕走在黑夜的街道上；

她每夜醒来几次，观察四周动静；她害怕烧头发的味道，源自她被烧过；她蓄平头是怕有人抓她的头撞墙，但又碍于美观只好戴假发。她现在这些恐惧都好了，蓄短发只是方便清洁。

她讲话时很焦虑，不断抠掌心。我很难从眼前的老妇，联想到往日喝完酒后大声唱歌、把假发像毕业盘帽往上高抛的滑稽女人。我除了安慰她，也感念祖母帮助过她。那扶助力量之温润，想必才让假发阿姨站起来，而且回报方式是撕开伤口去安慰她的孙女。在榉树下，我邀她坐下来，闻着她身上的廉价香水味与汗味，听着我手机传来的烦人提示音。我能做的，是给她身处同条船的患难感，又给了是她把我从恶水拉上船的成就感。糟了！这夜开始漫长了，而且我冰冷至极。

就在这时候，几辆黑色厢型车突然停在教堂门口，传来拉开门的声音，几个穿黑西装的人沿小径跑上来。首先是邓丽君发出低沉的吠声，而护腰阿姨大喊"马西马西"来了。

我站了起来，往教堂跑去，眼见那几个黑西装人闯进去。他们进教堂，散开往四周观察，有人站在侧门，有人朝成排的椅子底下看，表情好严肃。

"各位姐妹，你祖嬷来了。"护腰阿姨接着冲进来，手拿畚斗，大喊，"大家抄家私，拼输赢了。"

注定输的表情流露在"死道友"们的脸上，她们吓得坐死在宴桌旁，连逃走的力量都没有。只有祖母发出胜利的微笑，这时她为自己，也为新娘倒酒，执起后者的手站起来，等待大门庆祝般地打开。砰！大门被推开，漆黑的门外有个人走进来了，她穿着夏季西装、利落长裤，被随扈簇拥进来，正是女市长。祖母在市场第二次拥抱女市长时，附在她的耳边邀请她来主持婚宴。女市长迟到了，总算来了，发出微笑。这让整夜等到心情低沉的酒窝阿姨脸上炸开这辈子最甜的笑容与眼泪。

关于幸福，总是迟到，令祖母等了很久，但终究会来的，所有的等待都是为了坚持到幸福的到来。这场婚礼也是。

第四章

大雪中的『死道友』

✳

在台中地方法院的长廊上，"死道友"们陪我坐在椅子上等待开庭。

假发阿姨说了一个笑话，比如她有个朋友收到文绉绉的法院判决书，看不出打赢还是打输，跑去问神。神明降乩，乩童看了头痛，把判决书吃了。"死道友"们听了干笑几声。我觉得不好笑，这时候无论讲什么都不好笑。

距离我被伤害的那天已过了三个月，如今来到了发夹弯[1]，无论是否通过，伤害仍会永远跟着我。我坐在椅子上，等候法警唱名，心情紧张，看着庭务员用推车拉着成堆的开庭卷宗、证物与法庭日记经过。有几个要打官司的人拿着传唤单，坐在椅子上发呆。一个戴眼镜的女孩从中庭对面的侦查庭出来就大哭了，哭声让大家更沉重。不久，两位法警从地下室的羁留室押送犯人上来。

---

1   发夹弯：因道路路线弯曲如同发夹而得名，一连串发夹弯形容像羊肠子弯道，亦称羊肠弯，是有曲折难走的意思。

犯人穿灰色囚衣，戴着手铐脚镣，发出声响，低头面对一位少妇带着八岁的女儿。女儿大喊一声爸爸加油，囚犯就抬头不哭了。我要哭了。

祖母捉住我的手，我就忍下泪了。母亲这时通过法院的金属探测门，到处找开庭地点，她绕过长廊角落，那儿坐着廖景绍。廖景绍请了两名律师，他们热切讨论，布局待会儿的法庭辩论。看到这儿，我再度紧张，没发现母亲来到我面前了，我抬头看她，离开三个月没使得这一眼有起伏。

庭号灯响了，法警叫大家进来开庭。我前往法庭为性侵官司特别设立的隔离室之前，酒窝阿姨替我祈祷，"死道友"也用她们的方式给我祝福，她们知道我会赢，已订好餐厅，在退庭后举行庆功宴。

法庭内，三位女法官从后门进来时，法警要大家起立。大家坐下后，法官很快进入程序，一点都不想耽搁似的，连电影中常见的敲法槌开庭都没有。三位法官坐在法台，穿镶蓝边黑袍，坐中间的审判长说已经开过两次"准备庭"[1]，今天直接进入交互诘问。

第一位证人是幼儿园老师马盈盈，她平日穿紧身牛仔裤当作皮肤，今天也是。廖景绍的律师传唤她来是有原因的，她的记忆力非常好。马盈盈常对小朋友耍的绝招，是背下根号 2 或圆周率的

1　准备庭：正式名称是"准备程序庭"，由受命法官所召开的法庭，整理案件事实争点、证据争点、法律争点等。准备庭完成后，才进行言辞辩论庭，原告、被告双方在法庭上展开攻防战。本文呈现的是言辞辩论庭。

小数点以后一百位数，也能背下近两百位小朋友的名字；她的专长是傍晚站在幼儿园大门，进一个家长来，就广播"某某某小朋友，你的谁谁谁来接送"，令家长觉得自己受到重视。

辩护律师有两位，先上场的是小胡子律师。他习惯抠嘴角，仿佛那儿有颗恼人的青春痘。他从外围问，慢慢地问到事发当日："五月二十八号那天聚会，你们喝了多少酒？"

"很多。"

"有没有确切的数据？"

"雪藏白啤酒共十八罐，法国坎特里堡白葡萄酒三罐，还有一罐百乐门威士忌。"

"黄莉桦小姐有喝吗？"

"不少。"

"黄莉桦小姐喝了多少，想得起来吗？"

马盈盈闭上眼，沉思说："啤酒两罐，葡萄酒约五杯，她不喝百乐门。"

小胡子律师随即提示证据，将当天消费的统一发票秀出来。要我不看到这张证据还真难，它透过每个座位前的计算机屏幕播放，两侧墙上也有投影。数据真的如马盈盈所言，没有错。

接着，小胡子律师慢慢找出对被告廖景绍有利的证词，比如问敬酒过程："是谁喝得比较凶？""黄莉桦小姐起身去厕所时，走路状况如何？""廖景绍先生喝多少？""廖景绍先生有对黄莉桦小姐敬酒吗？""黄莉桦小姐对廖景绍先生劝酒吗？"这些提问都很细。

我知道小胡子律师的用意了，他要借由记忆力超强的证人马盈盈，告诉三位法官：当日气氛融洽，廖景绍没有预谋把我灌醉，我也没有装醉。这朝着律师在准备庭所拟的论证重点发展："这不过是日常聚会后，一对现代男女的一夜情"欢快剧本，廖景绍无罪。

穿紫边黑袍的检察官拿着笔，轻轻敲桌子。这是法庭最常出现的小声音，偶尔也出现在门口的执勤法警坐皮椅的挤压声，或极低音的内线电话声响。审判长没有阻止小声响，只有谁的声响过大时，她才提醒似的瞪谁。

检察官停止敲笔，便是开始问话时，她问得很外围，似乎找不到新证据。我知道她的想法，马盈盈不是今日辩诘的主菜，但身为被害人的检察官，不能随意放弃这道小菜。所以她问了几题，又出现敲笔的习惯，不知是在思索，还是在苦恼什么。

"马盈盈小姐，你和廖景绍认识几年了？"检察官问。

"五年又三个月。"

"廖景绍生日几号？"

"六月十五号。"

"他的身高呢？"检察官抓到重要线索，打蛇上棍。

"一六七点五厘米。"

"他鞋子穿几号？"

"喜欢穿马汀大夫的六号半鞋子。"

"他最喜欢的都市？"检察官逼问。

"东京。"

"他去那儿最常做什么？"

"去东京银座的老店琥珀咖啡馆，喝十八号的无冰冰咖啡（Icelessice-Coffee），抽古巴的特立尼达（Trinidad）雪茄，那种雪茄的味道在辛辣中带着微甜，还有果木与坚果的浓郁味。"她连珠炮似的说出来。

"你能解释吗，为何这么清楚？"检察官问，这同样是大家的疑惑，马盈盈是如何掌握这些细节的。

"我之前是他的女朋友。"

法庭很安静，小胡子律师轻轻咬牙，抓起嘴角。三位法官探头看，避免视线被自己桌前的屏幕挡住，连发呆的通译都有了精神。

这很劲爆呀！马盈盈是廖景绍的前女友，我在工作场合看不出来。或许他们分手很平和，就像吃完餐后各自付账离开。对了，我记得马盈盈有一次说"不要以为，有钱的丑男人的老二都是香的"，又说"女人跟快烂掉的臭男人混久了，连自己的快乐都臭掉了"。因为言辞讲得太劲辣，我至今还记得，如今我竟然跟她与廖景绍的交往联想在一起。

检察官继续诘问："你们的交往，是廖景绍主动追求你的吗？"

"不是。"

"是马盈盈小姐你主动追求他的？"

"不是。"

两者都不是，检察官转而问："你们是什么时间开始交往的？"

"二〇一三年，晚上九点。"

"那天发生了什么事？"

"他说他失恋了，要找我喝酒解闷儿。"马盈盈讲到这儿，速度放慢了，而且头低着。

"他是指廖景绍先生吗？"检察官得到答案，又追问，"你喝醉了，然后廖景绍跟你发生了关系？"

"是。"

"异议。"小胡子律师提出程序问题，阻止检察官发问。

"请说明理由。"审判长说。

小胡子律师指出，依《性侵害犯罪防治法》第十六条第四项载明，不得提问"被害人与被告以外之人之性经验证据"。检察官反驳，这条只限定辩护律师与被告不能诘问，检方却不在限制内。审判长最后裁定，异议驳回，请检察官继续问。检察官已经拿到答案了，她借由马盈盈之口，说出了廖景绍会借酒醉，趁机跟女性发生肉体关系，而且女方半推半就。我想，这足够说明廖景绍有一套自己跟女生的性游戏，直到踢到我这块铁板。

经过两轮的诘问，证人马盈盈离席。我不晓得自己是不是取得优势，通往真相的过程，往往如此湮塞，而且回头路都消失了。幸好邻座的祖母伸过手来，紧握我的手。我发现她好紧张，手掌都是冷汗，但仍主动给我安慰。

第二位证人是社区警卫——张民宪，他在事发那天值勤。他会出现，我一点都不惊讶，证人们在开庭时会先聚在法庭，我就

知道今天谁来做证了。然后法官采取隔离侦讯，请证人们出去，
等候传唤，唯一全程在旁边陪伴的是祖母。祖母以家属身份在场
陪同，是性侵官司允许的。

　　我替警卫张民宪担忧的是，他喝了点儿酒。他进来时，法警
闻到酒味，而且还是新鲜的味道。我怀疑他在门外候讯时，又喝
了几口。

　　审判长皱着眉头，问："你平常都是这么早喝酒？"

　　"不会的，我是紧张。"警卫张民宪说，"我要是紧张，都
会喝点酒，这样才不紧张。"

　　"你现在还会紧张吗？"

　　"不会，我刚刚在门外又喝了点儿压惊。"

　　要是在法庭之外，这回应令人发噱，但是法庭内只有三位法
官浅浅微笑。而且审判长试探性地问："你是开车来的吗？"

　　"我没开车，也没骑车。"警卫张民宪挺起胸说，"喝酒不
能开车，这规定我知道。"

　　"那你知道到法院做人证，可以喝酒吗？"

　　"没有这一条规定。"

　　"你怎么知道？"

　　"我问了大门法警，他说，去问法官就行了。"张民宪点点头，
"那法官大人你说呢？"

　　审判长点头微笑，问了警卫张民宪的基本资料，接着进行诘问。

　　检察官主诘的重点是，我进社区大门时，喝醉了吗？人有醉

意，往往不是在餐桌，而是离开餐桌之后发作。到底我哪时醉酒
的，忘了。警卫张民宪却说得比较仔细，他说，我到社区大门时，
不太能走路，由廖景绍搀扶我。廖景绍一手环抱我的腰，一手寻
找我包包内的感应扣，不小心把包包里的东西散落。这一幕才令
警卫张民宪印象深刻。

警卫张民宪又说，社区内仍有门禁与电梯，需要感应扣通行，
他知道廖景绍抱了一个醉人无法操作，便帮忙扶着我进电梯，送
抵八楼的家门。廖景绍说了几声谢谢。

"依你的判断，黄莉桦小姐从进社区门口，到进家门时，已
经醉得不省人事了？"检察官问。

"没错。"

"好了，我的问题问完了。"

小胡子律师接着反诘问，他拉了拉黑色白领袍，抠了嘴角，问：
"张民宪先生，你担任社区警卫多久了？"

"大概三年了。"

"你值班的时间呢？"

"晚上七点到隔天七点，共十二小时。"

"我发现你今天喝酒了，你值夜班时会喝酒吗？"

"不会。"

"你值完班后会喝酒吗？"

"不会。"

"那你今天喝酒的原因？"

"异议。"检察官提出程序问题，他说证人喝酒，与案情没有关系。审判长认为异议成立，要辩护人更正提问。

"我能回答，我为什么喝酒。"警卫张民宪转头，看着被告席的廖景绍，"我知道我为什么会喝酒。"

"证人可以不回答这问题。"审判长阻止。

"我应该不让他进来的，你这畜……生……"来不及了，警卫张民宪指着被告廖景绍，大吼，"你干了什么好事，竟然在我的社区欺负人。"

法庭躁动起来，有人站起来，有人瞪大眼。

审判长拿法槌敲，敲了十下，其中几下像打地鼠游戏般充满干劲，才把张民宪的怒气与言语打灭了。可能是因为审判长第一次使用法槌维持秩序，她花了好几秒才找出来，起头那几下敲得不顺，有点儿慌，足够让张民宪把骂人的话通通讲完。接下来，审判长念出张民宪的基本资料，然后说出开庭的日期、时间与庭间，要书记官记下，请法警赶他出去。

这场证人诘问最后匆忙结束。不过，我对张民宪的担心多了起来，虽然他有时执勤会偷睡，老是在大门外的花圃抽烟，但是他对社区算是尽忠，按时夜间巡逻两次，见人进社区大门会注意，不像有些警卫老是盯手机、头永远缩在柜台后看不到。他事后跟我说，在庭上会发飙，是他老婆发生过同样的事，他老婆过了那关，他却过不了，心里永远有芥蒂，最后两人以离婚收场。

"我痛恨强暴犯。"张民宪离开法庭前又大喊了一声，"请法官大人不要当恐龙。"

　　在这世界上，我们痛恨坏人，我们憎恶暴力者、诈欺者、无耻之徒。但是要揪出这些人，不是上教堂祈求，而是必须通过法律程序，通过科学办案，并且需要证人证词。但是，证人未必愿意坐上证人席，去指证暴力者、诈欺者、无耻之徒，只想要在电影院看到银幕里的坏人恶有恶报。

　　我成为第三位证人，即使是在隔离室，内心仍很煎熬。我得说明我身处的空间，它位于法台左侧，是帷幕玻璃室，专供性侵官司的法庭设施。玻璃是单向镜子，我看得到法庭现场，外头却看不到我，而法官可透过桌前的视讯看到我的状况。要开始做证，我有几秒钟脑袋空白，直到邻座的祖母紧握我的手，我才听到法官问我，有被告在场，会影响我自由陈述吗？

　　我摇头。

　　审判长看着视讯中的我，说："法庭现场有录音。你要是点头，就要说'是'；摇头，要说'不是'。"

　　"不会影响。"我对麦克风说，是变声系统，听起来较低沉。

　　"要是中途有任何不舒服，或什么想法，可以随时跟我说。如果准备好，由辩护人进行主诘。"

　　辩护律师有两位，由廖景绍重金聘请。靠法台的律师蓄着小胡子，前两次诘问由他来，这次换另一位戴口罩的。戴口罩的律师咳了两下，问了我外围的小问题，我深思后才回答。我之前从承办案子的书记官处得知，律师与检察官在准备庭的主张是：前者认为是无罪的一夜情，后者以"处三年以上、十年以下有期徒刑的趁机性交罪"起诉。这信息在我心里装了过滤器，我得避免被推到一夜情的陷阱，在法庭要思索对方问话。

"事发那天，你还记得是谁扶你进社区的吗？"口罩律师问。

"不晓得，我喝醉了。"

"黄莉桦小姐，你还记得那天社区警卫是谁吗？"

"不晓得。"

"所以，你不晓得自己发生了什么事？"

"我感觉有人在扶我回家，然后我躺在沙发上，我感觉身体不是我的。然后有人掀了我裙子，对我侵犯，像是梦一样，我没有办法抵抗。"

"所以，你在那样的状况下，没有办法确定，是谁跟你发生了你认为的性侵行为吗？或许是警卫张民宪，你能确定吗？"

"异议。"检察官打断问话。

"理由。"审判长问。

"辩护人一次问了两个问题，而且误导被害人真实情状。"

审判长下裁示："原告黄莉桦与被告廖景绍曾发生性行为，是不争的事实。在黄莉桦的阴道已采集了事证，而且被告也承认了性行为，请辩护人不要在这里缠绕太久，更正问题。"

"我更正提问，"口罩律师点头说，"我整理一下，黄莉桦小姐你从什么时候下车到社区大门，是谁扶你进电梯，最后进入家门？这一路的过程，你都想不起来了？"

"是的。"

"有人对你进行了你所谓的性侵这件事，也没有很确定？"

"是的。"我迟疑了一下。

口罩律师停顿了一下，用眼镜后头那双又细又窄的眼睛看着我。隔着单向玻璃，他什么都看不到，但是我有被看穿的害怕。接着他转头拿下小胡子律师传来的提示字条，咳了两下，再度提问："黄莉桦小姐，你知道我的当事人廖景绍先生喜欢你吗？"

"知道。"

"廖景绍先生开娃娃车载你回家的路上，一边开车，一边将右手放在你的手上，你记得吗？"

我想起之前的日子，廖景绍开跑车时，将手放在我的手上，我缩离了。可是那天我没有，我记得他摸我，我醉得无力缩手："我记得。"

"你没有缩手，是表示什么？"

"我醉了，没办法有太多的动作。"

"那你是否记得，我的当事人在车内，说过他喜欢你？"

"是的。"我记得他说过。

"那你是否还记得，他曾摸你的脸？"

"是的。"

"你有拒绝他吗？"

"没有。"

"理由是？"

"我喝醉了，无力反应，我要拒绝却没有力气。"

"可是你记得，是吗？"

"是的。"

"所以我整理一下。"口罩律师发动更凌厉的攻势，"在回家的路上，你记得廖景绍跟你的互动，比如他摸了你的手，你没有拒绝；他摸你的脸，你也没有拒绝。但是到社区后，你就不太清楚了？"

"是的。"

"所以，我的当事人送你上楼，跟你求爱这件事，你记得吗？"

"我不晓得。"

"所以，我的当事人在跟你发生性行为时，你觉得那是一场梦？"

"是的。"

"你有拒绝吗？"

"有，我记得有说不要，我在侦查庭与笔录上都是这样说的。"

"你要想清楚，因为你说你进入社区后，醉得不省人事了。"口罩律师用犀利的口气问，"你之后的事都忘了，怎么记得自己说过不要，所以你是没有说还是不知道？或者是忘记了？"

"异议，辩护人骚扰证人，而且诱导性提问。"检察官说。

律师的口气被审判长纠正，也被要求更正提问，才说："你被你认为的性侵时，有确切说不要吗？"

"忘记了。"

"请书记官在笔录上载明，"口罩律师拉下口罩，冷冷地对法台上穿黑袍、始终快速打字的书记官，说，"告诉人黄莉桦小姐面对她认为的性侵过程，她'忘记了'有没有反抗，而不是说'不要'。"

我发现，我掉入了圈套。

这次换成检察官反主诘，由她问话。

这位检察官是女的，与之前侦查庭询问我的男性检察官不同。我喜欢这样的安排，女检察官给我安全感，她四十几岁，予人稳重感，也许是专门派来打性侵官司的。她停止了敲笔，看了两位辩护律师一眼，才对我说：

"黄莉桦小姐，你听过'理想的噩梦'吗？"

"我不懂？"

"那是你做了一个噩梦，在梦里被人追杀或遇见恶鬼，不断挣扎，不断大喊，然后这时候忽然醒来，大喊不要，这叫'理想的噩梦'，听过吗？"

"没有。"

"还有种叫'不理想的噩梦'，那是在噩梦里挣扎、喊叫，但醒不过来，困在噩梦里就是醒不过来？"检察官继续问。

"异议。"口罩律师大喊，说，"检方提问与此案无关。"

审判长沉思一下，说："请检方说明这样提问的目的，我想听听看。"

"被害人对性侵过程不是完全忘记，仍有残存记忆，但记忆模糊，"检察官又敲了一下笔，"黄莉桦小姐在陈述自己被性侵过程时，数次提到一场梦，我是跟她核对，以便回溯她事发当日的记忆。"

"异议驳回，请检方继续提问。"审判长说。

检察官回到提问："黄莉桦小姐，有种叫'不理想的噩梦'，那是在噩梦里挣扎、喊叫，但醒不过来，困在噩梦里就是醒不过来，懂吗？"

"我懂这意思。"

"我整理一下你的想法：事发当时，被告廖景绍对你性侵，你醒不过来，但是觉得自己做了个噩梦，是吗？"

"是的。"

"据你之前陈述，你进去社区大厅后，意识已不清了？"

"没错。"

"但仍记得被性侵时的噩梦？"

"有印象。"

"请庭上出示案卷 A105 的事发现场照片，以唤醒被害人的记忆。"检察官说毕，书记官开启计算机档案。

瞬间，我家客厅的照片出现在投影墙上，以及我被强暴时所躺的沙发。这张照片几乎占满了墙面，非常明亮，像是我家楼下的霓虹灯广告牌。拍摄的时间在半夜，符合当时情境，光线不明，窗外霓虹灯照进来，我看得到客厅墙的虹彩幻影，与各式的玻璃反光。这个地方，我三个月没回去了，这么久了，没有太多眷恋，却有太多的记忆以及伤害。

"那个噩梦的内容是什么？"

"我不断挣扎，就是醒不过来，没有办法醒来。"

"你在梦里有喊不要吗？"

"有，我喊了几次不要。"

"有喊出来让被告听到吗？"

"我没有办法确定。"

"那你醒来后，发现了什么？"

"廖景绍不见了，但是我的裙子被掀起来，内裤被脱下来。"

"你有什么感受吗？"

"我知道自己被强暴了，而且流下眼泪。"

"所以，我必须再次确定你的意思是：黄莉桦小姐，你没有同意廖景绍跟你发生性行为，是吗？"

"是的。"

"好了，庭上，我的问话结束了。"检察官继续敲笔。

辩护律师进行第二次诘问——复主诘。我是观察法庭，才懂得这游戏得经由双方的两轮问话。小胡子律师比较年轻，胡子不成气候，不诘问我，但是随时送上提示单给口罩律师，使后者的攻势更犀利。口罩律师咳了几声，问了我几个问题后，说：

"黄莉桦小姐，我整理一下，你遭受你所谓的性侵之后，又做了一个梦见你祖母在现场的梦，这才打电话给你母亲，是吗？"

"没有错。"

"你母亲回来之后，发生了什么事？"

"打电话给廖景绍。"

"她跟廖景绍说了什么，你记得吗？"

"我妈妈说，你怎么可以欺负我的女儿。而廖景绍一直笑，说这是误会，声音有点颤抖。"

"廖景绍先生在电话里说了什么？"

"他说，他爱我。"

"除此之外，他还有讲别的吗？"

"廖景绍说，不要诬赖他。"

口罩律师点点头，拿到小胡子律师送来的提示单，要求法庭出示了一张重要证物，将它投影在墙上。那是和解书，是母亲写的字迹，内容记载着："小绿豆幼儿园园长邱秀琴愿意付出新台币三百万元"，解除"黄莉桦对廖景绍的刑事告诉"，口说无凭，特立此据为证。

"黄莉桦小姐，你知道这张和解书的存在吗？"

"知道。"我确实知道，虽然没看过，但是母亲曾频频打来电话，就是谈这张和解书。

"你能告诉我，第四行所写的刑事告诉，是什么意思吗？"

"我的性侵案。"

"你知道性侵案是'非告诉乃论',起诉人是不能撤销案子的,也就是你不能把案子撤掉?"

"知道。"

"那请问,要怎样解除?"

"不晓得。"

"你刚刚说了你知道这张和解书的存在,怎么会不晓得'解除'你所谓性侵案的方式?是你不晓得,还是忘了?"

"我忘了。"

"请庭上在笔录记下,黄莉桦对和解书上'解除强制性交罪'的方式,是忘了,不是'不晓得'。"

我能分辨"忘了"与"不晓得"的差异,前者是曾发生而记忆模糊,后者是不知道此事。事实上,我没有忘记,是选择对自己有利的回答。母亲曾多次来短信,比蟑螂河更恐怖,告诉我如何撤案,就是在"强制性侵罪"提告后,即便检方的笔录有证据能力,只要我不出庭指认,又无目击者,廖景绍可能不会被定罪。

"黄莉桦小姐,你知道这三百万元的数据是怎样来的吗?"

"不晓得。"

口罩律师转头,对审判长说:"请提示证据卷案 D201 录音,当庭播放,以唤醒黄莉桦小姐的记忆。录音来源是我的当事人廖景绍母亲的手机,她因为业务需要,所有手机来往都有录音。"

当庭播放的档案,是我在幼儿园最后一天时,透过园长的手机与母亲通话的内容。母亲要我大事化小、小事化无。我则讥笑母亲懦弱，劝她狮子大开口，要谈条件的话，就回来当园长，不要当财务长。播放完录音档，口罩律师对我确认录音的真实性，有无造假。我说这都是真的。

"黄莉桦小姐，你现在记起来这三百万元怎么来的了？"

"是我提出来的。"

"这是你遭受你所谓的性侵之后，跟园长提出的条件吗？"

"不是这样的，那时候我很气我妈妈，她把性侵当筹码，跟园长谈，当作她回到幼儿园工作的条件。我妈妈以前是幼儿园的财务长，后来被人逼走，她一直觉得有人搞鬼才被迫离职。"

"你只要回答：是或不是。我重新问一次，这三百万和解金，是你提出来的吗？"

"是的。"

"你还跟园长要求，请她离职，是吗？"

"是的。"

"黄莉桦小姐，你要求三百万元的和解金与园长离职，都是在你所谓的性侵后提出来的？"

"是的，可是这不是你想的那样。"

"你能说出我是怎样想的吗？"

"异议。"检察官赶紧打断，认为这是要求我做不实的臆测，而口罩律师说问题问完了。

我心里有阴影了，深深臆测，以至于在接下来的检察官诘问中，我特别不安与焦躁，倒不是检察官会将我导引到不利的方向，而是觉得自己掉进了口罩律师挖好的泥淖里打转，爬不出来。

辩诘结束了，法官给了廖景绍陈述的机会。这些不祥的臆测，被廖景绍说出来了。

廖景绍坐在被告席上，穿着单调，戴着素调眼镜，跟他往日吸引异性似的散发费洛蒙的潮装不同，他老是搓着手，几乎低着头，只有辩护律师将局面导入优势时，他才抬头，展示他的面无表情。

现在，廖景绍从口袋掏出一张小纸，摊开三折，恢复到它原本的样子，对着稿子念出他的陈述，他说：“我为那天夜晚的事感到难过，原本以为是你情我愿的性爱，一场情欲的流动，或一段爱情的开始，到最后却变调了，成了被告，我不知道怎么会变成这样，我希望法官大人能还我清白。”

“是吗？”我打断他的话。

廖景绍看了我这边一眼，继续说：“成了被告，我的生活陷入阴影中，我妈妈也是，我们的生活陷入无奈中。”

“有吗？”我插话，努力抠指甲，把愤怒抠掉。

“黄莉桦小姐，你让被告讲完嘛！不要打断。”审判长对我说，“现在是他的陈述时间，你不要干扰他。”

“我只想说的是，”廖景绍从稿子上抬头，对着法台，“法官大人，我们家为了这件事，努力想筹出那三百万元，这也危及我妈妈的幼儿园工作，我们过得很委屈。我认为这是‘仙人跳’，从头到尾就是有人预谋诈欺，请法官大人还我清白。”

“我不是那样的人。”我流下泪来，心中充满愤怒，我不是他讲的以性引诱的诈欺犯，起码这点是不容怀疑的。但是，我在这时间点无法多解释，只有眼泪不停地流下来，无法控制。

廖景绍说完后，把拟好的讲稿折三折，放回了口袋，然后恳请审判长主持公道。

审判长没有太多表情，点头说："被告廖景绍陈述的诈欺，不是在本案审理的范围，但我不是暗示你，要告或不告，而是希望你回去后跟懂法律的人咨询，以了解自己的权利与义务。"

"你鬼扯。"我大吼，"你欺人太甚。"

法庭安静极了，大家转头看隔离室，没有太多动作。

我用眼泪控诉，用尽力气哭，呼吸都很难，哭声透过变声麦克风传出去。我难过到底了，就像刚来法院时看见的那位从侦查庭走出来的女孩，她站在中庭，旁若无人地大哭，有什么被揪痛得让她在众人面前流泪也无所谓。那绝对是以为真理与正义站在你这边，但是有人以暴力抢走了，绑架到他的身边。谎言不会成为真理，但是谎言会透过法律击败真理。

我哭得太悲伤，审判长没辙，大家也束手无策，等待我自己把泪水哭干。此时，邻座的祖母站起来，摸着我的头发。她轻轻地摸，将手穿过我的发，穿过每根发丝而抵达我的颈部。那只手像是小丑鱼，模仿我童年最喜欢的动画片《海底总动员》里的角色，叫尼莫。每当我哭时，尼莫那只手游过了无数的发根来到耳朵，轻轻摸耳垂，上次有人跟我玩是二十年前。那时我大概九岁，祖母一边玩一边跟我说，尼莫终于找到自己的家了，耳朵是它的家，到家了就把难过的泪水挂在海葵的触须上。

我曾被这样摸过了就不哭，今天的我也是，情绪渐缓。但是，令我眼泪完全中断的是，祖母对审判长说：

"法官大人，我可以当证人，证明我孙女被欺负时，有说不要。"

这句话简直是一道闪电，打在漆黑荒野，对我而言是亮光来了，对大家而言也出现了贯耳的雷声，祖母成了法庭的焦点。接下来的五秒钟，法庭没有任何声音。审判长最后开口了，她得讲话才能打破僵局，她询问祖母当时确实在现场吗？确实听到我有说出"不要"吗？

"有，我有听到，"祖母点头，大声说，"我知道有法庭录音，刚刚有录到我回答的声音吗？"

法庭又安静了。

几秒后，审判长说："你是黄莉桦的法庭陪伴者，可以表达意见。"

祖母请缨，愿意为她悲伤的孙女上战场了，她说："我想坐在证人席，说出那天的经过。"

现场一片哗然，那种哗然不是在嘴里出声，而是落在心里。

检察官插了话，愿意传唤祖母为临时证人，她要扳回局势。口罩律师看到廖景绍的眼中浮出一丝挣扎，反对祖母做证，因为这不是两造¹在准备庭安排的辩诘证人，建议安排到下个庭期。

1　两造：指诉讼双方。

　　审判长陷入思考，请双方就传唤临时证人深入陈述，之后三位法官低声交谈，决定传唤祖母坐上证人席，要是律师对这项安排不服，可以事后提起行政救济。两位律师发出沉重的呼吸声，给予无言抗议。

　　祖母离开隔离室，由通译带领，走特殊通道进入法庭，如愿坐上证人席，接受检察官的主诘。性侵时刻的证词，会是诘问的重点，但仍然是从外围慢慢问进去，一寸寸拉到关键时刻。

　　"你在黄莉桦十岁时，离开了她？"

　　"是的，在我儿子自杀后不久，那是我这辈子最大的打击。他的自杀来自我媳妇的外遇。我知道这件事之后，就离开了媳妇和孙女。"

　　"你离开后，都没有跟黄莉桦见面？"

　　"有，我还有见面，只是她不知道我去见她，我是偷偷去看她。"

　　"为什么偷偷去见她？"

　　"我离开那个家的时候，我答应过她，每年回去看她一次，她可能忘记这件事了，因为有点匆忙，可是我没有忘记。"

　　"怎样偷偷去看她？"

　　"是这样，我每年十月八号回去看她。"祖母说，这是她离开我的日子，她会在这天回到我的身边。从我的小学、中学、高中，到外县市读大学，她都会在那天过来，远远地看着我，凝视我在树下等公交车或与同学们欢笑。她记得我在读高中时，十月八号那天放台风假，我跑去SOGO百货公司逛，那次是我们最近距离的接触，在转角碰撞。我回头，说出歉意，她什么都没回应就走了。我忘了这些重逢的日子，不晓得有人在远处凝视我，有人这么全心全意观护我。如今我听了，充满暖意，刚刚在法庭被攻讦而滋生的沮丧，暂且退散。

"你是在事发的前三天回到黄莉桦的住所的？"

"没错，我是偷偷回去的。"

"所以这三天，她都没有发现？"

"我想她没有发现我。我偷偷回去，只有在她们晚上睡觉或白天出门时才出来活动。有时候，我会搬张椅子，坐在莉桦的床边，静静地看着她睡觉。"

"你回去的目的，就是为了看黄莉桦？"

"我得了癌症，才回去跟她说再见。死是有责任的，那责任是得跟自己深爱的人告别。"

"死的责任，是亏欠吗？"

"死的责任不是亏欠，是有所爱。"祖母停顿，看着隔离室的方向，"我只想告诉她，爱是这辈子最该紧紧捉住的东西；但你不晓得是握到假爱的刀子深深受伤，还是握到真爱的铁锈而不自知。总之，拥有丰富灵魂的人，才能握到刀子受伤之后，还愿意下次跟人握手结缘。"

"这是死的责任？"

"不是的，这是我刚刚坐在她旁边，看她哭时要跟她说的话。"

检察官又问了几次后，切入事发当晚，她问："那请你说明，事发那天，你在哪里？"

"我孙女黄莉桦家中的客厅。"

"你看到了什么？"

"我没有看到，是听到了黄莉桦说'不要'，她说了几次'不要'。"祖母的语气坚定，"请法官大人把我讲的这句话记录下来。"

"那你听到了，有阻止事情的发生吗？"

"有，我很努力地摇着家具，发出声音。"祖母说得很慢，以保持思绪清晰，"家具摇晃，廖景绍应该吓到了，然后跑了。"

"所以，你确定自己听到被害者黄莉桦小姐在意识不清的状态下有说不要。而且你还摇晃家具以制造声响，阻止廖景绍的行为。我这样描述，有错误吗？"

"没有。"

"好了，我的问话结束了。"检察官说。

祖母说的证词，给了廖景绍一个震撼弹。他眉头揪着，牙关紧咬，用来应付紧张情绪。廖景绍的记忆肯定是回到了性侵我的那晚，想起客厅的家具如何神秘地震动，他现在懂了，那是祖母的警告。

此时，廖景绍的心中响起了丧钟，犯罪把柄被抓着。他坐在被告席上，多次给律师眼神，想说出什么，但那可怜的眼神哪里能说尽他心中的恐惧？他大胆地离开座位，矮身走向口罩律师，说了几句话，直到审判长警告才回座。这画面给我燃起了希望，我跌到谷底的情绪往上爬了。

两位律师深谈了几句，表情凝重，口罩律师沉重呼吸，鼻孔呼出的气被口罩挡住，把眼镜蒙上一层白雾，仿佛陷入了泥淖般找不到方向。然后，他掀开口罩，露出精明的目光，对祖母进行诘问。

"你刚刚说，在事件发生时，你人在客厅，听到了黄莉桦小姐说'不要'，并且还摇晃家具发出声音，阻止了你所谓的性侵事件，是吗？"

"是的。"

"请你说明，事发当时你在客厅的哪个位置。"

"客厅的箱子里。"祖母沉默几秒才说。

"箱子里？"口罩律师又吐了口气，用小眼睛看人，"请你说明这箱子的大小。"

"一个木箱，那种传统的旅行箱。"

"大小呢？"

"宽大概四十厘米，长大概七十厘米，高大概四十厘米。"

"所以，你当时是在一个宽大约四十厘米、长七十厘米、高四十厘米的箱子里面。你确定你是在箱子里？"

"没有错。"

"请庭上在笔录中载明，"口罩律师对书记官说，"证人黄莉桦的祖母能躲在一个小箱子里，异于常人所言，她的证词无证明力。"

"真的，我能挤在箱子里，我有软骨功。"祖母坚定地说。

"在法庭做伪证是要判七年以下的，而且不得易科罚金，我认为你的陈述虚伪不实，偏袒了当事人的一方。"

"异议。"检察官认为口罩律师的见解过于主观。

这下子，法庭成了辩论的场合，审判长就祖母证词的证明力，要律师与检察官论述。这不过是照程序走，我感到审判长的目光闪烁，对祖母的荒谬证词有了不好的心证。检察官也很牵强地辩护，对律师提出"证人是否有精神状态的幻听幻觉"都立场摇摆。我却坚信祖母说的，她真的有缩骨功，能躲在箱子里，但无法说服大家。

重要的时刻来了，要是审判长认为异议不成立，就间接裁定了祖母的证词有问题；要是判定异议成立——就承认祖母有特异功能——这答案比登天还难。我看见大家满脸狐疑，像是跟因纽特人谈论沙漠这样的奇景。

"等一下。"祖母插话了，"我可以现场示范我怎样做到。"

"没问题，我也想知道。"审判长马上回应，然后对书记官下令，"请庭务员搬箱子来，后门的走道尽头有一个两格书架，格式差不多像是证人说的，就把它搬过来好了。"

不久之后，法官专属出入的后门打开了，两个庭务员搬来了书架。那是落地书架，大约用来放法律书籍，或是放黄金葛这类好养的植物，书架顶留下一圈花瓶的水渍痕。书架放在证人席前面，深褐色，闪着日光灯光芒，审判长请法警用卷尺测量了箱子尺寸，接近祖母的陈述。祖母也认为这个木箱很符合她的需要。

"我可以表演了吗？"祖母说。

"要是你准备好了，那就可以了，请。"审判长站起来观看，这让法庭所有的人也站起来，瞧着祖母的表演。

祖母深呼吸数次，脱掉鞋子，舒展筋骨。她盘坐在地上拉脚筋，把手臂绕过了肩膀而碰到腰部，颈部像猫头鹰般几乎往后转了一百八十度，整个人极度柔软，筋骨大幅度锻炼。大家看了都觉得不可思议。接着，她的双脚放进书架柜，蹲下去，挪蹭身体，试着把自己装进只有自己体积四分之一的空间，接着小腿弯成一个奇特弧度，大腿也是，下半身挤压缩小了，紧紧贴着木柜空间。这是大家看过最神奇的表演。

大家看着祖母，思索这到底是什么功夫，几乎把下半身体化成液态肉体倒进柜子里，有着水的表面张力功夫。廖景绍看了心颤，两手绞得冒出汗水，这表演决定了他的命运。

突然间，祖母咳了起来，她的上半身要挤进箱子时，肺部肿瘤挤压着她的呼吸，令她不断咳着。她越咳越凶，眼泪逼出来了，不得不从箱子里站来，对审判长说："我得喘一下，可以吗？"

"你可以再次试试看。"

"我可以把外衣与裤子脱掉吗？这样比较好表演。"

"你上次挤进箱子，有穿衣裤吗？"审判长问。

"有，但是我这次想做好一点。"祖母把上衣与外裤脱掉，一位皮肤松皱的女人站在法庭中央。她上身有瘢痕，胸前有几颗粉色痣，屁股几乎像是筷子夹起来时破掉的汤包，腿上有静脉血管曲张，还有那套看起来像在传统市场买的便宜肉色胸罩与内裤。

她把身上的束缚都脱掉了，毫无畏惧，就是为她的证词与她的孙女奋斗。

"还有，我要把胸罩解除，这样我比较好呼吸。"祖母说。

"你上次挤入箱子里，有穿胸罩吗？"

"法官大人，有。"祖母已经伸手往后掏，把胸罩扣解除，"但是这次我得这样做，我有点喘。"

祖母顶着蓝紫色短发，乳房松弛，胯部堆着肥肉，受十几双眼睛注视，像是为了争取减免重税而裸身骑马游城的戈黛娃夫人——裸体示众，这一关绝对不会比地狱审判来得简单，她再度深呼吸，把咳嗽暂缓，祈求主耶稣与菩萨保佑，才站进了箱子。她这次试着把小脚弯曲时，再也没有办法顺利，脸上多了痛苦，那种表情像是脚被捶击了。我不晓得发生了什么事，祖母的软骨功失效了，她的小腿无法顺利弯曲。

祖母再次深呼吸，忍住咳嗽，然后猛力下压，小腿传来清脆的断裂声音，使软骨功再度发挥了。

我吓了一跳，拍打玻璃帷幕，喊着："阿婆。"

"可以的，"祖母忍痛抬头，"这是常有的事，这很正常。"

"我好像听到断裂的声音，你没问题吧？"审判长问。

"没问题，我可以继续。"祖母说完，试着把大腿缩进箱子，但是脸上的痛苦完全把她的皱纹掩埋了，甚至眼睛与鼻子都掩埋了，身上是汗。我非常替她担忧。她从痛苦中挤出微笑，要大家别靠近。

然后，她的大腿发出了断裂声响，呈现折角。那弧度很恐怖，我看见坚硬的物体顶着她的大腿皮肤，那不是软骨功，那是骨折。我慌了，眼里都是泪水，只顾着大叫，透过麦克风让大家从安静的观看中拉回了现实。我冲出隔离室，往法庭方向跑，我得阻止祖母把自己再挤进箱子里。

审判长按了法台下的警铃，位于地方法院大门旁的警卫室响起了急促铃声，几个法警提着警棍，沿着走廊一边跑一边大喊让路，皮鞋在洗石的地板上发出尖锐声响。他们冲进了法庭，看见我在那儿疯狂地哭喊着，要逮捕我这扰乱法庭的人，不久才发现重点不是我，是祖母。

祖母人像是快枯萎的百合花，肉色内裤汗湿了，身体折出诡异的弧度，陷在书柜内，她的右腿断了两截。她忍受巨大痛苦，脸上流泪，很努力地想把自己挤进书柜，在救护人员把她抬出来前，她重复说着：

"拜托，再让我试一次，我可以做到的。"

"拜托，让我再试试看。"

"我真的没问题。"

"真的……"

祖母右腿的两处折断了，一处是小腿胫骨与腓骨，一处是大腿股骨。医生判定是闭锁性骨折，生命征兆稳定，先禁食八小时等开刀。祖母想全身麻醉，一来是半身麻醉由细针从腰椎入药，较痛；

二来不想听到有人拿电钻在她的骨头上打钢钉时钢板的尖锐声。麻醉医师不愿意，怕祖母麻醉后呕吐窒息，给她加镇静剂缓和情绪。后来祖母赢了，她半身麻醉后，血管扩张导致体热散失过度，全身不断抖动，医生说他不是鱼贩来杀一条快渴死的鱼，给予全身麻醉。

"我做了一个很长的梦，梦见你爸爸。"祖母从恢复室推回一般病房，对我说了这句话，"非常好笑。"

"怎么说？"我问。

祖母的脚又痛起来，从手术缝合口痛到断骨处，大概是从五楼以右脚落地的感受。她皱起眉头，伸手按了止痛药按钮。这是我以五千元自费购买的一袋止痛药，非健保用药。不久，止痛药发挥了效用，祖母平静下来，才说很久没有梦见我爸爸。梦中的爸爸胡子浓密，行为却是四岁心智，拿着毛线衣棒往锅子里煮着内裤给人吃。祖母觉得这梦境异常怪，但说不上怪在哪儿，可能是汤没加盐巴。直到她发现我爸爸的头裂了好深的缝，才意识到"这孩子不是没有了"，然后她小心呵护这个母子团圆的梦境，吃着内裤餐，时光好美好安静，唯一的对话是叫儿子别去浴室照镜子，以免看到自己头颅挤裂的死貌。祖母中年丧子的痛苦，总是无坚不摧地渗入梦境，让她流泪，每几年得重温这古怪的相逢。

这个梦，祖母讲了几次，只讲好笑的部分给探病的"死道友"们听，每次先按一次止痛药才讲，以免惹得自己大笑，也惹痛了腿。这给我演戏的感觉，祖母的笑，或"死道友"们配合的笑，有点刻意，好冲淡法庭上她失败的证人表现。我会这么说，是因为我每次撞见祖母和酒窝阿姨两人谈话时，别过头去流泪，回过头来对我笑。

除了皱眉头，祖母从来没有说过断腿之痛。她大部分的时间在床上，小号用夜壶，大号才下床，下床前先用止痛剂，过了药效才拖着剧痛的身体从厕所走出来。我下去医院的商店街，买了成人纸尿布应急，祖母拿到后愣了三秒，那是老人用了纸尿布就人生残废的表情，这使我又尴尬地拿出一包当作尿布的夜用型卫生棉。她马上转笑，说这两个是好礼物呀！

过了几天，祖母跟同骨科病房的其他病患混熟了，和别人比残，自己略胜一筹。比如，她说有一家三口都躺在这病房，原来父母和孩子三贴着骑摩托车，撞到了突然打开的轿车后门，三人的骨头断了五处，而爸爸躺在床上打手机跟肇事车主一边哀号装痛、一边讨和解费，不然就是用手机签香港赛马。还有个油漆工跌断腿，送来医院后不畏残痛，每天最大的毅力是拖着石膏腿到医院大门口抽烟。

至于临床的八旬老男人，一直很神秘。他时常呻吟，晚间睡觉时从嘴巴吐出很浓的臭味，只有医护揭开布帘时，可以看到他包着尿布、肌肉流失的屁股，以及裹石膏的大腿。

过了几天，祖母对我微笑，说："今天，我比较幸福呢！"

"怎么说？"

"他现在很罪过。"她以目光暗示临床，再次用闽南语说，"他到目前还没开刀接上骨头，家属罪过。"

我当下没意识到闽南语的"罪过"，除了罪失，还可以表示痛苦。等到隔着布帘的老人发出呻吟，我才想到：这位老人的家属很少出现。两天前我睡在祖母病床旁的小卧椅陪伴时，他呻吟到半夜，惹得同病房的断腿爸爸咆哮，油漆工下楼去抽烟解闷。祖母按了两下止痛剂，下床帮老人换掉塞满粪便的纸尿布，用湿纸巾擦干净，处理好即将长褥疮的一副皮包骨。病房才安静下来。

祖母跟我说，这老人的腿裹石膏，只是固定而已。因为老人糖尿病，开刀很危险，加上骨质疏松、高血压等症状，家属不想开刀，只忙着争家产。老翁的家境还可以，家属却不愿用较方便的自费止痛剂，雇来的移工看护只在早上来照顾一下老人，然后回去整天顾餐厅。

"我跟你说，"祖母要我靠近点，才细声说，"我问你阿姨才知道，这老先生快没了。她闻得到他有很浓的'上帝的眼泪'了，要不是我逼她说，她都不愿意说出来，怕我有忌讳。"

"上帝的眼泪？"我愣了一下。

"就是……"祖母比出死亡的手势，然后说，"晚上你不要住这边了，阿姨会过来帮忙的。"

到了傍晚，移工看护来到老人床边，自顾自讲了半小时电话就走了，没有打断老人的呻吟。大家又被呻吟声惹烦了，能抽烟的去抽烟，只能留下来打电话骂的真想摔电话了。祖母按两下止痛药，下床拉开隔床布帘，看见一具苍老肉体像是一袋薄薄的发霉皮袋里装满了废骨头。他最干净的是微启的双眼，眼角的分泌物被祖母用湿纸巾擦掉之后，终于流下泪，眼睛好亮。

"你喜欢菩萨还是上帝？"祖母看老人没有回应，说，"不然我叫他们一起来好了。"

老人听了嘴角微笑，眼睛像是星空发着光。

祖母抓住他的手，默诵一千遍的阿弥陀佛，酒窝阿姨默祷《哥林多前书》之"爱的箴言"数回。半小时后，老人平静下来，血压降下来，使得生理监测器发出警讯。那些快累死的护士很紧张，广播请求协助；住院医师赶来打强心剂，一阵手忙脚乱后，宣布死亡时间，移除病人导尿管与针管。死亡时间被断腿爸爸当作明牌，滑手机签香港赛马，油漆工还在楼下抽烟。

隔天，我退房了，祖母唯一惦念的是止痛药还有半袋没用完，可以给隔壁病床新来的八旬老妇，她也很惨。

祖母出院后，我们去餐厅大吃大喝。那是很棒的餐宴，我却吃得不愉快，只能伴着微笑，想着走下坡的官司，脸上的阴影更深了，令大家杯酒间的笑声都很尴尬。我该喝酒浇愁，酒这恶魔坏了我的人生，我该多喝点加速毁坏，要是酒驾或许离开餐厅后就不会发生什么事。

事情发生在回游泳池家的路上，路经偏僻的十字路口，前车在绿灯后没有前行，而是跑出两人，吵起架来。我们只能旁观。而我后方的司机下车，来到我的车边，隔着窗户比手画脚，似乎要我绕过前车离开。我开窗要听得更清楚，护腰阿姨忽然要我踩油门快跑。来不及了，要是我喝了酒，肯定有胆猛踩油门，把前车轰得稀巴烂。

我没有，让那家伙从窗户伸手到钥匙，熄了车子。在一阵慌张、混乱与尖叫中，我与护腰阿姨被挟持到另一台车的后座，离开现场，至于 T3 车上的"死道友"随后也被挟持来。原来十字路口的纠纷，全都是一场戏。

副驾驶座的家伙老是叼着烟，姑且叫"抽烟哥"。他拿着枪，转身恫吓我，叼着烟发出很浓的闽南语口音："如果不要粗（吃）庆记（子弹），闭上眼睛。"护腰阿姨说，邓丽君不会闭眼。抽烟哥说，他确实看过很多死掉的人，怎么教都学不会闭眼睛。于是护腰阿姨把护腰松开，把邓丽君塞进她又松又大的 T 恤，哆嗦得像是沸腾的电锅盖。

车子经过一段颠簸弯曲的路，窗外很荒凉，我还没有领略四周风景，已经来到一栋三楼的透天厝。我被赶下了车，后头 T3 的"死道友"也是这样。这栋房子很怪，一楼墙板被打光了，只剩主梁柱。我们被赶上二楼的客厅，东西都被搬光了，空荡荡，讲话有点回音。墙面用红漆涂写着各种抗争口号，比如做鬼也要报仇、欺人太甚、祝你们生儿子没卵葩¹，还有个很大的"恨"字，屋内有高浓度的怨气，墙角的那圈霉渍只能往有人烧炭自杀的尸水痕去想。我们小声讨论着，结论是被"马西马西"挟持了。祖母安慰我们，他们的目的是为了钱，我们没钱就没事。"死道友"认为这才是最难的。

---

1 卵葩：指男性生殖器。

到了傍晚，门打开了，走进来三个男人。最前头的人老是嚼槟榔，嘴巴停不下来，姑且叫他"槟榔哥"。他就是扑进车窗来熄火的家伙。槟榔哥坐在自己搬进来的椅子上，冷静地看着我们，一旁的抽烟哥则发出笑声。至于守门的那位，不时伸手抓胯下，就叫"胯下哥"。一般来说，给黑道取下流绰号是礼貌。

"我们是好人，不会欺负你们。"槟榔哥说。

"嘿咩！不会欺负你们漏（弱）女子，放心啦！"抽烟哥附和，右腿不断地抖着。

过了半分钟，祖母说："我看得出来，你们是好人，不然我们在路上早就被杀了。"

"你很聪明。"槟榔哥说。

"还好。"

"不好。聪明的人遇到好人，这是很危险的。"

"怎么说？"

"这世界上的好人、聪明人，都认为自己是对的，所以打起来。至于坏人则知道理亏，不敢光明正大地打。"槟榔哥说。

抽烟哥借机插话，说："这说法太有智慧。脑袋是用来装智慧的好东西，希望三宝也有。"

"三宝？"

"你们是马路三宝都不晓得吗？全世界都知道了。"

马路三宝指的是女人、老人、老女人，这是网络用词，指这三种人在路上开车常常无视交通规则，无端制造车祸。三宝即使不开车，走路也成了公害，导致驾驶意外。抽烟哥讲到马路三宝，骂不停，手中的一根烟抽得一点儿没浪费，只剩烟蒂被丢在地上，狠狠踩死。

"死道友"看着扁掉的烟蒂，充满隐喻，只有低头的份儿。

"没想到三宝让你很委屈。"祖母说。

"我在路上骑车，闪你们三宝就像闪庆记呢。"

"你们想从我们这里拿到什么？我们是三宝之宝，老女人最多，要是放在这里太久，恐怕让你们更衰。放心，我不会反抗，只是怕带给你烂运气，这样很不好。"祖母说。

"你很会说话。"槟榔哥难得出现笑容，然后笑容很快消失了，说，"听说你们之中谁有超能力？"

"没错。"

"你很诚实，没有被电视上那些说谎的政客教坏，不会硬拗，我喜欢，接下来我们的合作会很顺利愉快。"

"我们会配合，我们这些女人就是为了合作才住在一起。"

"这就好办了。"槟榔哥一边点头，一边在手机上敲了几个字，传送出去，很快得到对方回应，这才抬头说，"这样吧！你们表演一招超能力。"

祖母看了看大家，内心盘算。我知道她得在很短的时间内做决定，而这结果对大家是好的。祖母说，这女人堆有个人是"金母鸡"，一天能生产三粒黄金，不多也不少，祖母说完才把目光放在黄金阿姨身上。这时间足够黄金阿姨酝酿心情到瞬间哭出来，非常激动，不断说："你这样会害我被杀的。"

我们这些女人已经在贼船上了。祖母这样说黄金阿姨是金母鸡，想必有她的安排。黄金阿姨的崩溃哭，或许是她的心情，又或许是她意识到唯有相信祖母的安排，大家才能全身而退。我看得出来是后者，因为黄金阿姨与祖母在言语冲突之后，主动走去厕所拿出黄金。她真有演戏天分，没酒也行。

在黄金阿姨进厕所之后，祖母问槟榔哥："我看到你刚刚发手机短信，应该是给你的老大，你老大哪时要过来？"

"这样你也看得出来。"槟榔哥吃了颗槟榔，把第一口槟榔汁直接吐在地砖上，空气中弥漫着薄荷味。他说，"不过我要告诉你，我们是正牌经营的公司，没有老大，只有老板。"

"你老板哪时会来看我们的超能力？"

"够了。"槟榔哥大吼，"我们不用别人怎样教，我们知道要怎样做，你废话太多了。"

大家吓着了，连抽烟哥、胯下哥也是。刚从厕所出来的黄金阿姨，被吓得手中的黄金珠滚落，其中一颗滚到了地上的那摊槟榔汁里。槟榔哥捡起来，在手中把玩一阵子。我们进门前，身上的物品都被男人们拿走了，这颗黄金珠显然是凭空出来的。

槟榔哥说，他不相信什么超能力，又不是看好莱坞电影，但是有机会的话他很想看看："那就先看看这黄金是不是真的，拿去银楼验验。"他把黄金珠交给胯下哥，又说，"顺便去买个晚餐回来。"

"吃什么饭？"

"当然是三宝换（饭）。"抽烟哥大笑说，"马路三宝吃三宝换，绝配。"

"还有，把断腿女人的拐杖拿走，她们会安分许多。"槟榔哥离开前，把目光瞥向祖母，"你们不要想太多，因为我们是正派公司，最怕做坏事，但是更讨厌做善事，记得。"

我们被囚禁在二楼，门外有四个人守着。二楼有落地窗，这窗户简直是典型的台湾风格，就是美到不行的大窗户得装上密不透风的铁窗，屋主绝对是台北动物园的狮子转世，怕逃出去就饿死了。我隔窗看出去，四周荒凉，大约有十个足球场大，到处挖，到处拆，处处是坑洞。有些地方摆着成堆的巨大水泥管，有些地方堆着拆除的砖瓦建筑废弃物，有些地方矗立着孤零零的大树或电线杆，更远处有两台怪手摆在土堆上，看起来像玩具。

真令人想不透，台中市怎么会有这么大的工地，如此偏僻，要是我们七个女人与一条狗被杀了，用怪手埋在屋外的一个深洞里，如果没有撒旦显灵去报警，恐怕尸体被发现的机会都没了。

"这是市地重划区，正在施工。"酒窝阿姨说。

"没错，被关在这里，附近都没有居民，'马西马西'他们早就规划好这次的绑架了。"祖母说。

所谓市地重划区，简单来说，就是这里原本是市中心边缘的农村，要变更为建筑用地，于是将整个村子铲平，辟出格状道路，规划出一块块方方正正的建地，埋设污水管与水管，完工后可以盖大楼。而我们所在的房子，是重划区的唯一保留栋，可能是屋主拒绝被征收，用红漆在四处写满抗争语。

我注意到重划区以铁皮围篱，与外头的世界隔离。离这栋房子最近的铁皮围篱约一百米，之外是环市道路的疾驰车辆，那是援兵。我们得发出一百二十分贝的求救声，表现得像波音七四七客机低空掠过。至于北方的围篱有缺口，胯下哥每次骑摩托车出入买便当，那儿有几个工人在卸水泥管，我们距离那儿约四百米，唯一的方式是请胯下哥去请工人报警了。

所以被囚两天后，我们不再讨论如何逃跑了。倒是回收阿姨很认真，她从厕所用漱口杯端出自己的尿，浇在铁窗固定处。她看过一出电视剧，可以用尿腐蚀铁条，拆掉后脱困。我估计，得浇十年才行。但不到十小时，这个方式已被大家嫌到不行了，太臭了，连胯下哥从楼下经过时都大吼抗议，老女人的尿跟死女人一样臭。

"随她要做什么，你们也是，要怎样就怎样，自由就好。"祖母认为，回收阿姨的躁郁症要发作了。

"她可以浇尿，那我可以打她吗？"护腰阿姨抗议。

"不行。"

"那我可以给'垃圾鬼'喝我的尿吗？"

"不行，"祖母说，"如果你要，自己喝就可以了。"

"吃屎啦！"

"死道友"之间的纷争向来都是如此，只是没有浮上台面。护腰阿姨很不喜欢回收阿姨，老是嫌她脏，比如吃完饭抠牙的丑态、资源回收物乱堆的乱象，衣服乱塞、乱用别人牙刷。尤其早上起来，回收阿姨喝上自己的第一泡尿，她据信这种实践十年的"尿疗法"使她避开疾病与厄运，这惹得大家早上不太愿意跟她说话。还有一件事令护腰阿姨火大，她规定"死道友"的衣物可以丢在洗衣机共洗，但是，内裤一定要自己洗，这是清洁的天条。但是回收阿姨向来不是，她把内裤偷偷塞进裤袋，丢给洗衣机共洗。结果有一次舞台表演，护腰阿姨从裤袋拿出来擦汗的不是手帕，是一块奇特的布料，她对观众展开来，是一条万恶的大内裤，大得可以遮到肚脐，屁股肥肉位置的布料被磨得薄薄的，松紧带像煮过头的面条松松的。当下，观众冲出第一波大笑，护腰阿姨则气得用闽南语大骂，引起第二波的笑浪。之后"垃圾鬼"这种下流用词，成了护腰阿姨私下骂她的利器。

回收阿姨嗅得出来护腰阿姨的敌意，很乐意将冲突化暗为明，尤其大家身陷贼船时，她每次把尿浇在铁窗，护腰阿姨则回击"垃圾鬼"。或许是从窗口吹来的尿味浓，害邓丽君嗅不到这场火药味，有样学样地在窗边尿尿，成了回收阿姨回敬的话题。

最大的冲突，发生在我们被囚的第三十六小时。

回收阿姨嫌邓丽君在窗边尿尿，弄得很臊，至少她还懂得把尿往外泼。护腰阿姨反讽，是被"垃圾鬼"教坏的。为此，两人对骂十分钟，在空荡荡的客厅，这些有回音的言辞听起来很刺耳，大家都受不了。这激怒了门外看守的抽烟哥，大力踹门，大吼："再吵，等一下中午去买脚尾饭给你们吃。"护腰阿姨与回收阿姨冷却三分钟后，再次骂起来。

两人骂得火热时，回收阿姨转身，踩到窗户下未干的狗尿，整个人往邓丽君身上压下去。邓丽君像软垫般倒下去，发出沉闷的哀号，叫了一分钟，气弱得要断气似的。护腰阿姨见心肝肉受伤，一边哭一边唤，巴不得由自己代替它受苦，捶着大门要外头的男人们来帮忙。

"全部都退到墙那边。"胯下哥大喊，开个小门缝，把现场控制住了，然后把防盗链条解开，开门进来。这链条是为了我们加装的。

"邓丽君受伤了，快叫救护车。"护腰阿姨大喊。

槟榔哥看见狗躺在地上，他晃着手上的刀，明知故问："谁是邓丽君？是邓丽君就唱首歌，她会唱我就送医。"

"她会唱的。"护腰阿姨哭着说。

"那就唱《漫步人生路》吧！"

护腰阿姨不用准备情绪，不用哼前奏，马上入魂唱。这首歌的旋律轻快，她唱得准，歌词有浓浓的台腔，却让喉间泡着从鼻腔流进去的泪水，不时有塞窣的鼻音，尤其唱到"愿一生中苦痛快乐也体验，愉快悲哀在身边转又转"，真是悲切无比，果然救女儿能激发肾上腺素，使得原本有"卡拉OK女皇"之称的她，马上将战力完全发挥到底。

曲罢，槟榔哥点点头，打了颗槟榔吃，说："哭爸啦！为了一条狗，你可以做痟的（疯子）。"

"你要我跳舞也行，我可以当钢管女郎。"护腰阿姨说。

"你这团肥油只能演沙威玛。"槟榔哥势必等到其他男人大笑，才说，"而且我很替那支钢管的生命担心。"

"没问题的啦！"她跳起来，扭着肥肉，屁股抖动。

"不要跳，会害我的眼睛减寿。"槟榔哥把外头的胯下哥叫来，说，"带狗去看医生，顺便买便当回来。"

"大仔！谢谢！你这样，我会动真情的。"护腰阿姨跪在地上，"要是我年轻四十岁，肯定跟你浪迹天涯。"

"浪你娘啦！戴着护腰跟我浪迹天涯？算了吧！"槟榔哥干笑，说，"我问你，你会什么超能力，会不会返老还童到二十岁？还是帮我挡刀子、挡子弹，或者是会印钞票？"

护腰阿姨哑口无言，只能赔笑。

这时祖母突然说："她会煮饭，很厉害。"

"妈的，这叫超能力？这样的话，吃槟榔与抽烟也是超能力了，对吧！"槟榔哥说到后头几句，转头对门口抽烟的人说。

"她煮了四十几年的饭，没有超能力不会坚持煮这么久。坚持就是世界上最强的超能力，像水滴能打穿石头。要是你吃槟榔四十年还没得口腔癌，也算有超能力。"祖母说。

槟榔哥吐了口槟榔汁，转头问护腰阿姨："我看你这么胖，超能力应该是贪吃吧！来，举个你会的创意料理给我听。"

"创意料理很难，对了，可乐搅白饭，有创意到你吗？"

槟榔哥笑咳几下，差点被槟榔汁呛到。倒是门口的抽烟哥听了大笑，说他也有创意料理，是烟蒂水，然后把嘴上抽完的烟蒂塞进装水的宝特瓶，那里塞满了上百根杰作，味道像下水道。

"你们这么好心救邓丽君，会长命百岁。"护腰阿姨说，"放我们走，我可以帮你煮饭，就像你妈妈有超能力，不管你变坏变好，能照顾你很久，做牛做马做畜生，都不收钱呢！"

祖母又补上话："人再大，都需要老妈子……"

槟榔哥沉默，不嚼槟榔了，陷入一种若有所思的沉默，似乎在想什么，也似乎在抵抗自己不要多想什么。然后他转身离去，离去前说："装——痟——维[1]，我们是正派经营的公司，不接受贿赂。"

整个下午，护腰阿姨老是哭哭啼啼。胯下哥买回了便当，没有把邓丽君带回来，护腰阿姨心都快碎了。狗住在动物医院的加护病房了。依据医生的检查，邓丽君的体温下降到 36.5 摄氏度，比正常温度低 3 摄氏度，血压值降至 55mmHg、口腔黏膜发白、四肢无力、肚子隆起，这都是内出血的征兆。

"那是被'垃圾鬼'压伤的。"护腰阿姨打开便当盖，凌空拿着筷子，久久才说，"你是故意的。"

"我不是故意的，我跟邓丽君无仇。"回收阿姨把便当里的肉夹给我，"我现在吃素，帮邓丽君祈祷。"

1　装痟维：闽南语，意思类似于普通话中的"什么鬼话"。

"假仙¹啦！"

"真的。"

大门忽然打开了，大约是一道防盗链的宽度，胯下哥在外头警告："后退后退，不要靠近门。"大家不吃饭了，转头看去。护腰阿姨放下便当，往门口快速爬过去，她知道这是兽医院打电话给胯下哥，以便转达邓丽君的病状，人却被胯下哥斥退。

"拜托，请医生救它。"

胯下哥说："医生照 X 光了，他说老狗的肿瘤破裂，如果要开刀的话要去买血，医院没有备血。"

"我可以捐血。"回收阿姨说。

"假仙啦！你的血很脏，不配。"护腰阿姨很生气，转而哀怜地对门外说，"拜托啦！让我跟医生说话，我不会乱来。"

"不行啦！"

"大仔，拜托啦！我给你跪、给你拜，你好心一定有好报，让我和医生讲几句话。"

"免啦！"

护腰阿姨跪下，回收阿姨也下跪。祖母从地板上站起来，扶着墙，拐着脚，慢慢走到门口，她知道对胯下哥讲话没有用，他只是小喽啰。这边能做决定的只有槟榔哥。祖母依靠在门边，对着后头玩手机麻将游戏的槟榔哥说："今天我们这边可以给六粒

_____
1　假仙：闽南语，指装模作样。

小金丸。"

这句话逗得胯下哥的腰都挺直了，转头看着槟榔哥原本快速丢牌的手，停在屏幕上，似乎还缺什么。直到祖母又补上"正派公司，主要是给人方便，不是给女人在这儿哭枵"。

槟榔哥放下手机，点头说："好啦！正派公司不受贿赂，只是保管一下那六颗小金丸。"

护腰阿姨可以跟医生通话了，她不能拿手机，是隔着门缝，跟胯下哥手中开启扩音系统的手机通话。她以半哭调半哀伤的口吻跟医师求情，无论如何都要救邓丽君。医生回应，目前最好是开刀，但是一来医院没有库存的狗血，二来狗太老了，怕开到一半就没了。护腰阿姨说，可以用微创手术呀！听说有什么达文西机械手臂的开刀法，伤口很小。医生解释说，这是兽医院，达文西手术的对象是人。

"那你可以帮我把邓丽君送到荣总¹吗？医药²也行，那里可以用达文西手术，去问问那边的医生可以吗？"护腰阿姨哀求。

"不行，你自己过来带狗。"

"不行，我被关了。"

电话也被关了。胯下哥说这样不行，不能说被关。护腰阿姨再次拜托，给她一次机会，她会改过来的。这才又恢复通话了。

1　荣总：台北荣民总医院是一家位于台湾台北市的公立医院。
2　医药：台湾医药大学附属医院。

"医生，我没有被关啦！你不要误会，我们这边都是好人，活菩萨。"护腰阿姨澄清，"那可以帮我把邓丽君带去给一位神医吗？"

"神医？"

"嘿咩！那位神医曾写信给贾伯斯，要救他，大家才叫他贾伯斯神医。我给你住址，你送过去给他医。"

"抱歉，我很忙，麻烦你过来带走狗。"说罢，电话挂断了。

这次是被对方挂断，护腰阿姨改向门外的人请求，放她出去，她不会说出什么。槟榔哥继续玩手机麻将，说他没关大家，不要误会，只是请大家来这边住几天。护腰阿姨又哭了，求他们，要是不能放她出去，至少把邓丽君带去看贾伯斯医生，无论如何要救狗，狗是她的心肝。槟榔哥则说，兽医会处理的，它现在住加护病房没问题。但是，这反而让护腰阿姨更伤心，她知道兽医院的加护病房只是整排靠墙的铁笼病房中最靠近柜台值班医生的那些笼而已，效果不大，再转院就没效了。

护腰阿姨无计可施，只剩淡淡啜泣时，胯下哥隔着门缝安慰："那个贾伯斯医生很有名，我都听过。但我不知道，他也会看狗呢！"

"拜托你带它去。"

"不行。"

"你要是不想带狗去，没关系。"祖母这时候说话，"至少你应该去看看贾伯斯医生，慢点就坏了。"

槟榔哥放下手机，看过来，抽烟哥也是。这逼得胯下哥赶快说：

"乱讲，我哪有病。"

"小心得菜花（淋病），这种病很难医治，要用电烧，将菜花一朵一朵地慢慢烧死，有人还没烧掉菜花，那支就烧焦了。"

"我哪有得菜花？"

"菜花潜伏期看不出来病，但是有很多症头。我问你，你有感觉跤缝（胯下）痒得要死吗，尤其是睡去的时候？"

"有啦！但那是胯下痒。"

"你夜晚会起来放尿好几次吧！"

"是膀胱无力啦！"

"放尿不干，一直滴？"

"老了。"

"你几岁？那不是老了，是尿道有坏东西在发芽，慢慢塞住，最后就塞满一朵朵菜花了。"

"臭弹。"

"那我问你，你去开查某（嫖妓），有用沙库（保险套）吗？"祖母见胯下哥愣在那儿，提高音量说，"小心，菜花不止自己得，也会传染给你们几个男人。"

"干你娘！"槟榔哥爆炸得大吼，声音震歪了大家。他站起来，愤怒的胡楂脸上满是炸坏的火药渣，吼向胯下哥；"叫你要小心，你当我在放屁，现在要把大家的膦屌[1]拖下水，弄得烂糊糊才行

1　膦屌：闽南语，指男性生殖器。

吗？以后你出门，自己拿菜刀整只剁下来，交给我保管。"

"冤枉啦！你不要听别人的屁话。"

"快去看贾伯斯医生。得菜花不用电烧，连裤子都不用脱下来检查，医生一眼给你看穿。"护腰阿姨这时赶紧说，"顺便带邓丽君去哦！"

到了软禁的第三天，"死道友"的内斗越来越激烈，主要来自护腰阿姨与回收阿姨之争，但是大部分的人都是中立。

护腰阿姨花不少时间在厕所抱怨与哭泣。厕所紧邻客厅，是独立空间，木门被刻意拆了，谁进去如厕或洗澡，未必看到，但是听得到声音。她要大家听听她的委屈、受难与不满有多深，像是剥开受伤的血口，给大家瞧瞧，而控诉的对象是回收阿姨。

护腰阿姨要是有委屈，谁都同情，但是赖着厕所，碍着大家就不同了，也使她的抱怨与哭声像是演戏。我生理期来，进去使用厕所。她说你就用吧！我不会碍着的。我说碍着我了，很不方便。护腰阿姨趴在马桶上，头也不抬地说："我这么苦，你还没可怜我。"我说："不会。"然后她哭得更大声，召来大家看看她的委屈。

祖母拐着伤，由我扶着，走进令我们难忘的厕所。这栋房子位于切断水源的重划区，用水来自屋顶的两吨储水桶，用完就没了。三天来我们等到马桶的尿又黄又臭才冲，洗澡也是擦拭，用水声过大会被监控的"马西马西"把外头的水龙头关掉。这么惨的厕所，如今又被护腰阿姨霸着，她变成鬼了，怎样都无法修正到人的状态，而且冲着进门的祖母说：

"我要复仇。"

"我在上大号，你又不出去，还跟我谈复仇，真的是不识字兼没卫生。"祖母坐在马桶上抱怨，把断腿摆到奇特位置，免得使用肛门，惹痛了腿伤。

"不识字兼没卫生不是我，是垃圾鬼。"

"你要怎样复仇？"

"她是臭猫仔（妓女），我要讲出来。"护腰阿姨口气坚定。

祖母停下动作，看着护腰阿姨，说："你这样会把自己变成恶魔。"

"我要讲，我让大家讨厌她。"

"你不能这样。"

"我忍她忍很久了，要是邓丽君走了，我一定讲出来。"

"你要变成恶魔。"

"正好。"

"我会先塞住你的嘴巴！"

"你敢吗？"护腰阿姨的泪变得冰冷，身上发出难闻的油耗味，嚅动着带怨的鲇鱼嘴巴，说，"你也不看看你，想要强出头帮你孙女讲话，结果拗断自己的脚也没路用。"

我站在浴室门外，听着祖母被数落，不自在，又不得不听下去。护腰阿姨说，祖母不是不能临时做证，而是年纪大了不能随兴表演缩骨功，害孙女的官司不乐观，这就叫老糊涂。我转身进入厕所，看见祖母哭了，泪水流下脸庞，默默承受，不回击，仿佛她正承认她是压垮我的最后一根稻草。我出声反驳，阿婆尽力了，但讲完这句就不知道该怎样接下去。

"尽力了？"护腰阿姨对我说，"那你有尽力活着吗？活得像鬼一样，要大家拉你一把。"

"有。"我努力回答，突然觉得空虚。

护腰阿姨出现厌世脸，摇了摇头，她说我已经变成鬼了还不自知，只要独处，不是把指甲抠不停，抠伤了用透气胶带裹得像是电火球；不然就是大力打头，用力扯头发，像是拔杂草。有时分明我就站在大家面前，但是眼睛睁得大大，灵魂不在场，令大家尴尬。她说，我被欺负没错，爬不起来绝对是我自己的错；"死道友"受限祖母的规定不能跟我明讲道理，只能在日常做些看起来很没用的事，比如讲笑话逗我，比如我上厕所太久她们要猛敲门，就怕我想不开，牵手过街的习惯是怕我突然冲去快车道给车撞，这都是我加入女人团之后由祖母制定的。

"讲起来，你阿婆表演失败，是你把她害惨的。"护腰阿姨说。

"这怎么说？"

"你常常失眠，半夜起来在游泳池家像鬼一样踅玲琅（绕圈子），你阿婆吓到了，听到你起床，目睭就瞪得大大蕊，怕你想不开自杀。"护腰阿姨继续说，我在开庭前一晚，失眠的症头又犯了，祖母整夜不敢睡，身心累到无比，第二天哪有功夫把自己折进箱子里，"你的绝望，把你阿婆也拖累了。"她说。

祖母的泪干了，说："你很会讲道理了，但是都认为别人有错，自己没错。"

"讲到底，每个人都一样，都认为自家是对，别人是错。"

"当然，每个人要讲真心话是很困难的，因为真心话比较靠近恶魔，而不是靠近天使。"

"我很快就会讲真心话了。"

"试试看，我会塞死你的嘴巴。"

现在的"死道友"再次分裂，祖母和护腰阿姨宣战，因为后者要暴露回收阿姨的兼差妓女底细。可是我内心想的同时也种下的疙瘩是，原来我从来没有活得很好这件事，不单是我的事，像传染病，最常染病的是关心我的人。这疾病的解药在哪儿？如果有的话，是我从厕所扶出来的祖母，爱是她的宗教，爱会传染，她最想治愈她身边的人。但是我老是好不起来。

我现在无法在自己的情绪里打转太久了，问题越抓越痒，我想帮助祖母防止护腰阿姨变成恶魔，却又不知道该怎么做。祖母建筑防火墙了，防堵护腰阿姨的怒气把"死道友"的情谊击毁，把回收阿姨卷入罪恶之谷。要是可以的话，她会用断腿上的石膏塞进护腰阿姨的嘴巴里。

不管"死道友"搬到哪儿，最容易引起地盘之争的都是回收阿姨，常惹恼附近搞资源回收的人。这是她的乐趣，不论是搞回收，还是惹怒同行。比如，她比别人早起，凌晨三点去捡回收品，拿棍子在几个社区的大型子母车里翻，这让同区捡回收品的人都把班表往前提。然后她暂停早起，给同行松懈后再度偷袭式早起。又如，她会用演戏的专长，穿得脏，脸上也很脏，博取商家同情，把那些固定给某同行人的纸板都给她。有时，她先偷拿别人在巷道堆放的回收品，再去检举对方违法堆放。

回收阿姨有个废儿子，四十几岁只懂得喝酒，老婆与孩子都跑了，只有妈妈不能跑。她活着赚钱都是为了养儿子，定时给儿子大闹讨钱。她有时赚不够，会跑去台中公园当流莺，不时忍受恶徒白嫖、性虐待，然后把赚来的钱都给儿子拿去吃喝嫖赌了。后来不知道怎么了，护腰阿姨知道了这件事，她不能忍受这样的脏女人及其内裤，便向祖母揭发。祖母跟回收阿姨私下谈时，后者很冷静，要是流莺的身份被张扬，她会跳楼，反正活下来需要很大的勇气，不差再多点自杀的勇气。这件事就被隐藏下来。

护腰阿姨看准了这点，抓住反攻的利器了，要是邓丽君死掉，她会找回收阿姨陪葬。也就是这样，到了中午，胯下哥带回重症的邓丽君与三宝饭便当，"死道友"的气氛降到低点。

邓丽君的意识不清了，舌头吐在外边，肿瘤破裂导致内出血，肚子又鼓又大，只能仰躺。尤其圆乎乎的肚子，太不真实了，好像它吸进去的空气没有出来过。这次它被送回来，应该熬不过一小时了。既然无法开刀，护腰阿姨也反对安乐死，她的观念是老狗得熬过这段路，这是它的命，没有熬过的话以后轮回还是要当狗。护腰阿姨把衣服脱下来，给邓丽君垫着，慢慢陪伴它到终点，并且在那一刻复仇。

"邓丽君你有艰苦不要放内心，爱叫、爱哭，都可以。"护腰阿姨说，"妈妈都在这儿陪你。"

"我们大家都会陪你。"回收阿姨说。

护腰阿姨摸着老狗，冷冷怒视回来，她背后的白墙有着屋主为了抗争而写的"恨"字。字好大，约两米，红漆字，用太多漆而出现淌下来的泪痕，是客厅最令人不安的标语。我们这几天都跟这个字磨合，并且交手。现在护腰阿姨的感受，完全被标语衬托出来。

"我们会陪你，邓丽君。"回收阿姨再说一次。

"勿——假——了。"护腰阿姨突然愤怒大吼，转而冷冷地说，"袂见笑[1]，等一下你就知死[2]，就知死了。"

这怒吼吓到大家，仿佛客厅空间随声音的爆炸而膨胀了十倍，所有人的疏离感也扩大，安静得刺人。我看着眼前的护腰阿姨，能理解她的爱狗之心，但解不开她的仇恨之心，她爱的极限不是宽容，是恨。这时无论讲什么，她都听不下去了，心魔阻止她去理解，并将爱有多大转成恨有多深。

安静时刻，护腰阿姨趴在邓丽君身边，用手轻梳它的颈部，如此温柔，等待死神来，带走昏迷的狗……

"汪！"

"汪！汪！"

1　袂见笑：闽南语，指"不知羞耻"。

2　知死：闽南语，指"死定了"。

"汪！汪汪！汪汪！"

祖母学狗叫了三回，真是令人摸不着头绪，惹得护腰阿姨抬头瞪她。祖母依靠在墙角，一只脚盘着，一只断腿打直，她深吸口气，再次发出狗吠声，似乎在跟邓丽君沟通。

"嘘！勿吵了，它要困了。"护腰阿姨说。

祖母说，邓丽君要走了，大家闭上眼，跟她一起祈祷，信菩萨的求菩萨、信上帝的求上帝、信妈祖的求妈祖，什么都不信的把双手合在胸前。祖母一手往上呈，暗示酒窝阿姨过来握住那只手，一起祈祷。

"我亲爱的姊妹们，我求你们，祈祷你们的神来到这里。来，你们现在呼唤你们的神。"祖母说到这里，给大家各自祈祷一段，才说，"我所尊敬的众神，我所爱的上帝、菩萨、妈祖，我求你们帮助我。我愿把我一星期的阳寿转给邓丽君，换它一分钟的元神。我祈求众神，给邓丽君生命的力量，让它醒过来看看我。"

末了几句，大家睁开眼看着祖母说完，如此不舍。祖母如此慈悲，愿意把生命之力给一只动物。尤其是酒窝阿姨，紧紧捉住祖母的手，她陷入一种莫名的小激动情绪中。

"邓丽君，我祈祷你醒过来，醒来看我。"祖母说完，学狗发出叫声，"汪！汪！"

这只是模仿护腰阿姨平日跟邓丽君的游戏，今日也在温柔中，饱含坚定。她就这样叫着，仿佛真的懂了狗语言，真诚呼唤。

"汪！"她叫。

"汪！汪汪！汪汪！"她又叫着。

邓丽君醒来了，转头看着祖母。或许它想起往日与护腰阿姨玩的游戏，或许把祖母当成了护腰阿姨。它抬头，看着祖母。祖母再次对众神祈祷，她愿意再拿出一星期的阳寿换成给邓丽君生命力量，愿它走到她的身边。

"邓丽君，走过来吧！"祖母说完，叫着，"汪汪！汪汪！"

邓丽君颤巍巍地翻身，爬起来，晃着无力下垂的尾巴，走过三米，来到祖母身边。

"你要是走，你妈妈就变成恶魔了。"祖母梳着老狗的颈部毛，说，"阿姨这么疼惜你，很想掐死你，这样你妈妈就不会变恶魔。你妈妈只会讨厌我，但不会变恶魔……邓丽君，死是有责任的，不是什么话不说就走了，就像我有个儿子安安静静地走了，要是他走之前多跟我讲几句话，那几年我就不会这么难熬了。死的责任是走之前要说再见，把内心的话说出来……现在，你回过头去，看着你妈妈。"

祖母扶着邓丽君的身体，帮助它转身，才说："看着妈妈，跟她说'这一辈子最谢谢妈妈的照顾，我很感恩'。你要是不懂得怎么说，阿姨教你。你只要叫一声就代表心意，像这样叫，汪！"

"汪！"邓丽君叫了。

"跟妈妈说，我这辈子跟你很快乐，希望你永远是我的妈妈，不是恶魔。你叫两声就好。汪！汪！"

"汪汪！"

"跟妈妈说，我们这辈子这么有缘，下辈子还要做母女。"

"汪！"

"跟妈妈说，谢谢你。"

"汪……汪……汪！"

"我爱你。"

"汪……汪……汪……"邓丽君叫声缓慢，仿佛说人语了。

来到最后的时刻了，祖母看着护腰阿姨，说："你女儿真心说了这么多，你也跟它说几句话吧！"

护腰阿姨泣不成声了，满脸是泪，感念邓丽君的道别之情。她与老狗在这辈子的快乐与委屈，现在成了最纯粹的爱。她拉开束腰的魔术贴以便再次黏合时更稳固，蹲下来，手脚触地，用只有她能了解的语言跟最爱的老狗道别："汪！汪！汪！"

"汪！汪！"邓丽君走过去。

"汪汪汪汪汪！汪汪！"护腰阿姨也爬过去。

"汪！"

"汪！汪汪！"

"汪！"

老狗舔着人的泪，人泪永远是世界上最热的东西。

那都是外人不懂的人与狗对谈，却听到了心坎儿。

最后，护腰阿姨抱着邓丽君，直到孱弱的狗在她怀中安息了，她才把所有的泪水滴在狗身上，说："邓丽君，妈妈要谢谢你这辈子来当我的女儿，没有你的话，妈妈会变成恶魔，下辈子再也见不到你了。"

"死道友"都哭了，包括我。

"马西马西"的老板是下午来的，开着一台 BMW 大七系列，从四百米外的围篱缺口开进来，在泥路上开得很慢，怕弹起的石头刮伤烤漆，而且在某个水坑前浪费了很多时间在犹豫，然而轮胎下水后，却什么事都没发生。老板来到客厅，他穿亚曼尼黑牌的衬衫与西装裤，约三十岁就掌权。我帮他取"猪毛夹"的绰号，来自他挂了一条金色的猪毛夹项链。

"辛苦你们了。"猪毛夹老板抽动嘴角，说，"你们通过新进员工的职前训练了，恭喜。我们公司福利很好。"

"可是，你们没有通过我们的考核。"祖母说。

"我们有这么糟吗？"

"我们被关在这儿，这哪儿是训练？"

"真的吗？"猪毛夹老板转头看着槟榔哥，看着他道歉与愧疚之后，才生气地说，"职训干吗把员工关这么紧？有空让她们出去走走。还有你们也是，有空把那个水坑弄干，路上的小石头也扫干净。"

"你应该也是来看超能力的吧！"祖母说。

猪毛夹老板看着祖母，扬手暗示，便坐在一张由胯下哥递来的椅子上。他捏着胸口的那支猪毛夹，发出窸窣声，用它去拔着自己的胡子。他很享受拔胡子的乐趣，不然怎么会把癖好当众呈现，就像胯下哥会当众把手伸进裤裆抓到爽。他拔了几根胡子，嘴角抽动，说：

"你们，谁是——死——神？"

这句话令大家肃静，接不上话。槟榔哥和抽烟哥冷冷地看着大家，倒是胯下哥又把自己的胯下猛抓得唰唰响。

"老板问的问题，没有很难呀！答案就在你们身上。"槟榔哥上前，把薄外套的下摆撩起来，露出腰部摆放的手枪。这动作太明显，"死道友"们看到了那把枪的威胁与挑衅。

"你们，谁是死神？"猪毛夹老板目光转一圈，定在我身上，"是你吧？这么年轻就跟老女人混，分明就是来带衰的死神。"

"老板眼光很准的。"抽烟哥说。

"请坐。"猪毛夹老板起立，伸手暗示我坐上那张椅子，他说，"来，有请死神上坐。"

"我……不是死……神。"我很紧张。

"我说，请坐下。"

槟榔哥受不了我的唯唯诺诺，大吼："坐呀！"这吼声让大家一震，身上能抖下尘埃了。

"那才是我坐的。"祖母从地板挣扎起来，拐着脚伤，坐上位子，"我们女人团也是正派经营，我是老板，这位子我来坐。"

"老板有两种，一种是废物，一种是真材实料，你是哪种？"猪毛夹老板又玩起项链。

"你说呢？"

"闭上眼睛，把手放在腿上。"猪毛夹老板下令。

"给我照做。"槟榔哥喊。

祖母照做，闭上眼，双手摊在膝盖上。猪毛夹老板跪下去，鼻子慢慢地靠近祖母的手，深吸了几口气。祖母能感受到那深沉的呼吸，似乎在扫描她的手。"这家伙在干吗？"祖母又疑惑，又紧张，她知道接下来的每步棋都得反应快，且不要挑起对方的气焰。

猛吸气的猪毛夹老板，陷溺在搅绕的情绪与回忆里，他抬起头，微张的眼皮下露出白眼，看起来就是吸毒的表情，他说："这就对了。"猪毛夹老板说这逃不过他的鼻子，他闻到祖母的手中残留着老男人的死亡味道，这是死神的手，不久前才处理过某件死亡。

"你这么厉害。"祖母说。

"我从小就能闻到死亡的味道，但长大之后，能力变弱了。"猪毛夹老板用夹子拔起胡子，说，"这种能力长大后变弱了，就像有人小时候能看到阿飘，但是长大之后连看到别人心中有鬼的能力都没有了。"

几天前在医院时，祖母曾帮助隔壁床的老人临死净身。难道猪毛夹老板真有特殊能力，闻到祖母手中的残味，还是凑巧而已？不过，这强化了他对祖母有特殊能力的印象。

"这就是你经营'往生互助会'的原因？"祖母问。

"当然不是，我嗅到死味的能力很弱，玩不起来，但是我有一项超能力比大家更强，就是闻到铜臭味。老人身上有种很浓的铜臭味，尤其越快要死的越浓，只是我敢闻、敢捞，还敢玩，敢跳下钱坑赚。"

"可见得，我们抢到你的地盘了。"

"做生意嘛，有赚有赔，赔给你们是功德一件，这样我才能发现这世界上原来还有人可以这样跟快死掉的老人玩。我们可以合作呀！"

"合作？"

"我要借用你的手，整合全台湾其他的'往生互助会'。"

"你要一统江山，要是我不配合呢？"

"你很强，我发现你没有弱点，聪明又反应快，难怪可以当老板。"猪毛夹老板抽动嘴角，说，"但是活着的人会有弱点，你的弱点是身后的那些老人，还有跟你一样蓝色头发的年轻女人，她是你孙女。"

"……"

"爱很危险，多少人为它茶不思、饭不想，也有人因此牺牲了。爱是你的弱点，足够让你牺牲，不是吗？"

"爱很危险，不爱更危险，你要选哪个？"祖母点头说，"说说看你给我的福利呢？"

"我给你不爱钱的能力，哈哈，我很幽默吧！"猪毛夹老板自顾自大笑，起哄要大家跟他笑，才说，"我给你生活一辈子的钱，钱多到怕，不会再爱钱。你不用工作了，你孙女明天过退休生活，我给你们的钱多到可以让你们忘掉这次员工训练的痛苦，活在快乐的明天。"

"好，我答应。"

"口说无凭，我给你个测试，你要通过接下来这关才行。"
猪毛夹老板挥手下指令。

过了不久，有人从大门口推进来一个轮椅老人，用他来测试。

老人年约八旬，插了鼻胃管，挂了尿袋，眼神凄迷，显示身
体的部分器官已怠速运转。这个老人虽然坐轮椅，但是穿着整齐
体面，穿黑衬衫、宽松西装裤，唯独胡子蓄了一个礼拜没刮。最
残忍的是老男人的手脚被束带绑在轮椅上，可能是防止他拔掉鼻
胃管之类。猪毛夹老板喜欢拔毛，连老人也不放过。他把项链解
下来，用来拔老人的白胡子，甚至鼻孔露出的白鼻毛。他拔的过程，
发出残忍而夸张的鄙夷笑声。老人没有反应，一个活死人。

这位被推出来的老男人，正考验祖母，她不得不好奇地问：
"说说看，你要我怎样做呢？"

"让——他——死——掉。"猪毛夹老板讲话下重音节，而
且要求，"让他无——伤——无——痕，看起来是自然挂掉的。"

"他看起来快不行了。"

"他这样拖了有五年了，台湾医疗太好了，造成废物淘汰率
低。他简直就是 AFK[1] 歹戏拖棚[2]，偏偏像是丢到柏油路也死不了

1　AFK：网络游戏"英雄联盟"（LOL）术语，意思是人不在电脑前玩游戏，
暂离。AFK 的英文是"Away From Keyboard"。
2　歹戏拖棚：源于台湾很多电视剧边拍边播，若收视率够好，就把剧情越
拉越长，导致观众出现倦息感。此处指不愿放手，死缠滥打，拖延时间。

的垃圾鱼。"

"AFK 是什么？"

"你们这些石器时代的人，用的都是老人手机，屏幕只能装数字号码，铃声大到把别人吵死了就是自己听不到。这样子的人怎么会懂网络世界的好东西？讲有屁用。"

"他也没手机，有手机也不晓得打给谁吧！"祖母看着轮椅上的老人，"这个石器时代的人是你爸爸吗？"

"你不要乱扯。"

"我当然是乱说。我常常乱说的是，一个人致富最简单的方式，一个人生存最安全的战术，是跟父母要钱，又赖皮不还钱，然后诅咒他们去死。但是，你们公司很正派，不会做这种事。"

"你很麻烦，我快没有耐性跟你合作了。"

"我可以掐死这老男人，这样比较快，死神之手这样最好用。"

"你这白目是来僫¹死你祖公的吗？干！"猪毛夹老板大吼，从槟榔哥腰部抽出那把手枪，开一枪，砰，巨响回荡在客厅，把"死道友"们卷入恐惧中。我感到自己在剧烈发抖，闭眼活在黑暗里，等我张开眼，看见猪毛夹老板朝天花板射击的地方有个小洞。地上散落水泥屑，与一颗扁掉的铜弹头。

祖母是非常冷静的，她看着眼前的一幕。

猪毛夹老板用手枪指着祖母，后者不为所动。祖母是一脚踏

1　白目是来僫：闽南语，指蠢，是强烈骂人的语气。

进棺材的癌末病患，她冷冷地看着枪管，然后看着猪毛夹老板。这气得猪毛夹老板把枪转移，敲着老男人的头说："要是轮到你用手掐死，用枪还比较快。"

"我懂。"

"我不要让这个人这么痛苦了，他活着也不是，要死也不能，这样的日子不知道还要过多久。他很痛苦的。"

"我懂。"

"不要装了，你看着办吧！"

"我们的 T3 车上，有个药丸包，你先叫人拿过来。"祖母一说，猪毛夹老板便请人去拿。趁此，祖母解释，"这种药是我们秘制的中药，无毒的，我会请这老男人吃些，再用我的手按几下，要是他活够了，就'药到命除'了；要是他还有救，说不定'药到病除'。"

"这样就对了，早点动手才是。"

中药丸被抽烟哥拿来了。祖母打开药包，露出十余粒黑药丸，看似平凡，经过她诠释，仿佛是武林秘籍中用来打通任督二脉的神药，让几个男人凑过头来瞧，沉浸在某种看不懂的神秘感中。

"死道友"知道这中药来历，那是从贾伯斯密医处求来给邓丽君的，太苦了，由护腰阿姨炖制成药丸。猪毛夹老板怀疑药丸有毒，不想留下杀人的证据。祖母避开苦味而把药丸干吞，证明药没问题，人也没出问题，只对病人才有问题。

"拔掉他的鼻胃管。"祖母下令。

几个男人都不愿动手。酒窝阿姨与假发阿姨上前，撕掉老男人鼻梁上的鼻胃管固定贴布，把管子慢慢抽出来。祖母讨了个碗，装水，放入四颗药，用拇指扣在碗里推匀，直到化成一摊又黑又浓的汤水。

"我们这些女人都是见过地狱的人，"祖母对老男人说，"你喝了汤，可以下地狱，或者选择再回来。"

老男人不动，眼皮也不眨。

"抱歉，我们要送你下地狱了，如果你不想要，说一声。"祖母说。

老男人还是不动。

"动手。"祖母下令。

酒窝阿姨与假发阿姨动手，一个掰开老男人的嘴，一个倒入汤。老男人拒绝吞咽，汤水流了出来。

"灌药。"祖母下令，我与回收阿姨上前帮忙。

我们抓住老男人，捏住他的鼻子，趁他从嘴巴呼吸时，抬起他的下巴，灌了半碗汤药。

接下来的两分钟，对老男人与大家来说，都是难熬的。只见老男人的手脚抖动，眼睛睁大，牙关紧咬，两颊的青筋浮出来。"死道友"知道这老男人掉到地狱了，那是肉体艰难与心魔狂舞的最大值。

"你快停止呼吸吧！Game over。"猪毛夹老板捏拳鼓励。

老男人持续抖动身体，泪水不断流，被束带绑住的手摇晃，不知道要死，还是想活下去。接着他额头冒出小汗珠，闭着的眼睛不断流泪，尿袋也注入了新鲜的尿液，发出塑料袋子鼓起来的声响。

"他还活着呀！你到底是不是死神？"猪毛夹老板说。

"再给我一些时间。"

"我没有那么多时间了，我等了五年，快让他 the end。"猪毛夹老板皱着眉头，等待时间过去，然后在原地徘徊，非常焦躁不安，过了五分钟，他终于按捺不住地大吼，"这世界怎么了？一个老废柴都死不掉。"

"再等一下。"

"我等不下去了，我没这么多时间了。"猪毛夹老板气呼呼地走上前去，拿枪抵着祖母的额心，浑身激动地说，"你到底怕不怕死？"

"谁都怕死。"祖母看着对方，说，"但是得了癌症，就知道人生的优先级该怎样排了。"

于是猪毛夹老板转头朝我来，一脚踹倒我，枪管朝着我的脚，说给祖母听："你这蓝头发的死老太婆，再拿不出办法，你孙女的大腿就吃子弹。"

他要是用枪管抵住别人的额头，还没有杀死人的胆，但是往人的大腿射，绝对有伤人的恶胆。这说明我多么害怕，倒在地上，像是上岸的鱼，爬动的力量都没有，看着枪管朝着我的右大腿膝盖，我害怕他开了第一枪，就失心疯地朝大家补上几枪。猪毛夹老板持续咆哮，连槟榔哥、抽烟哥都好言相劝来求他冷静下来，别太冲动。

忽然间，一只干枯的手伸过来，握住了枪管。

现场安静下来，看着那只手的主人——老男人咳了几声，喉咙动了几下，他的脸庞混着泪水与抽动，似乎在寻找生命的出口。最后，他嘴角动着，努力要挤出话来，说："太……"

槟榔哥很惊讶地问："大仔，你活过来了，要讲啥咪？"

"太……丢……脸了，带……我走。"老男人说。

这个沉默十年的老男人，竟讲话了。多亏猪毛夹老板突如其来的枪声，祖母发现，坐在她眼前的轮椅老男人，被吓得喉咙上下跳动，唯有保有吞咽动作的人才会这样动喉咙，显示这男人是拒食而被迫灌食，不是重症拖延。

"跤。"老男人对祖母说，意思是精明的女人。

"还呆着，你们把他带走呀！"猪毛夹老板既生气又无奈，带着坐轮椅的老男人离开。离开前，他回头对着客厅胜利的女人，比了下流手势。

抽烟哥又浪费嘴上的那根烟了，都已化为灰烬，不得不点新的抽，他关上门之前，听见祖母给他的警告："有空去看贾伯斯医生，不然菜花会越来越严重。"这提示如巨雷响着，使他嘴上的那根烟抽得又快又烦。

那三个男人去看贾伯斯医生了，心里好急，车子驶过烂路，溅开小石头，溅干了水坑，一路溅起高高的灰尘，他们就医的心情就像他们的车速。我看见九月的阳光落在宽阔的重划区，光秃秃无生气。这是第四天了，"死道友"决定在男人们被支开的时刻逃脱。

现在门外只剩一个男人看守，姑且叫他"死鱼眼"，年约二十岁，仅知他是上网成瘾者，滑手机时，眼馋过动；看人时，眼残中风无神。这种人不叫"死鱼眼"要叫什么？要请他开门，得在门内有了比网络更值得点赞的画面才行。"死道友"们为此准备中。

祖母躺在地上，头抵着墙，试着施展"缩头功"，把头颅缩进墙内。她二十余岁能展现这功夫，就像奥运跳水选手在转体三周后的笔直入水。现在从她的年岁、骨头韧度、肌肉爆发力等来看，最好是躺在安乐椅上回忆就好。可是，她坚持要弄出来，这是大家逃出去的机会。

到了上午十点钟，我们第十次帮助祖母施展"缩头功"，抓着她的身体，往墙面施力推去。这种功夫不是真的把头缩进墙里，而是像乌龟缩头，所以胸腔得承受极大的压力。每次稍有进展，当她的头缩进去几厘米时，会激烈咳嗽，那个有肿瘤的胸腔似乎再也装不下一颗头了。

"我们换别的方法好了。"酒窝阿姨暗示放弃。

"我找到感觉了，再一次吧！这次无论如何，你们别管什么了，把我往墙壁用力推去，这样让我的头被顶着后缩进胸部。"祖母给了我一个手势，说，"你也去准备血了。"

祖母深吸了口气，凝视酒窝阿姨之后闭上眼。酒窝阿姨轻轻抚摩祖母额头，给了她最温柔的情感。大家再次使力，把她往墙壁推,一切照着祖母的预估,她的头慢慢隐匿了,五官扭曲缩小,折叠进胸腔了。

我得取血了,快步走进厕所,看见护腰阿姨正在拆莲蓬头的不锈钢软管,那是她待会儿打人的武器,而邓丽君的遗体在她脚边。我悬坐在马桶上,将洗净的手伸进阴道,拿出装有八分满月经血的月亮杯。经血是温的,鲜红色,没有异味,要是冷了会发出经臭味。护腰阿姨以为我要尿尿,却拿出装了经血的医用硅胶杯,很惊讶,令她看了一眼死去的邓丽君是否也有奇迹。我理解到,她庆幸从反复洗涤的月经布到了用过即丢的卫生棉的辉煌时代,但还没用过卫生棉条就停经了,很难理解月亮杯的价值。女人的生理时代被月亮杯切割了,之后是进入黄金年代,有些女人第一次使用它时,把杯里的经血喝下,说这是"耶稣血"。我还不敢喝。但对月经量多时得卫生棉条与卫生棉并用的我来说,对月亮杯一试成主顾。

我端着月亮杯,来到客厅,将经血淋在祖母的颈部——照计划中那样,她的头断了,血流得哪儿都是。

"死道友"演戏了,有的敲门,有的大吼有人死了,有的发出凄厉叫声,直到客厅大门被开启后,她们倏忽安静下来,好让外头的人看到里头的恐怖状态——有人死在地上。

"死鱼眼"从门缝大喊:"后退啦!"然后看到女人们一边后退,一边指着那具尸体。他吓着了,眼睛活化了,看着一个靠着墙的无头女尸。这世界上要是有惊人一幕,网络成瘾者会拿出手机,拍几张照片看看,"死鱼眼"也是这样。他拍完照片,放大细节看清楚，这确实是女尸。其中有张照片是他伸长手照的，把死角补足，照片中的死人断头了，不是修图的成果。

"后退。"死鱼眼大喊，把两道铁链扣解开，他走进来，"谁杀了她？她的头呢？"

我们不说话，手都指着窗外。

"死鱼眼"靠近落地窗，往下看，一楼的杂草里有颗人头。他很确定这是杀人案了，比网络更刺激百倍，他的手抖得像阿尔茨海默病患者，直到他手机拨通的实时通传来槟榔哥大骂"你浑蛋不讲话呀"，才恢复精神。

"有个女人死了，头不见了。"死鱼眼把镜头对准尸体，直播中。

"不要晃了。"槟榔哥从视讯那端大吼，"我来看。"

"好紧张呢！"

"妈的，你在打手枪吗？镜头乱晃，给我放慢，我看看有没有少人。"槟榔哥忽然大吼，"停！"

"停了。"

"我不是叫你停，我是叫这边的车子停下来，你继续视频。"槟榔哥那端叫车子停下来，三个男人专心视频，"对准那个尸体，死的是谁？"

"断腿的女人。"

"镜头再靠近点儿。"槟榔哥停止嚼槟榔，瞪大眼看，忽然喊，"快走，把大门上锁，那个女的没死，她有超能力。"

"她头断掉了，哪会没死？"死鱼眼大喊。

　　来不及了，死鱼眼太靠近诈死的祖母。祖母突然手脚乱晃，把后退的死鱼眼绊倒。浴室门边站着的护腰阿姨立马冲过去，甩着不锈钢鞭，狠狠朝他打去。几个女人扑上去，她们没有别的，就靠一身老肥肉去压。

　　我冲向大门，跑下楼梯，一路激烈喘着，任务是发动T3引擎。钥匙被拿走了，不在车上，我拿了一颗大石头，往车子前保险杆旁的铁盖子敲下去，敲了几次终于打开了。护腰阿姨在里头放了备份钥匙，用布包裹着。可是我把铁盖敲歪了，伸手拿时被锐利的铁片割伤，手流血，而且胯下的经血也是流不停。

　　我去找竹子之类的钩出钥匙，四周空荡荡，唯独在草丛中看到那颗头。那颗头是假发阿姨的假发，里头包了几个女人的胸罩，从二楼窗缝扔下来，几乎以假乱真。眼界狭小的"死鱼眼"要是多看看被囚困的我们，会发现破绽——这颗黑发假头，不是祖母的蓝紫短发——还好他的眼睛像粘鼠板盯死在手机上。我找到自己的胸罩，对它很了解，因久洗而钢圈外露。我把钢圈拔出来，用来钩出保险杆里头藏的钥匙。

　　可是，"死道友"们怎么还没有下楼？照理该下来了。

　　我赶快跑上楼去瞧，而且准时看到高潮戏。"死鱼眼"被护腰阿姨的赘肉与铁鞭逼到角落，跪在地上，哭喊饶了他。糗状被他膝盖前的实时通转播了，屏幕里的三个男人大骂，由于画面处于高速驾车的颠荡，感觉每秒都能摇出新创的脏话。

　　祖母躺在地上，像是从十字架上刚卸下来，身上都是我的经血。她施展缩头功时，憋气憋过头了，失去生命迹象，没有呼吸，脉搏微弱，"死道友"帮她做心肺复苏术才恢复呼吸。大家围着她，等待她这位领头羊醒来发号施令离开这鬼地方。祖母早就把她的休克算进计划中，要是这样，我就成了唯一逃出去求救的人。可是我留下来了，这样做是相信她能醒来。

等待是爱情的最美姿态，也是最煎熬的，亲吻是解药。酒窝阿姨吻了祖母，后者就醒了过来。祖母睁开眼睛，果真拿到这临门一脚的吻就醒了，说："查某囝仔，我梦到你偷亲了我。"

"我是真的亲了你，我以为你要走了。"酒窝阿姨说。

"死是有责任的，还没跟你道别之前，我不会这样就走。"祖母又转头对"死道友"们说，"你们也是，我没说再见怎么走。"

"我祈求主，那个时刻不要来。"

"我们是主耶稣所喜爱的老人家，主会允诺的。我也祈求主了，请他赐给我说废话的能力，说再见时就能拖很久。"祖母从地上坐起来，"怎么办？我现在好像在说废话了。"

"来呼一下口号，让自己有点儿精神。"酒窝阿姨说。

祖母被扶起来，有气无力地说："死道友。"

"不死贫道[1]。"我们围成一圈，小声呼应。

大家微笑，彼此凝视，那是非常短暂的沉默，短到像是共同

1　死道友，不死贫道：意思是朋友先去死，我不死；别人倒霉没关系，我没事就好。这是讥笑他人轻视朋友的风凉话。

看到一枚火流星划过天际，从此在我们记忆中捎下书签。我们扶着祖母，带邓丽君的遗体下楼，将"死鱼眼"反锁在客厅，还有三个在手机屏幕上咆哮的男人。下楼时，我发现自己哭了，眼泪顺着阶梯越来越多，那是喜悦的泪水，我紧紧搀扶着祖母，两人没有说话，但又灵犀一切了。无论是她在法庭的搏命演出，还是在这里的真情流露，都让我觉得自己往后不再孤单了。我跟祖母说谢谢。我知道心有灵犀，有些话还是要说出来。祖母回报我微笑。

T3 几天不发动都懒了，转钥匙时，引擎只有嗒嗒嗒的声响，我祈求被撞死的"阿嬷鬼"回来。所有的女人很有默契地大喊着"伊"回来吧！引擎就回魂似的运转了。大家就座了，连"阿嬷鬼"也到齐，出发了。

如预期的那样，那三个去找贾伯斯密医的男人回来了，怒气像车子后头扬起的灰尘，很快就要追上慢吞吞的 T3。"死道友"们开窗把三个骨灰坛往外丢，两个碎了，刺破他们的轮胎，一个卡死在车底盘。骨罐上破碎的遗照，在阳光下发出胜利的微笑。谢谢死去的爸爸和祖父，你们发挥力量了。

我们慢慢驶离这个不毛之地的重划区……

第五章

河畔之秋

＊

　　即便台中市绿意浓稠，一阵风来，秋意仍然从蓊郁的行道树走光了，几片落叶，一片残红，天气微冷了。那一片残红是乌桕的落叶，酒红色，不时地从树梢坠落。我推着坐着曾祖母的轮椅，走在梅川旁的人行道上，落满了乌桕叶，人生有点儿像走在充满落叶的小径，总有那么点儿美中的残忍。

　　不要问我的祖母怎样了，不要问我的官司怎样了，人生不会有答案，我只知道今年夏天发生了这么多事之后，我的人生不一样了，我变得更复杂，也变得更勇敢，那些挫折带来的悲伤不会全部蒸发不见，无人理解我发生了什么事，伤痕会留下，思念会留下，就像落叶留在地上。

　　梅川畔的乌桕树，是我秋季最爱的树木。乌桕叶随着秋冬温度，有绿色、橘色、紫色、褐色、红色的渐层变换，天气越冷，颜色越深。我弯下身捡了一片最残红的树叶，无论如何，唯有浸润最深寒意的树叶才会落入我掌里，成为季节的最佳诠释者。

　　"阿春，我们要去哪里？"曾祖母问。

　　祖母叫赵润春，小名阿春，是非常平凡的名字。

　　曾祖母最近扭伤了小腿，我去安养院带她来市区散心。我进她房间时，她把我按在房间墙边的铅笔刻度上，说阿春长高了，阿春变乖了，会乖乖吃她给的饼干。曾祖母整天叫我阿春。

　　"我们去散步，慢慢走。"我把那片树叶放到曾祖母的掌心，然后说，"慢慢走到幼儿园去。"

　　幼儿园是我之前工作的地方，我推着曾祖母的轮椅来到阿勃勒树下，隔着铁栏杆的里头是沙池。不久之前，我在栏杆那头工作，带孩子在沙池玩游戏，如何在私底下制造"挖通了沙池可以抵达地球另一端的美国"的传说，然后又忙着公开澄清。现在的我只能在栏杆外观看了。我不是来眷恋的，只是实践承诺，因为小车邀请我来观看每年秋季的戏剧公演。

　　舞台搭在阿勃勒树下，台下放了上百张椅子，没位子坐的家长站着，但取得了摄影或 Facebook 直播的好角度。曾祖母问我："台上演什么？"我跟曾祖母讲，台上演童话，一只抓小鸡的老鹰如何在受伤之后，受到小鸡们的照顾。曾祖母一边听一边点头，最后摇头说，为什么要教小朋友这样不合常理的故事，老鹰与小鸡根本就是敌人，永远不可能和解。我说那是故事，是小孩演给大人看的。曾祖母又摇头说，原来是大人甘愿被骗，那也是没有办法的事了。

　　曾祖母指着舞台上的老鹰装扮，说："阿春，那是只老母鸡吗？"

　　"不是，他是老鹰，准备飞走了。"我探头看，说，"我认识他，他是我教过的小朋友小车，我很喜欢他。"

"噢！那我误会了。"

"怎么说？"

"那他是一只好老鹰，因为他是你的朋友。"

"你刚刚不是说老鹰都是坏的？"

"我没有说他是坏的，我说他跟小鸡不同类。"曾祖母微笑说，"你看那只老鹰现在好可爱，他把翅膀展开了。"

接下来的时间，我们将目光放在褐色老鹰身上了。

老鹰挥动拼贴的翅膀，用稚嫩的声音说："小鸡们，谢谢，我要给你们一个爱的礼物。"

"那是什么爱的礼物？"黄茸茸的小鸡们大喊，甚为可爱。

"小鸡鸡们，我要让你们看看我的大雕。"

台下发出些微笑声，戏剧指导师不断挥手暗示演错了。一只小鸡跳出来指责老鹰，说："你演错了，我们要爱的拥抱。"

"小鸡鸡们，你们再不穿上裤子，我要用大雕打你们了。"老鹰大喊。

老鹰追起他们，小鸡们慌乱，这不是照剧本演。台下的家长也觉得莫名其妙，这出戏越演越古怪。正当戏剧老师跑上台要纠正老鹰时，一只串通好的小鸡大喊："廖景绍，你不要用你的鸡鸡打我们的脸。"

"廖景绍就是要用老二，打你们这些小鸡鸡的脸，这就是爱的礼物。"老鹰的翅膀手拿着阿勃勒的果荚，挥动着，大喊，"这就是老二。"

台上台下都乱起来，园长的脸都垮了。

我看了五味杂陈，哭笑不得。但是我要谢谢小车，他的失控演出是给我的礼物。倒是曾祖母哈哈大笑，无法安稳地坐在轮椅上，直说这只老鹰太可爱了。我把轮椅掉头，离开了幼儿园，往植满乌柏树的深处走去，无论是秋阳还是落叶都美得令人眷顾，光痕纷纷，适合走路。

路才要开始，而夏天过去了。

感谢生命中的小魔们

这本小说的地点与时序，是台中之夏。我是在春天写完的。

这是当代故事，书写我目前居住的台中。这没有什么值得拿出来说的，小说写哪个时代、哪个地方都可以，但是首次以长篇小说书写此城，带点欣喜，虽然这座都市的独特性在书中是如此稀薄。

上本《邦查女孩》被贴上魔幻标签，依我的理解它不太像，这可能是我们对魔幻现实的理解不同所致，即便这样，并不妨碍《邦查女孩》的阅读。这本小说是魔幻，和《杀鬼》的大魔幻相较，算是小魔幻。

小魔幻，我简称小魔，自认略微可爱。每个人生命中都有小魔，小奇幻、小惊喜、小喜悦、小贵人，这正是我所谓的小魔。小小的魔幻人物，他们是帮助你的人，使生命有了小小的魔幻惊喜。此书完成，感谢以下的众小魔：感谢好友崇建，感谢陶玉璞教授和陈明柔教授，感谢"客委会主委"李永得先生。这本小说花最多时间考究的是法庭辩诘，感谢律师吴存富先生和律师娘林静如小姐提供的专业意见。感谢宝瓶出版社社长朱亚君小姐，她是第一位看完小说草稿的人，并提出了宝贵意见；感谢此书的编辑张纯玲小姐，她包容我的修稿癖。更要感谢父母和妻子，谢谢他们的支持。

最后感谢的是阅读这本小说的读者，你或你，我视为压卷的小魔。感谢你们读完这本书。万一你是倒着读的奇人，就赶紧买下这本书吧！因为你是第一个被感谢的人。